Sewer Gansowski wurde 1918 in Kiew geboren. Er war unter anderem Matrose, Transportarbeiter, Elektromonteur, Briefträger, Lehrer und arbeitete in einem Gestüt. Während des Krieges war er Kundschafter und Scharfschütze und wurde schwer verwundet. Nach dem Zweiten Weltkrieg studierte er an der Philosophischen Fakultät der Universität Leningrad und fing 1950 zu schreiben an. Bisher hat er vier Kurzgeschichtensammlungen veröffentlicht: *Schritte ins Ungewisse* (1963), *Sechs Genies* (1965), *Drei Schritte auf die Gefahr zu* (1969) und *Ohne den Menschen geht es nicht* (1971). Eine Kurzgeschichtensammlung *Die Stimme aus der Antiwelt* erschien 1972 in Ost-Berlin.

R. Nudelman ist einer der wichtigsten SF-Kritiker der Sowjetunion. Er lebt in Moskau mit Ariadne Gromowa, einer bedeutenden Kritikerin des Genres, zusammen, mit der gemeinsam er kürzlich den Roman *Die Untersuchung im Zeit-Institut* schrieb.

Wadim Schefner, geb. am 12. Januar 1915, ist kein SF-Autor, hat aber einige phantastische Geschichten von hoher Qualität geschrieben.

Arkadi (geb. 1925) und Boris (geb. 1933) Strugatzki, die ihre Geschichten stets gemeinsam schreiben, sind die bedeutendsten Autoren der modernen sowjetischen Phantastik. Arkadi Strugatzki ist Linguist und Japanologe, sein Bruder Boris Astronom am Observatorium Pulkovo bei Leningrad. Die besten Romane der Strugatzkis werden im Insel Verlag vorbereitet. Schon erschienen sind: *Die zweite Invasion auf der Erde* (1973) und *Montag beginnt am Samstag* (1974).

Darko Suvin wurde 1930 in Zagreb geboren und lehrt gegenwärtig an der McGill-Universität in Montreal, Kanada. Er ist ein guter Kenner des Theaters (besonders Brechts) und der internationalen Science Fiction. In Deutschland erschien 1972 seine Anthologie *Andere Welten, andere Meere* (München 1972). Zwei seiner Essays sind in Eike Barmeyers Buch *Science Fiction: Theorie und Geschichte* (München 1972) enthalten: *Ein Abriß der sowjetischen Science Fiction* und *Zur Poetik des literarischen Genres Science Fiction. Od Lukijana do Lunjika* (Zagreb 1965) ist eine Anthologie und Geschichte der Science Fiction. Suvin ist auch einer der Redakteure der akademischen SF-Zeitschrift *Science-Fiction Studies* (Indiana State University).

Ilja Warschawski, geb. 1909, ist ein in Leningrad lebender Ingenieur, der erst 1962 zu veröffentlichen anfing, meist kurze, paradoxe und beißende Satiren, die in bisher fünf Kurzgeschichtensammlungen zusammengestellt wurden: *Das Molekular-Café* (1964), *Der Mann, der die Anti-Welt sah* (1965), *Die Sonne geht in Donomaga unter* (1966), *Der Traumladen* (1970) und *Es gibt keine beunruhigenden Symptome* (1972). Der Kurzgeschichtenband *Der Traumladen* erschien in der DDR (Berlin 1973).

insel taschenbuch 74
Polaris 2

POLARIS 2

Ein Science Fiction Almanach
Herausgegeben von Franz Rottensteiner
Mit Illustrationen von András Karakas
György Korga, Květa Kovářová, Jörg Krichbaum
Harry Morris jr., Hans Ulrich & Ute Osterwalder
Johann Peterka, Helmut Wenske

Insel Verlag

insel taschenbuch 74
1. Auflage 1974
Erstausgabe

Insel Verlag Frankfurt am Main 1974
Vertrieb durch den
Suhrkamp Taschenbuch Verlag
Umschlag nach Entwürfen von Willy Fleckhaus
Satz: Georg Wagner, Nördlingen
Druck: Ebner, Ulm
Printed in Germany

Vorwort

Was von der sowjetischen Science Fiction – oder der »wissenschaftlichen Phantastik«, um den dort üblichen Terminus zu verwenden – bisher in der Bundesrepublik übersetzt worden ist, läßt sich rasch aufzählen. Eine 1963 in München erschienene Anthologie *Science Fiction 1,* »Wissenschaftlich-phantastische Erzählungen aus Rußland«, war ein offensichtlicher Mißerfolg und blieb ohne Nachfolger; Mirra Ginsburgs Sammlung *Draußen im Weltraum* (München 1970) gelangte nur auf dem Umweg über das Amerikanische nach Deutschland; desgleichen wurden die sowjetischen Erzählungen in Darko Suvins Anthologie *Andere Welten, andere Meere* (München 1972) aus dem Amerikanischen übersetzt. Damit ist auch schon erschöpfend angeführt, was der Leser, von einigen Kurzgeschichten in Zeitschriften abgesehen, an russischen SF-Erzählungen vorfindet. Zwei vom Verlag für fremdsprachige Literatur in Moskau vor Jahren herausgegebene Sammelbände *Der Bote aus dem All* und *Das Herz der Schlange* haben in der Bundesrepublik wohl so wenig allgemeine Verbreitung gefunden wie die verschiedenen in der DDR veröffentlichten Bücher, die indes auch nur selten die besseren Erzählungen aus Rußland vorlegten. Bei den Romanen sind nur die Brüder Strugatzki, unzweifelhaft die führenden Autoren der sowjetischen SF, ausreichend vertreten, mit *Es ist nicht leicht, ein Gott zu sein* und *Die bewohnte Insel* (Düsseldorf 1971 bzw. 1972) und *Die zweite Invasion auf der Erde* (1973, zwei Kurzromane) und *Montag beginnt am Samstag* (1974) im Insel Verlag, wo weitere Romane der Strugatzkis vorbereitet werden. Zwei frühere und schwächere Romane der Strugatzkis erschienen in der DDR: *Atomvulkan Golkonda* (Berlin 1961, mit westdeutschen Lizenzausgaben in Berlin) und *Der ferne Regenbogen* (Berlin 1971); seit neuestem gibt es dort auch einen ihrer jüngsten Romane, *Das Hotel zum verunglückten Bergsteiger* (Berlin 1973). In DDR wie BRD erschien auch Iwan Jefremows (1905-1972) *Andromedanebel* (deutscher Titel *Das Mädchen aus dem All*), der Roman der sowjetischen Science Fiction mit dem höchsten historischen (wenn auch nicht literarischen) Stellenwert. 1958/59 gab es eine gekürzte, 1967 eine vollständige Ausgabe bei einem Ostberliner Verlag; die westdeutsche Taschenbuchausgabe 1971 ist leider schändlich gekürzt und tendenziös bearbeitet.

Man kann also, selbst wenn man die phantastischen Romane von Abraham Terz und Amosow berücksichtigt, nicht behaupten, die sowjetische Science Fiction hätte auf dem deutschen Buchmarkt in wesentlichem Maße Eingang gefunden. Grund genug, diesen zweiten Science-Fiction-Almanach *Polaris* der zu Unrecht vernachlässigten sowjetischen Science Fiction zu widmen. Naturgemäß kann dieser Band, bei rund fünfzig regelmäßig Science Fiction produzierenden Autoren, nur eine kleine Auswahl aus der Vielzahl der Veröffentlichungen bieten, und gerade deshalb wurde auch nicht versucht, andere als literarische Kriterien anzuwenden. Darum beispielsweise ist Iwan Jefremow, der möglicherweise für die Geschichte der modernen russischen SF historisch bedeutsamste Autor, hier nicht vertreten.

Das Spektrum der Erzählungen reicht vom liebenswürdig-heiteren Humor Wadim Schefners bis zu der düsteren und grimmigen Einstellung Warschawskis und Gansowskis. Gansowskis Geschichte geht frontal gegen die Wissenschaftsgläubigkeit und den Fortschrittsoptimismus der Masse der russischen SF; obwohl in der Aussage etwas suspekt, kann man dieser ungewöhnlichen »Wildtöter«-Geschichte Kraft nicht absprechen. Untypisch für das Werk der Autoren ist auch *Wanderer und Reisende* von den Strugatzkis, ein poetisches Stimmungsbild aus ihrer früheren Periode, bevor sie sich beinahe ausschließlich beißender Sozialkritik (und längeren Erzählungen) zuwandten.

Zwei Beiträge befassen sich theoretisch mit der sowjetischen Science Fiction. R. Nudelman ist einer der führenden sowjetischen Theoretiker der Gattung, mit einer Vorliebe für den instrumentalen Relativismus, der in Lem seine höchste Verkörperung gefunden hat, während Darko Suvin, Professor an der McGill-University in Kanada und einer der namhaftesten und belesensten Gelehrten auf dem Gebiet der Science Fiction, in der utopischen Tradition, dem Traum von einer besseren Welt, den höchsten Vorzug der russischen Science Fiction erblickt. Den Leser, der zusätzliche Informationen wünscht, verweise ich im besonderen auf das Vorwort zu Darko Suvins Anthologie *Andere Welten, andere Meere* (München 1972) und den Aufsatz *Abriß der sowjetischen Science Fiction* von demselben Autor in Eike Barmeyers Essay-Sammlung *Science Fiction* (München 1972). Dr. Buchners Büchlein *Das programmierte Glück* (München–Wien 1970) verwertet zuwenig Quellen, um eine gute Einführung zu sein, enthält aber interessante Ausführungen zu Samjatin, Terz und vor allem zwei Romanen der Strugatzkis.

Mein besonderer Dank gilt Prof. Dr. Darko Suvin für den Hinweis auf die in diesem Band enthaltenen Beiträge von Nudelman und Warschawski. *Franz Rottensteiner*

Sewer Gansowski
Der Tag des Zorns

»Der Vorsitzende der Kommission: Sie verstehen einige Sprachen, Sie sind mit der höheren Mathematik vertraut und können bestimmte Arbeiten verrichten. Glauben Sie, daß Sie deshalb ein Mensch sind? Otark: Ja, natürlich. Können denn die Menschen sonst noch etwas?

Aus einer mit dichtem Gras bewachsenen Senke tauchten zwei Reiter auf. Sie begannen jetzt, den Hügel hinanzureiten. Voran auf einem graugefleckten Hengst ritt der Förster, und hinter ihm Donald Betley auf einer rotbraunen Stute. Auf dem steinigen Pfad geriet die Stute ins Stolpern und sank in die Knie. Betley, der ganz in Gedanken versunken war, wäre beinahe vornüber geflogen. Denn der Sattel – ein englischer Rennsattel mit nur einem Riemen – rutschte dem Pferd bis auf den Hals.

Der Förster wartete auf ihn, ohne abzusteigen.

»Lassen Sie sie nicht mit dem Kopf hinunter. Sonst stolpert sie.«

Betley biß sich auf die Lippen und warf ihm einen ärgerlichen Blick zu. Zum Teufel, das hätte er eigentlich früher sagen können! Er ärgerte sich aber über sich selbst, weil er sich von dem Pferd hatte übertölpeln lassen. Als Betley die Stute wieder sattelte, blies sie den Bauch auf, so daß dann beim Reiten der Riemen ganz locker hängen sollte.

Er straffte die Zügel so, daß das Pferd zu tänzeln anfing und sogar einen Schritt zurück machte.

Der Weg wurde wieder flacher. Sie ritten über eine Hochebene, und vor ihnen erhoben sich die mit Nadelholz bewachsenen Gipfel einer Hügelkette.

Die beiden Pferde trabten kräftig voran. Sie fielen manchmal von selber in Galopp und versuchten, einander zu überholen. Wenn die Stute nach vorn kam, zeigten sich Betley die glattrasierten, mageren Wangen des Försters und seine düsteren Augen, die auf den Weg geheftet waren. Er schien seinem Weggefährten überhaupt keine Beachtung zu schenken.

Ich bin viel zu direkt, dachte Betley. Und deshalb komme ich auch nicht weiter. Fünfmal habe ich schon ein Gespräch mit ihm anknüpfen wollen, aber er wirft mir entweder einen einsilbigen Brocken hin oder sagt überhaupt nichts. So geht das nicht weiter. Offenbar meint er, wenn ein Mensch gesprächig ist, so ist er auch schon ein Schwätzer, den man links liegenlassen kann. Hier in der Einöde kennt man halt nicht das Maß der Dinge, das ist alles. Hier glauben sie, daß es nichts bedeutet, ein Journalist zu sein. Und gar ein Journalist, wie ... Na schön, da werd ich ihn halt auch nicht ansprechen, hols der Teufel ...

Aber mit der Zeit hob sich seine Stimmung. Betley war ein erfolgreicher Mann und dachte, daß das Leben allen anderen auch so gut gefallen müßte wie ihm. Die Verschlossenheit des Försters wunderte ihn, aber er empfand deshalb keine Feindschaft gegen ihn.

Am Morgen war ziemlich schlechtes Wetter gewesen, aber jetzt hob sich der Nebel. Der düstere Schleier am Himmel zerfiel in einzelne kleinere Wolken. Riesige Schatten liefen eilig über die dunklen Wälder und Schluchten, und das unterstrich noch den rauhen, wilden und freien Charakter dieser Landschaft.

Betley klopfte seiner Stute auf den feuchten, nach Schweiß riechenden Hals.

»Dir haben sie wohl die Vorderbeine vertauscht, als sie dich auf die Weide ließen, und seitdem stolperst du. Na schön, wir werden schon zusammenkommen, wir zwei.«

Er gab seinem Pferd die Zügel frei und holte den Förster ein.

»Hören Sie, Mr. Meller, sind Sie hier geboren in diesem Landstrich?«

»Nein«, antwortete der Förster, ohne sich umzudrehen.

»Sondern wo?«

»Weit weg.«

»Und hier sind Sie schon lang?«

»Ja.« Meller drehte sich nun doch um zu dem Journalisten. »Sie sollten lieber etwas leiser sprechen. Sie könnten uns sonst hören.«

»Wer, sie?«

»Die Otarken natürlich. Einer hört es und sagt es gleich dem anderen weiter. Oder wäre es Ihnen angenehm, wenn man uns von hinten anspringt und die Gurgel durchschneidet? ... Und überhaupt ist es besser, sie wissen nicht, wozu wir hierherkommen.«

»Kommt es denn oft vor, daß sie angreifen? Die Zeitungen schreiben, daß Überfälle nur selten vorkommen.«

Der Förster gab keine Antwort.

»Und greifen sie selber an, mit nackten Händen?« Betley mußte sich unwillkürlich umsehen. »Oder schießen Sie auch? Haben sie überhaupt Waffen? Gewehre oder MG?«

»Sie schießen nur selten. Ihre Hände sind nicht allzu sehr geeignet dafür ... Pfui! Keine Hände sind das, sondern plumpe Tatzen! Sie können nicht gut umgehen mit Waffen.«

»Tatzen«, wiederholte Betley. »Das heißt, sie gelten hier bei euch nicht als Menschen?«

»Bei euch? Wer ist das, wir?«

»Nun, hier eben, die Bewohner dieses Landstriches.«

Der Förster spuckte aus.

»Natürlich nicht. Kein Mensch hier zählt sie zu den Menschen.«

Seine Worte kamen nur abgerissen hervor. Aber Betley hatte inzwischen seinen Vorsatz, in seinen Fragen zurückhaltend zu sein, schon wieder vergessen.

»Sagen Sie, haben Sie schon einmal mit ihnen gesprochen? Stimmt es, daß sie recht gut sprechen?«

»Die älteren ja. Die noch direkt aus dem Laboratorium

stammen ... Die jungen sprechen schlechter. Aber trotzdem sind die jungen gefährlicher. Und klüger. Ihre Köpfe sind doppelt so groß ... Plötzlich hielt der Förster sein Pferd an. Seine Stimme klang traurig. »Hören Sie, Mr. Betley, es ist doch überflüssig, daß wir über diese Dinge reden. Alles umsonst. Zehnmal habe ich schon auf solche Fragen geantwortet.«

»Was ist umsonst?«

»Nun, diese Reise da. Unsere ganze Expedition. Gar nichts wird dabei herauskommen. Und alles bleibt beim alten.«

»Aber wieso denn! Ich komme von einer einflußreichen Zeitung. Wir haben ausgezeichnete Beziehungen. Wir sammeln Material für eine Kommission des Senats. Wenn es sich herausstellt, daß die Otarken tatsächlich eine derartige Gefahr darstellen, werden die nötigen Maßnahmen ergriffen. Sie wissen ja, daß man jetzt das Militär gegen sie zum Einsatz bringen will.«

»Trotzdem wird nichts dabei herauskommen«, seufzte der Förster. »Sie sind ja nicht der erste, der von draußen hierherkommt. Jedes Jahr schicken sie einen her, und alle interessieren sie sich nur für die Otarken. Nicht aber für die Menschen, die mit den Otarken leben müssen. Und immer dieselben Fragen: Stimmt es, daß sie sich mit Geometrie beschäftigen? ... Stimmt es, daß es Otarken gibt, die die Relativitätstheorie verstehen? Als ob das irgend etwas zu bedeuten hätte! Als ob man sie deshalb vielleicht nicht ausrotten müßte!«

»Aber ich bin doch deswegen hergekommen«, unterbrach ihn Betley, »um das Material für eine Kommission vorzubereiten. Und dann wird man im ganzen Land wissen, daß ...«

»Und die anderen, glauben sie, haben nicht Material gesammelt?« unterbrach ihn nun Meller. »Ja, und außerdem ... Und außerdem, wie beurteilen Sie denn eigentlich die Lage hier? Um sich ein Urteil bilden zu können, muß man hier leben. Es ist *eine* Sache, im Wald spazierenzureiten, aber eine *andere*, hier ständig zu leben. Ach was! ... Wozu diese nutzlosen Gespräche! Reiten wir weiter.«

Er setzte sein Pferd in Trab.

»Da, jetzt geht es los. Hier beginnen die Plätze, welche sie aufsuchen. Von diesem Tal an.«

Der Journalist und der Förster waren jetzt an einem ziemlich steilen Hang. Unter den Hufen der Pferde wand sich der Pfad schlangenförmig hinunter.

Weit unten lag ein mit dichtem Buschwerk überwuchertes Tal, das an seiner Sohle von einem schmalen Fluß durchschnitten wurde. Unmittelbar jenseits des Flusses erhob sich der Wald wie eine Wand, und dahinter in weiter Ferne die schneebedeckten Gipfel des Hauptkammes.

Von hier aus hat man einen guten Ausblick in die ganze Gegend, aber nirgends konnte Betley irgendwelche Anzeichen von zivilisiertem Leben erkennen. Kein Wölkchen Rauch aus einem Kamin, kein einziger Heuschober. Dieses Gebiet schien ganz ausgestorben zu sein.

Die Sonne zog sich hinter eine Wolke zurück. Sofort wurde es kühl, und der Journalist hatte ein dunkles Gefühl, daß er eigentlich gar nicht hinunterreiten sollte in dieses Tal. Fröstelnd zuckte er mit den Schultern. Er dachte an die angenehme, warme Luft in seiner Stadtwohnung, und an die lichten, ebenfalls warmen Zimmer in der Redaktion. Aber er hatte sich sogleich wieder fest in der Hand. Unsinn! Ich war schon in anderen Situationen! Wovor sollte ich denn Angst haben? Ich bin ein ausgezeichneter Schütze, meine gute Reaktion ist allgemein bekannt. Wen hätten sie denn sonst schicken sollen, wenn nicht mich? Er bemerkte, wie Meller sein Gewehr von der Schulter nahm, und tat das gleiche.

Die Stute setzte vorsichtig die Beine auf dem engen Pfad.

Während sie hinunterritten, sagte der Förster:

»Wir werden versuchen, nebeneinander zu reiten. Und am besten überhaupt kein lautes Wort. Gegen acht Uhr sollten wir bei Stehliks Farm sein. Dort übernachten wir.«

Ungefähr zwei Stunden ritten sie schweigend nebeneinander her. Sie ritten jetzt bergauf und ließen den Mount Bear hinter sich. Rechts von ihnen war immer die dunkle Wand des Waldes, und auf der linken Seite zog sich der Hang hin. Er war mit Buschwerk bewachsen, das aber so niedrig und spärlich war, daß sich dahinter kaum jemand verstecken konnte. Dann kamen sie an den Fluß hinunter und erreichten eine alte Asphaltstraße mit einer ganz verwitterten Oberfläche. Aus den Ritzen wucherte bereits das Gras.

Plötzlich hielt Meller sein Pferd an und horchte. Dann sprang er eilig ab und preßte sein Ohr an die Straßendecke.

»Irgend etwas stimmt da nicht«, sagte er und stand wieder auf. »Irgend jemand reitet hinter uns her. Weg von der Straße!«

Betley gehorchte rasch, und sie führten die Pferde durch einen Graben in ein nahes Erlengestrüpp.

Nach ungefähr zwei Minuten hörte der Journalist das Klopfen von Hufen. Da kam er schon. Man hatte das Gefühl, daß es der Reiter sehr eilig hatte.

Dann sahen sie durch das spröde Blattwerk ein graugeflecktes Pferd, welches in einem hastigen Galopp dahinsprengte. Darauf saß recht ungeschickt ein Mann in gelben Reithosen und langem Überwurf. Er ritt so nahe vorbei, daß Betley sein Gesicht genau betrachten konnte. Er hatte diesen Mann schon einmal gesehen. Er erinnerte sich sogar wo. Unlängst hatte er in einer kleinen Stadt eine Gruppe Männer an der Bar stehen gesehen. Es waren fünf oder sechs, alle breitschultrig und in schreienden Farben gekleidet. Und alle hatten sie die gleichen Augen. Träge, halbgeschlossene, freche Augen. Der Journalist kannte solche Augen – es waren die Augen von Gangstern.

Kaum war der Reiter vorbei, als Meller schon auf die Straße sprang.

»He!«

Der Mann zügelte sein Pferd und blieb stehen.

»He, warte!«

Der Reiter drehte sich um und erkannte offenbar den Förster. Einen Moment lang sahen sie einander in die Augen. Dann fuhr der Fremde mit der Hand durch die Luft, wendete sein Pferd und galoppierte davon.

Der Förster blickte ihm nach, bis man den Schlag der Hufe nicht mehr hörte. Dann schlug er sich plötzlich laut aufstöhnend mit der Faust gegen die Stirn.

»Jetzt ist alles umsonst! Jetzt ist wahrscheinlich alles vorbei.«

»Ja was denn?« fragte Betley. Er hatte auch schon wieder das Buschwerk verlassen.

»Aber was . . . unsere ganze Unternehmung ist wahrscheinlich bereits zu Ende. Alles ist aus.«

»Aber warum denn?« Der Journalist blickte den Förster an und bemerkte zu seiner Verwunderung Tränen in seinen Augen.

»Jetzt ist alles aus«, sagte Meller noch einmal, wandte sich ab und wischte sich mit der Rückseite seiner Hand die Tränen aus den Augen. »Ach, diese Schurken! Diese Schurken!«

»Hören Sie!« Betley begann auch schon, die Geduld zu verlieren. »Wenn Sie so nervös sind, dann sollten Sie vielleicht wirklich nicht weiterreiten.«

»Nervös!« rief der Förster mit einem spöttischen Lächeln auf den Lippen. »Nervös, sagen Sie? Da, passen Sie auf!«

Mit einer raschen Handbewegung zeigte er auf einen Fichtenzweig mit rötlichen Zapfen, der in einem Abstand von ungefähr dreißig Metern über den Weg hing.

Betley hatte noch nicht einmal begriffen, warum er ausgerechnet auf diesen Fichtenzweig schauen sollte, als auch schon ein Schuß krachte. Pulverdampf schlug ihm ins Gesicht, und der äußerste, einzeln hängende Zapfen fiel auf den Asphalt.

»Da haben Sie meine Nervosität.«

Meller ging in die Erlenbüsche und holte sein Pferd.

Als sie zur Farm kamen, begann es bereits zu dunkeln.

Aus dem ziemlich verwahrlosten Blockhaus trat ein großer Mann mit schwarzen Augenbrauen und zerrauften Haaren hervor. Stumm sah er dem Förster und Betley zu, wie sie ihren Pferden die Sättel abnahmen. Dann erschien auf der Treppe eine rothaarige Frau. Sie hatte ein flaches, ausdrucksloses Gesicht und war auch nicht frisiert. Hinter ihr kamen drei Kinder hervor. Zwei acht- oder neunjährige Buben und ein dreizehnjähriges schwächliches Mädchen.

Alle fünf waren keineswegs verwundert über die Ankunft Mellers und des Journalisten, weder im guten noch im schlechten Sinn. Sie standen einfach da und schauten stumm. Betley gefiel dieses Schweigen nicht.

Beim Abendessen versuchte er, ein Gespräch anzuknüpfen.

»Hören Sie, wie kommen Sie hier mit den Otarken aus? Haben Sie viel Ärger?«

»Was?« Der Farmer mit den schwarzen Brauen hielt seine Hand ans Ohr und beugte sich über den Tisch. »Was?!« schrie er noch einmal. »Sprechen Sie lauter. Ich höre schlecht.«

So ging das an die fünf Minuten weiter, und der Bauer behauptete noch immer hartnäckig, er könne nicht verstehen, was man von ihm wolle. Schließlich fuhr er mit den Händen in der Luft herum. Ja, Otarken gibt es hier. Und hat er Schwierigkeiten mit ihnen? Nun, er persönlich nicht. Und über die anderen weiß er nichts. Da kann er einfach nichts sagen.

In der Mitte dieses eigentümlichen Gesprächs erhob sich das schwächliche Mädchen, hüllte sich in einen Überwurf und ging hinaus, ohne ein Wort von sich zu geben.

Kaum waren alle Teller geleert, als auch schon die Frau des Hauses zwei Matratzen aus dem anderen Zimmer brachte und für die beiden Gäste ein Lager aufschlagen wollte.

Aber Meller hielt sie an:

»Warten Sie, wir übernachten lieber in der Scheune.«

Die Frau gab keine Antwort und richtete sich auf. Der Farmer erhob sich eilig vom Tisch.

»Warum denn? Schlafen Sie doch hier!«

Aber der Förster hatte schon die Matratzen an sich genommen.

Der großgewachsene Bauer begleitete sie mit einer Laterne in die Scheune. Eine kurze Weile blieb er stehen und schaute ihnen zu, wie sie ihr Lager bereiteten. Für einen Augenblick nahm sein Gesicht einen Ausdruck an, als wollte er etwas sagen. Er hob aber nur stumm die Hand und zauste sich das Haar. Dann verließ er die Scheune.

»Was soll das eigentlich?« fragte Betley verwundert. »Sie wollen doch nicht sagen, daß die Otarken auch Wohnhäuser aufsuchen?«

Meller hob vom Boden einen dicken Balken auf und versperrte damit das schwere Tor. Dann prüfte er noch, ob der Balken nicht herausspringe.

»Legen wir uns hin«, sagte er. »Alles mögliche kommt hier vor. Ja, sie suchen auch die Häuser auf.«

Der Journalist setzte sich auf eine Matratze und begann, seine hohen Schuhe aufzuschnüren.

»Und sagen Sie, gibt es hier noch Bären? Nicht Otarken, sondern richtige wilde Bären. Man sagt, diese Wälder waren einmal voll von Bären.«

»Keinen einzigen Bären werden Sie hier treffen«, antwortete Meller. »Das erste, was die Otarken taten, nachdem sie aus dem Laboratorium ausgebrochen waren – von einer Insel, müssen Sie wissen –, war, daß sie die wilden Bären ausrotteten. Ebenso die Wölfe. Waschbären gab es auch hier, Füchse und überhaupt alles mögliche Wild. Aus dem zertrümmerten Laboratorium haben sie Gift genommen, nun, und die Kleintiere haben sie eben mit Gift vertilgt. Auf einmal war die ganze Gegend hier mit toten Wölfen verseucht. Aus irgendeinem Grund fraßen sie die Wölfe nicht. Die Bären aber wurden restlos aufgefressen. Manchmal fraßen sie doch auch ihresgleichen.«

»Waaas?«

»Natürlich. Das sind ja keine Menschen. Bei denen weiß man nie, was man gerade von ihnen zu erwarten hat.«

»Das heißt, ihr zählt sie einfach zu den Tieren. Wilde Tiere, wie?«

»Nein.« Der Förster schüttelte den Kopf. »Zu den Tieren zählen wir sie nicht. Darüber streitet man nur in der Stadt, ob sie Menschen sind oder Tiere. Wir hier wissen, daß sie weder das eine noch das andere sind. Verstehen Sie, früher war das so: es gab Menschen, und es gab Tiere. Basta. Aber jetzt gibt es noch ein drittes – die Otarken. Und zwar zum erstenmal, zum erstenmal seitdem die Welt besteht, gibt es so etwas. Die Otarken sind keine wilden Tiere – es wäre gut, wenn sie welche wären. Und natürlich auch keine Menschen.«

»Sagen Sie«, Betley fühlte, daß er sich dieser Frage einfach nicht enthalten konnte, deren Banalität ihm aber klar war. »Sagen Sie, Meller, stimmt es, daß sie die höhere Mathematik beherrschen?«

Der Förster wandte sich plötzlich scharf zu ihm um.

»Passen Sie auf! Halten Sie den Mund mit Ihrer Mathematik! Halten Sie den Mund! Ich für meine Person gebe keinen Pfifferling für jemanden, der mit höherer Mathematik zu tun hat. Ja, ja, die Mathematik haben die Otarken im kleinen Finger! Nun, und was weiter? . . . Ein Mensch muß man sein – das ist alles.«

Er wandte sich ab und biß sich auf die Lippen.

Er ist ein Neurotiker, dachte Betley. Und noch dazu ein ziemlich starker. Er ist einfach krank.

Aber der Förster hatte sich schon wieder in der Gewalt. Es war ihm sichtlich unangenehm, daß er seine Beherrschung verloren hatte. Nach einer Weile fragte er:

»Verzeihen Sie, haben Sie ihn eigentlich zu Gesicht bekommen?«

»Wen?«

»Nun, dieses Genie, Fiedler.«

»Fiedler? ... Ja. Ich habe mit ihm gesprochen, knapp vor meiner Abreise. Ich machte ein Interview mit ihm, für die Zeitung.«

»Man hält ihn dort wahrscheinlich in einem Käfig aus Zellophanpapier. Damit er mit keinem Regentröpfchen in Berührung kommt.«

»Ja, Sie haben recht, Sie haben recht.« Betley mußte daran denken, wie man seinen Zulassungsschein überprüfte und ihn das erstemal einer Leibesvisitation unterzog. Das war an der Mauer, die das Wissenschaftliche Zentrum umgab. Dann noch eine Kontrolle und noch eine Leibesvisitation, vor dem Eingang ins Institut. Und die dritte peinliche Kontrolle, unmittelbar davor, als man ihn in den Garten ließ, wo ihm dann der große Fiedler entgegen kam. »Ja, er steht unter strenger Bewachung. Aber er ist wirklich ein genialer Mathematiker. Er war zwölf Jahre alt, als er seine ›Korrekturen zur allgemeinen Relativitätstheorie‹ schrieb. Natürlich ist er ein außergewöhnlicher Mensch. Oder nicht?«

»Wie sieht er eigentlich aus?«

»Wie er aussieht?«

Der Journalist geriet in Verwirrung. Er dachte an Fiedler, wie er ihm in einem weiten weißen Anzug im Garten entgegengekommen war. Irgendwie tolpatschig wirkte die ganze Figur. Ein ungewöhnlich breites Becken, schmale Schultern. Und dieser kurze Hals ... Es war ein recht merkwürdiges Interview, Betley fühlte ganz deutlich, daß eher er es war, der interviewt wurde. Das heißt, Fiedler antwortete auf seine Fragen. Aber recht eigentümliche Antworten waren das. Als ob er sich über den Journalisten lustig machen wollte, und nicht nur über den Journalisten, sondern über die ganze übrige Welt jenseits der Mauern des Wissenschaftlichen Zentrums. Und er stellte auch selber Fragen. Aber wiederum recht eigentümliche. Ganz komisches Zeug fragte er, etwa von der Art, ob Betley gern

Karottensaft trinke. Schließlich gewann Betley den Eindruck, es handle sich um ein experimentelles Gespräch: er, Fiedler, studiert einen gewöhnlichen Menschen.

»Er ist mittelgroß«, antwortete schließlich Betley, »und hat kleine Augen ... Aber haben Sie ihn denn nicht selber gesehen? Er war doch manchmal hier, am See und im Laboratorium.«

»Er war zweimal hier«, antwortete Meller. »Aber um ihn herum war eine derartige Schar von Bewachern, daß ein gewöhnlicher Sterblicher nicht einmal bis auf einen Kilometer an ihn herankam. Damals waren die Otarken noch hinter Gittern. Richard und Klein arbeiteten mit Fiedler zusammen. Klein haben sie dann später aufgefressen. Und nachdem die Otarken ausgebrochen waren, zeigte sich Fiedler nicht mehr in dieser Gegend ... Was sagt er übrigens jetzt über die Otarken?«

»Über die Otarken? ... Er sagt, das sei ein sehr interessantes wissenschaftliches Experiment gewesen. Ein sehr aussichtsreiches, meinte er. Aber jetzt beschäftigt er sich nicht mehr damit. Zur Zeit befaßt er sich mit kosmischen Strahlungen ... Er bedauerte auch die Opfer, im Zusammenhang mit den Otarken.«

»Und wozu war die ganze Sache mit den Otarken eigentlich gut? Wozu?«

»Nun, wie soll ich Ihnen sagen ...« Betley suchte nach den geeigneten Worten. »Schauen Sie, in der Naturwissenschaft fragt man sich so: was ist, wenn ... Auf diese Weise sind schon viele Erfindungen zustande gekommen.«

»Das versteh ich nicht ganz, dieses *Was ist, wenn ...*«

»Also, nehmen wir ein Beispiel: Was ist, wenn man in einem magnetischen Feld einen Leiter unter Strom setzt? Nun, so entstand der Elektromotor ... Sehen Sie, ein richtiges Experiment eben ...«

»Schönes Experiment.« Meller knirschte mit den Zähnen. »Ein sehr schönes Experiment. Lassen Menschenfresser auf

Menschen los. Aber an uns hier denkt jetzt niemand, an die einheimischen Bewohner dieses Landstrichs. Sollen sie nur sehen, wie sie selber zurecht kommen, heißt es bei denen in der Stadt. Fiedler interessieren die Otarken nicht mehr, er hat sie schon abgetan. Und uns auch. Inzwischen aber sind es schon Hunderte in den Wäldern, und keiner weiß, was sie gegen die Menschen ausbrüten.«

Er verstummte und holte tief Luft.

»Och, man kann sich ja kaum vorstellen, was denen da eingefallen ist! Wilde Tiere zu machen, die klüger sind als der Mensch. Haben bereits völlig durchgedreht, in der Stadt. Zuerst die Atombomben und jetzt das hier. Anscheinend beabsichtigt man, das Menschengeschlecht ganz auszurotten.«

Er erhob sich, nahm sein geladenes Gewehr und legte es neben sich auf die Erde.

»Passen Sie auf, Mr. Betley. Wenn es Alarm gibt in der Nacht, wenn einer am Tor rüttelt oder sonst irgendwie einzudringen versucht, bleiben Sie liegen, wo Sie sind. Sonst erschießen wir uns noch gegenseitig in der Dunkelheit. Sie bleiben liegen, und ich weiß schon, was ich zu tun habe. Ich habe mich schon so gedrillt darauf, daß ich wie ein Wachhund reagiere.«

Am nächsten Morgen, als Betley aus der Scheune trat, schien die Sonne so hell, und das vom letzten Regen frisch gewaschene Gras war so frisch, daß ihm die nächtliche Unterhaltung mit dem Förster eher wie ein unwirklicher Alptraum vorkam.

Der Farmer mit dem schwarzen Bart war schon auf seinem Feld. Sein Hemd blinkte wie ein weißes Pünktchen von der anderen Seite des Flusses herüber. Einen Augenblick lang erschien es dem Journalisten, als sei das hier das wahre Glück: wie hier, zusammen mit der Sonne aufzustehen, ohne die Hast und die Sorgen des komplizierten Stadtlebens, und nur mit dem Handgriff einer Schaufel und dunkelbraunen Erdschollen zu tun zu haben ...

Aber der Förster versetzte ihn bald wieder in die Wirklichkeit zurück. Er erschien im Scheunentor mit dem Gewehr in der Hand.

»Kommen Sie. Ich zeige Ihnen etwas Nettes.«

Sie gingen um die Scheune herum und erreichten den Gemüsegarten von der Hinterseite des Hauses. Da benahm sich Meller recht merkwürdig. Er duckte sich, rannte durch niedriges Buschwerk und ließ sich in einem Graben neben den Kartoffelreihen nieder.

Dann gab er dem Journalisten ein Zeichen, dasselbe zu tun.

Sie gingen nun langsam um den Gemüsegarten herum, immer in den Graben geduckt. Einmal drang aus dem Haus die Stimme einer Frau, aber man konnte ihre Worte nicht verstehen.

Meller blieb stehen.

»Da, schauen Sie.«

»Was denn?«

»Sie haben doch gesagt, daß Sie ein Jäger sind. Schauen Sie nur genauer hin!«

An einer kahlen Stelle des Bodens zeichnete sich eine deutliche Spur mit fünf Krallen ab.

»Ein Bär?« fragte Betley. Sein großstädtisches Jägerherz begann, sich zu rühren.

»Was denn für ein Bär? Bären gibt es schon lange keine mehr in dieser Gegend.«

»Ein Otark also?«

Der Förster nickte.

»Und noch dazu ganz frische Spuren«, flüsterte der Journalist.

»Von dieser Nacht«, sagte Meller. »Sehen Sie, sie sind feucht geworden.«

»Im Haus?« Betley lief es kalt über den Rücken. »Sie meinen, hier im Haus?«

Der Förster gab ihm keine Antwort. Er wies bloß mit

dem Kopf zum Graben, und sie machten sich schweigend auf den Rückweg. Bei der Scheune wartete Meller, bis Betley verschnauft hatte.

»Ich habe es mir schon gestern abend gedacht. Und zwar bereits, als wir am Abend ankamen und Stehlik vorgab, schlecht zu hören. Er wollte bloß haben, daß wir lauter sprechen und daß der Otark alles mit anhören konnte. Und der Otark saß im Zimmer nebenan.«

Der Journalist hatte das Gefühl, als würde ihm bald die Stimme versagen.

»Was sagen Sie da? Soll das heißen, daß sich hier die Leute mit den Otarken zusammentun? Gegen die Menschen?«

»Leise, leise«, sagte der Förster. »Was heißt schon zusammentun? Stehlik konnte einfach nichts tun. Eines Tages kam der Otark und er blieb. Das kommt oft vor. Ein Otark kommt zum Beispiel und legt sich in das offene Bett im Schlafzimmer. Oder er verjagt die Leute einfach aus dem Haus und bewohnt es ein oder zwei Tage, einfach so.«

»Nun, und die Menschen? Warum knallt man sie nicht einfach ab?«

»Wie soll man auf sie schießen, wenn im Wald weiß Gott wie viele Otarken sind? Und der Bauer hat Kinder und das Vieh auf der Weide, und ein Haus, das man anzünden kann ... Aber in erster Linie sind es die Kinder. Schließlich können sie ja die Kinder rauben. Und wer beobachtet schon die Kleinen auf Schritt und Tritt? Außerdem haben sie hier allen die Gewehre weggenommen. Und zwar gleich am Anfang. Viele Jahre ist das her.«

»Und die Leute haben ihre Gewehre hergegeben?«

»Was blieb ihnen übrig. Wer sie nicht hergab, der bereute es später ...«

Er sprach den Satz nicht zu Ende und starrte plötzlich auf ein Weidengehölz in etwa fünfzehn Schritt Entfernung.

Was dann folgte, dauerte nicht länger als zwei oder drei Sekunden.

Meller hob das Gewehr und entsicherte es. Gleichzeitig erhob sich hinter dem Weidengestrüpp eine unförmige braune Masse, ein Paar böser, verängstigter, riesiger Augen blickte ihnen entgegen und eine Stimme ertönte:

»Nicht schießen! Nicht schießen!«

Instinktiv faßte der Journalist Meller an der Schulter. Ein Schuß krachte, aber die Kugel hatte nur ein Blatt herabgerissen. Die braune Masse faltete sich gleichsam in der Mitte zusammen, lief wie eine Kugel dem Wald zu und verschwand zwischen den Bäumen. Einige Augenblicke hörte man noch das Krachen des Unterholzes, und dann war alles wieder still.

»Hol Sie der Teufel!« Der Förster fuhr wütend herum. »Warum haben Sie das getan?«

Der Journalist verlor seine Gesichtsfarbe und flüsterte:

»Er sprach wie ein Mensch ... Er bat, nicht zu schießen ...«

Einen Moment lang fixierte ihn der Förster, aber gleich darauf verwandelte sich sein Zorn in müde Gleichgültigkeit. Er ließ das Gewehr sinken.

»Tja, wahrscheinlich haben Sie recht ... Beim erstenmal beeindruckt einen das immer.«

Hinter ihnen raschelte es im Gebüsch. Sie drehten sich um.

Die Frau des Bauern sagte: »Kommen Sie, gehen wir ins Haus. Ich habe schon den Tisch gedeckt.«

Beim Essen gaben sich alle den Anschein, als sei gar nichts geschehen.

Nach dem Frühstück half ihnen der Farmer die Pferde satteln. Sie verabschiedeten sich schweigend.

Als sie schon unterwegs waren, fragte Meller:

»Sagen Sie, was haben Sie eigentlich für einen Plan? Bis jetzt kenne ich mich noch nicht so recht aus. Was mir gesagt wurde, war, daß ich Sie hier in die Berge begleiten soll, und nicht mehr.«

»Was für einen Plan? . . . Nun, wie Sie eben sagen, in die Berge reiten. Die Menschen hier kennenlernen – je mehr, um so besser. Die Otarken kennenlernen, wenn es sich ergibt. Mit einem Wort, die Atmosphäre hier fühlen.«

»Und auf dieser Farm hier, haben Sie sie schon gefühlt, die Atmosphäre?«

Betley zuckte mit den Schultern.

Der Förster hielt plötzlich sein Pferd an.

»Still . . .!«

Er horchte angestrengt.

»Jemand ist hinter uns her . . . Irgend etwas ist passiert auf der Farm.«

Betley hatte noch nicht einmal Zeit gefunden, sich über das erstaunliche Gehör des Försters zu wundern, als hinter ihnen ein Schrei ertönte:

»He, Meller, he!«

Sie wendeten ihre Pferde, und zu ihnen gelaufen kam der Farmer. Er war völlig außer Atem. Er fiel beinahe hin, fing sich aber noch am Sattel des Försters.

»Der Otark hat Tina weggeschleppt. Zur Wolfsschlucht.«

Mit weit aufgerissenem Mund rang er nach Luft und von der Stirn perlte der Schweiß.

Mit einem Griff hob der Förster den Bauern zu sich in den Sattel. Sein Hengst stürmte davon, und der Schmutz flog in hohem Bogen hinter ihm her.

Betley hätte nie im Leben vermutet, daß er so schnell reiten könne. Erdlöcher, Astwerk, umgestürzte Bäume und Gräben flogen unter ihm dahin und verschmolzen in mosaikartige Streifen. Irgendwo schlug ihm ein Zweig die Kappe vom Kopf, aber er bemerkte es nicht einmal.

Dieser Teufelsritt war übrigens nicht sein Werk. Schuld daran war nur seine Stute. Ein wilder Eifer hatte sie erfaßt, und sie versuchte mit aller Kraft, mit dem Hengst Schritt zu halten. Betley umschlang ihren Hals. Er fürchtete sich, jeden Augenblick das Genick zu brechen.

Bei einer Lichtung trafen sie auf die Frau des Farmers, und schon waren sie am Eingang zu einer großen Schlucht.

Der Förster sprang vom Pferd und lief, begleitet vom Farmer, einen langen Pfad entlang, auf einen üppig wuchernden dunklen Föhrenhain zu.

Der Journalist brachte sein Pferd zum Stehen, warf ihm die Zügel über den Hals und rannte Meller nach. Während er hinter dem Förster herlief, fiel ihm ein, wie sich dieser plötzlich verändert hatte. Von der früheren Unentschlossenheit und Apathie Mellers war nichts mehr übrig. Seine Bewegungen waren jetzt leicht und entschlossen, ohne eine Sekunde zu zögern, änderte er die Richtung, sprang über Gräben hinweg und duckte sich unter herabhängende Äste. Man hatte den Eindruck, als folge er einer mit dicker Kreide vorgezeichneten Spur des Otarken.

Eine Zeitlang konnte Betley mit dem Förster mithalten, dann fiel er aber immer mehr zurück. Er bekam starkes Herzklopfen, litt plötzlich unter Luftmangel und spürte ein Brennen im Hals. Er setzte seinen Weg in gemäßigtem Schritt fort, und ging eine Weile allein im Gehölz dahin, bis er vor sich Stimmen hörte.

An der engsten Stelle der Schlucht hatte sich der Förster mit dem Gewehr im Anschlag aufgepflanzt. Er stand vor einem dichten, verwilderten Haselnußgestrüpp. Neben ihm war der Vater des Mädchens.

Der Förster sprach laut und vernehmlich:

»Laß sie los. Sonst knall ich dich ab.«

Er sprach in das Gestrüpp hinein.

Als Antwort ertönte ein wildes Brüllen, gemischt mit dem Weinen eines Kindes.

Der Förster sprach ihn noch einmal an:

»Sonst erschieß ich dich. Du kannst Gift drauf nehmen, daß ich dich erwische und dich wie einen räudigen Hund abknalle. Du kennst mich ja.«

Wieder ertönte das Gebrüll. Dann meldete sich eine

András Karakas

András Karakas

Stimme, aber keine menschliche, sondern eher die eines alten Grammophons, und der ganze Satz schien ein einziges langes Wort zu sein:

»Und wenn ich sie hergebe, erschießt du mich nicht?«

»Nein«, sagte Meller. »Dann kommst du mit dem Leben davon.«

Im Gestrüpp herrschte eisige Stille. Nur hie und da drang ein leises Schluchzen hervor.

Dann hörte man das Krachen von Zweigen, und etwas Weißes blinkte im Gebüsch. Das schwächliche Mädchen kam aus dem Buschwerk hervor. Die eine Hand blutete, sie hielt sie mit der anderen umfaßt.

Leise schluchzend ging sie an den drei Männern vorbei und ging, ohne auch nur einem von ihnen ins Gesicht zu schauen, langsam und stolpernd zum Haus zurück.

Alle drei blickten ihr stumm nach.

Der Farmer mit dem schwarzen Bart überflog Meller und Betley mit einem eigentümlichen Blick. In seinen unnatürlich weit aufgerissenen Augen lag etwas derart Schneidendes, daß es der Journalist nicht aushielt und den Kopf senkte.

»Und jetzt sind Sie wohl am Ende mit Ihrer Weisheit, was?« sagte der Farmer.

Über Nacht blieben sie in einem kleinen unbenützten Wärterhäuschen im Wald. Bis zum See mit der Insel, auf welcher einmal das berüchtigte Laboratorium war, wären es nur noch einige Stunden gewesen, aber Meller wollte nicht in der Dunkelheit reiten.

Sie waren nun schon den vierten Tag unterwegs, und der Journalist fühlte, daß sein erprobter Optimismus böse Sprünge bekam. Früher hatte er bei jeder Unannehmlichkeit, die ihm widerfuhr, die Phrase bereit: und trotzdem ist das Leben eine höllisch schöne Sache! Aber jetzt wurde ihm klar, daß dieser Ausspruch, der bisher durchaus brauchbar war, wenn er zum Beispiel in einem komfortablen Waggon von einer Stadt zur anderen reiste oder durch eine sich lautlos öffnende Glastür das Vestibül eines Hotels betrat, um sich mit irgendeiner Prominenz zu treffen – daß dieser Ausspruch nun seine Gültigkeit verlor. Zum Beispiel bei dem Vorfall mit dem Farmer Stehlik.

Die ganze Gegend schien von einer Krankheit vergiftet zu sein. Die Leute waren apathisch, sie sprachen kaum ein Wort. Nicht einmal Kinder sah man lachen.

Einmal fragte er Meller, warum die Bauern eigentlich das Gebiet nicht verließen. Er erklärte ihm, alles, was die Leute hier besäßen, sei das Land. Wer aber wollte sich schon ankaufen in einer von den Otarken verseuchten Gegend? Die Preise für Grund und Boden näherten sich hier bereits dem Nullpunkt.

Dann fragte Betley:

»Und warum ziehen denn *Sie* nicht fort?«

Der Förster dachte nach. Er biß sich auf die Lippen, schwieg eine Weile, und dann sagte er:

»Schauen Sie, hier kann ich mich doch irgendwie nützlich machen. Die Otarken fürchten sich vor mir. Und ich habe hier nichts als meine Kleider am Leib. Keine Familie, und auch kein Haus. Gegen mich haben die Otarken keine Handhabe. Mit mir können sie sich nur schlagen. Aber das ist gefährlich.«

»Das heißt, die Otarken haben Respekt vor Ihnen.«

Meller hob erstaunt den Kopf.

»Die Otarken? . . . Aber, aber! Die sind doch nicht fähig zu einer solchen Regung. Sie sind keine Menschen. Sie fürchten sich bloß. Und das ist auch richtig so. Denn ich bringe sie um, wo ich nur einen erwische.«

Indessen schienen die Otarken die Gefahr, die ihnen vom Förster drohte, auf sich zu nehmen. Meller und Betley spürten das. Mit der Zeit schien es, als schließe sich ein immer enger werdender Ring um sie. Dreimal wurde auf sie schon geschossen. Ein Schuß kam aus dem Fenster eines verfallenen Hauses, und zwei geradewegs aus dem Wald. Sie wurden zwar nie getroffen, aber jedesmal fanden sich nach dem Schuß frische Spuren. Und überhaupt wurden die Spuren der Otarken von Tag zu Tag häufiger . . .

In dem Wärterhäuschen war ein kleiner, aus rohen Steinen errichteter Herd. Sie machten Feuer und bereiteten sich das Abendessen. Der Förster steckte sich eine Pfeife an und blickte niedergeschlagen vor sich hin.

Die Pferde ließen sie ein paar Schritte vor der geöffneten Tür der Hütte stehen.

Der Journalist betrachtete den Förster. Seit der Zeit, als sie zusammen waren, stieg seine Hochachtung vor diesem Menschen von Tag zu Tag. Meller war im üblichen Sinn ungebildet. Er hatte sein ganzes Leben im Wald verbracht. Er hatte so gut wie nichts gelesen, und man konnte mit ihm keine zwei Minuten über die Kunst reden. Und trotzdem spürte der Journalist, daß er sich keinen besseren Freund vorstellen könnte. Seine Worte kamen immer unverbildet, und sein Urteil war absolut selbständig. Wenn er nichts zu sagen wußte, dann schwieg er eben. Am Anfang kam er dem Journalisten ausgelaugt und gereizt und schwach vor. Aber jetzt wurde es Betley klar, daß das nichts anderes war als der Kummer um das Schicksal der Einwohner dieses verlorenen Landstrichs, welchen einige Gelehrte ins Unglück gestürzt hatten.

Seit zwei Tagen fühlte sich Meller krank. Das Sumpffieber quälte ihn. Durch die hohe Temperatur bedeckte sich sein Gesicht mit roten Flecken.

Das Feuer brannte im Herd. Ganz unerwartet knüpfte der Förster ein Gespräch an.

»Sagen Sie, ist er eigentlich jung?«

»Wer?«

»Nun, dieser Gelehrte, Fiedler.«

»Ja«, antwortete der Journalist. »Ungefähr dreißig. Nicht älter. Warum?«

»Schlecht. Sehr schlecht, daß er jung ist«, sagte der Förster.

»Warum?«

Meller schwieg eine Weile. Dann sagte er:

»Ja, diese Talentierten. Sobald man sie entdeckt, schnappt man sie und sperrt sie in einen goldenen Käfig. Dort werden sie verhätschelt. Aber das Leben lernen sie nicht kennen. Und deshalb können sie auch nicht mitfühlen mit den Menschen.« Er seufzte. »Zuerst muß man einmal ein Mensch sein. Und dann erst ein Wissenschaftler.«

Er erhob sich vom Herd.

»Es ist Zeit zum Schlafen. Wir müssen uns abwechselnd hinlegen. Sonst bringen uns die Otarken die Pferde um.«

Der Journalist hatte die erste Nachtwache.

Die Pferde fraßen an einem vom Vorjahr stehengelassenen Heuschober.

Betley ließ sich an der Türschwelle der Hütte nieder und legte sein Gewehr über die Knie.

Die Nacht kam rasch und überzog das Land mit einer schwarzen Decke. Seine Augen gewöhnten sich langsam an die Dunkelheit. Der Mond kam hervor. Der Himmel war klar und sternenübersät. Eine Schar verspäteter Zugvögel flog über seinem Kopf dahin.

Betley stand auf und ging um das Wärterhäuschen herum. Ein sehr dichter Wald umfaßte die Lichtung, wo das Häuschen stand, und darin bestand auch die Gefahr. Der Journalist überprüfte die Sicherung seines Gewehrs.

Er ließ die Ereignisse der letzten Tage im Geist an sich vorüberziehen, die Gespräche und die Menschen, mit denen er zusammengetroffen war. Und er stellte sich vor, wie er über die Otarken berichten würde, wenn er in die Redaktion zurückkam. Dabei kam ihm plötzlich zum Bewußtsein, daß dieser Gedanke an seine Rückkehr eigentlich ständig in ihm war und alles, womit er hier in Berührung kam, in einem besonderen Licht erscheinen ließ. Sogar als sie hinter dem Otarken her waren, der das Mädchen geraubt hatte, war ihm immer bewußt, daß er, Betley, zurückkehren und das alles hinter sich lassen könne, wie böse und widerwärtig hier auch alles war.

»Ich werde zurückkehren«, sagte er zu sich selber. »Und Meller? Und alle anderen hier ...?«

Aber dieser Gedanke war viel zu rauh und zu unangenehm, als daß er ihn jetzt zu Ende denken wollte.

Er setzte sich in den Mondschatten der Hütte und dachte über die Otarken nach. Es fiel ihm der Titel eines Artikels in irgendeiner Zeitung ein: »Verstand ohne Menschlichkeit.« Ja, Verstand ohne Güte. Das klang genauso wie die Worte des Försters. Für den waren die Otarken keine Menschen, weil sie kein ›Mitgefühl‹ hatten. Verstand ohne Güte. Aber ist denn so etwas möglich? Gibt es denn das? Kann man sich so etwas überhaupt vorstellen? Und was war denn zuerst? Ist nicht die Güte, oder sagen wir die Menschlichkeit, eine Folge des Verstandes? Oder, weiß der Teufel, umgekehrt ...? Nun, es ist ja tatsächlich schon bewiesen, daß die Otarken besser geeignet sind zum logischen Denken als die Menschen, daß sie mehr Abstraktionsfähigkeit besitzen, und auch ein besseres Gedächtnis. Und es gab bereits Gerüchte, wonach einige Otarken im Kriegsministerium gehalten wurden, zur Lösung irgendwelcher spezieller Aufgaben. Aber schließlich werden ja auch die sogenannten denkenden Maschinen zur Lösung aller möglichen besonderen Aufgaben herangezogen. Und was soll da für ein Unterschied sein?

Es fiel ihm ein, wie einer der Bauern ihnen gesagt hatte, er habe unlängst einen beinahe nackten Otarken gesehen, und der Förster antwortete darauf, daß die Otarken in der letzten Zeit dem Menschen immer ähnlicher würden. Was ist, wenn sie wirklich die Welt eroberten? Was ist, wenn sich der Verstand ohne Güte tatsächlich als stärker erweist als der menschliche Verstand?

Aber das wird nicht so bald sein, sagte er sich selbst. Sogar, wenn es sich wirklich so verhielte. Zu meinen Lebzeiten wird es jedenfalls nicht so weit kommen.

Gleich darauf aber fuhr es ihm durch den Kopf: die Kinder! In was für einer Welt würden sie leben – in der Welt der Otarken oder vielleicht in einer Welt der kybernetischen Roboter, die ja auch alles andere als menschlich sind und von denen manche behaupten, sie seien klüger als die Menschen?

Plötzlich sah er seinen kleinen Sohn vor sich, und er hörte ihn sagen:

»Hör mal, Papa. Also wir, das sind wir, ja? Und sie, das sind sie. Aber . . . aber sie glauben doch auch, daß sie wir sind, nicht?«

»Ein bißchen frühreif seid ihr doch alle«, dachte Betley. »Mit sieben Jahren habe ich keine solchen Fragen gestellt.«

Irgendwo krachte ein dürrer Zweig im Wald. Der Knabe verschwand.

Der Journalist fuhr hoch und sah sich in allen Richtungen um. Nichts. Alles in Ordnung.

Eine Fledermaus überflog in unregelmäßigen, zittrigen Bahnen die Lichtung.

Betleys Oberkörper versteifte sich. Er hatte plötzlich den Eindruck, der Förster verheimliche ihm etwas. Er hatte sich zum Beispiel noch nie darüber geäußert, wer der Reiter war, der sie am ersten Tag auf der zerfallenen Asphaltstraße überholt hatte.

Er lehnte sich wieder mit dem Rücken an die Wand des Wärterhäuschens. Sein Sohn erschien ihm ein zweites Mal, und wieder kam er mit einer Frage:

»Sag, Papa, woher kommt eigentlich alles auf der Welt? Die Bäume, die Häuser, die Luft, die Menschen? Woher kommt das alles?«

Er begann dem Knaben über seine Vorstellung von der Entwicklung der Welt zu erzählen, als er plötzlich einen brennenden Stich in der Herzgegend verspürte – und erwachte.

Der Mond war verschwunden. Aber das Morgengrau begann sich schon anzukündigen.

Die Pferde waren weg. Genauer gesagt, eines war weg,

das andere lag im Gras, und über dem Pferd machten sich drei graue Schatten zu schaffen. Einer der Schatten richtete sich auf, und der Journalist erblickte einen riesigen Otarken mit einem kolossalen, schweren Schädel. Er bleckte die Zähne, und im Halbdunkel funkelten seine großen Augen.

Da hörte man ganz in der Nähe ein Flüstern:

»Nein, er ist schon wach.«

»Geh zu ihm hin.«

»Er wird schießen.«

»Er hätte schon früher geschossen, wenn er könnte. Ich sage dir, entweder er schläft, oder er ist starr vor Schreck. Geh hin zu ihm.«

»Geh doch selber.«

Indessen war der Journalist tatsächlich in eine Art Starrheit verfallen. Er befand sich in einem eigentümlichen Halbschlaf. Es war ihm klar, daß sich etwas Schreckliches anbahnte, aber er war nicht fähig, auch nur einen Finger zu rühren.

Das Geflüster ging weiter:

»Aber der andere, der in der Hütte, der wird schießen.«

»Der ist krank. Er wird nicht aufwachen . . . Also geh schon, hörst du?«

Mit einer ungeheuren Anstrengung kniff Betley die Augen zusammen. Hinter einer Ecke der Hütte tauchte ein Otark auf. Diesmal war es ein ganz kleiner, von der Größe eines Schweins.

Seine Starrheit endlich überwindend, drückte der Journalist ab. Zwei Schüsse krachten kurz hintereinander. Und zwei Ladungen flogen gegen den Himmel.

Betley sprang auf, und das Gewehr entfiel seinen Händen. Er stürzte zur Hütte hinein, schlug zitternd hinter sich die Tür zu und schob den Riegel vor.

Der Förster stand mit dem schußbereiten Gewehr in der Hand. Seine Lippen bewegten sich fast lautlos, und der Journalist fühlte eher, als daß er sie hörte, die Frage:

»Die Pferde?«

Betley nickte stumm.

An der Tür hörte man ein Kratzen. Offenbar verrammelten die Otarken die Tür von außen.

Eine Stimme ertönte:

»He, Meller, he!«

Der Förster stürzte zur Fensteröffnung und wollte sein Gewehr hinausstrecken. Aber im selben Augenblick erschien auch schon eine schwarze Klaue gegen den Hintergrund des bereits heller werdenden Himmels. Er riß seine Büchse eilig wieder zurück.

Draußen erhob sich ein schadenfrohes Gelächter.

Dann hörte man wieder die gedämpften Laute einer Grammophonstimme:

»Jetzt ist es aus mit dir, Meller.«

Dazwischen mischten sich andere Stimmen:

»Meller, Meller, sprich mit uns ...«

»He, Förster, alter Knabe, sag etwas Vernünftiges. Du bist doch ein Mensch, mußt doch klug sein ...«

»Meller, sag etwas, und ich widerlege dich sofort ...«

»Sprich mit mir. Mit mir sollst du sprechen, Meller. Nenn mich beim Namen. Ich heiße Philipp ...«

Der Förster schwieg.

Der Journalist ging mit unsicheren Schritten zur Fensteröffnung. Die Stimmen klangen ganz nah. Die Otarken hatten also das Haus eng umzingelt. Ein scheußlicher Geruch von wilden Tieren kam beim Fenster herein. Es roch nach Blut, Auswurf und noch irgend etwas anderem.

Der Otark, welcher sich Philipp nannte, sagte direkt unter dem Fenster:

»Du bist der Journalist, ja? Du bist jetzt zum Fenster hergekommen?«

Betley räusperte sich. Seine Kehle war plötzlich ganz ausgetrocknet. Dieselbe Stimme sagte:

»Wozu bist du hierhergekommen?«

Stille.

»Du bist gekommen, damit sie uns vernichten?«

Einen Augenblick war es noch still, und dann sprachen aufgeregte Stimmen durcheinander:

»Natürlich, natürlich! Vernichten will man uns . . .! Zuerst haben sie uns gemacht, und jetzt wollen sie uns vernichten . . .«

Es entstand Gebrüll und ein aufgeregter Lärm. Der Journalist hatte den Eindruck, es entstehe unter den Otarken eine Schlägerei.

Über alle hinweg, und lauter als die anderen, schrie derjenige, welcher sich Philipp nannte:

»He, Förster! Warum schießt du nicht? Du schießt doch sonst immer? Sprich jetzt mit mir!«

Plötzlich krachte ganz unerwartet ein Schuß von oben.

Betley fuhr herum.

Meller stand auf dem steinernen Ofen oben, hatte die Latten des strohgedeckten Daches auseinandergeschoben und feuerte.

Er schoß zweimal, lud in Windeseile, und feuerte noch einmal.

Die Otarken stoben auseinander.

Meller sprang vom Ofen.

»Jetzt müssen wir schauen, daß wir die Pferde kriegen. Sonst ergeht es uns schlecht.«

Sie fanden drei getötete Otarken. Einer von ihnen, ein junger, war tatsächlich fast nackt. Haare hatte er nur im Genick.

Betley bekam beinahe einen Übelkeitsanfall, als der Förster den Otarken im Gras umdrehte. Er konnte sich mit Mühe beherrschen.

Der Förster sagte: »Vergessen Sie nicht, das sind keine Menschen. Und wenn sie auch sprechen können. Sie fressen die Menschen. Und auch ihresgleichen.«

Der Journalist beruhigte sich. Es wurde schon Tag. die

Lichtung, der Wald, die erschossenen Otarken, das alles schien ihm einen Moment lang ganz unwirklich.

Kann denn das sein? ... Und ist es er, Donald Betley, der hier steht ...?

»Also an dieser Stelle hat ein Otarke Klein gefressen«, sagte Meller. »Das hat mir einer unserer Bauern von hier erzählt. Als hier noch das Laboratorium in Betrieb war, half er manchmal beim Hausputz. Und an jenem Abend war er zufällig im Zimmer nebenan und konnte alles mit anhören ...«

Betley und Meller waren jetzt auf der Insel, im Hauptgebäude des Wissenschaftlichen Zentrums. Am Morgen hatten sie den abgehetzten Pferden die Sättel abgeschnallt, und waren über einen schmalen Damm auf die Insel gelangt. Sie hatten jetzt nur mehr ein Gewehr, denn Betleys Büchse hatten die Otarken auf der Flucht mitgenommen. Meller hatte vorgeschlagen, sehr zeitig am Morgen die nächste Farm aufzusuchen und dort die Pferde zu wechseln. Er ließ sich aber von dem Journalisten überreden, auf eine halbe Stunde das verfallene Laboratorium zu besichtigen.

»Er hat alles gehört«, erzählte der Förster. »An einem Abend war es, etwa um zehn Uhr. Klein war gerade damit beschäftigt, ein kompliziertes elektrisches Gerät auseinanderzunehmen. Er hantierte mit den Drähten, der Otark saß am Boden, und sie unterhielten sich. Besprachen irgendwelche physikalischen Probleme. Es war einer der ersten Otarken, den sie hier gezüchtet hatten, und er galt als einer der klügsten. Er beherrschte sogar einige Fremdsprachen ... Der junge Bauer reinigte gerade den Fußboden im Nebenraum und verfolgte ihr Gespräch. Dann war es auf einmal still, und man hörte einen dumpfen Schlag. Dann eine verzweifelte Stimme: O Gott ...! Das waren Kleins Worte, und in ihnen lag ein solches Entsetzen, daß dem jungen Bauern beinahe die Beine versagten. Dann gab es einen schrillen Schrei: Hilfe! Der

Bauer öffnete die Tür. Klein krümmte sich am Boden, und der Otark war damit beschäftigt, ihn systematisch aufzufressen. Der junge Bauer war starr vor Schreck und blieb einfach in der Tür stehen. Erst als sich der Otark auf ihn stürzen wollte, schlug er die Tür zu.«

»Und dann?«

»Und dann erschlugen sie noch zwei Laboranten und flüchteten in die Wälder. Fünf oder sechs blieben aber, als ob nichts geschehen wäre. Und als die Kommission aus der Hauptstadt eintraf, unterhielten sie sich mit den Leuten. Man transportierte sie natürlich ab und hielt sie in Gewahrsam. Aber später stellte sich heraus, daß sie im Zug noch einen Menschen aufgefressen hatten.«

Im größten Raum des Laboratoriums war alles so wie früher. Auf langen Tischen stand verschiedenes mit einer dikken Staubschicht bedecktes Gerät, zwischen den Drähten der Röntgenanlage zogen die Spinnen ihre Netze. Nur das Fensterglas war überall eingeschlagen und durch die Lücken drangen bereits verwilderte Akazienzweige herein.

Meller und der Journalist verließen das Hauptgebäude.

Betley wollte sich unbedingt noch die Strahlungsapparate anschauen, und er bat den Förster, noch fünf Minuten zuzugeben.

Die Asphaltdecke des Hauptweges der verlassenen wissenschaftlichen Siedlung war schon mit Gras bewachsen, und stellenweise wucherte bereits ein ziemlich kräftiges Buschwerk. In der klaren Herbstluft konnte man kilometerweit sehen. Es roch nach faulem Blattwerk und feuchtem Holz.

Als sich der Weg zu einem kleinen Platz weitete, blieb Meller plötzlich stehen.

»Haben Sie nichts gehört?«

»Nein«, antwortete Betley.

»Es geht mir die ganze Zeit im Kopf herum, wie sie uns in dem Wärterhäuschen belagerten«, sagte der Förster. »Früher kam so etwas nie vor. Sie griffen immer nur einzeln an.«

Er horchte wieder angespannt.

»Daß sie hier bloß keine Überraschung für uns vorbereiten. Wir sollten uns am besten gleich aus dem Staub machen.«

Sie kamen jetzt zu einem halbrunden niedrigen Gebäude mit vergitterten Fenstern. Die massive Tür stand halb offen. Der Betonboden war in der Nähe des Eingangs bereits mit einer dünnen Decke von halb verrotteten Naturabfällen aus rötlichen Fichtennadeln, Flugsand und Unmengen von toten Insekten bedeckt.

Vorsichtig betraten sie den ersten Raum, bei dem die Decke durchhing. Eine weitere massive Tür führte in einen niedrigen Saal.

Sie warfen einen Blick hinein. Ein Eichhörnchen mit buschigem Schweif fuhr wie der Blitz über den langen Tisch dahin und sprang mit einem Satz durch die weiten Maschen des Fenstergitters ins Freie.

Einen Augenblick schaute ihm der Förster nach. Dann horchte er wieder angespannt, preßte sein Gewehr an sich und sagte:

»Nein, so geht das nicht.«

Er drehte sich eilig um und trat den Rückzug an.

Aber es war schon zu spät.

Man hörte von draußen ein scharrendes Geräusch, und die schwere Eingangstür fiel krachend ins Schloß. Die nachfolgenden polternden Geräusche ließen darauf schließen, daß man von außen die Tür verrammelte.

Einen Moment lang schauten sich Meller und der Journalist wie auf Verabredung in die Augen, dann stürzten sie zum Fenster.

Betley schaute hinaus und taumelte zurück.

Der Platz und das weite ausgetrocknete Schwimmbecken, welches man aus irgendeinem Grund einmal hier angelegt hatte, war voll von Otarken. Fünfzig oder sechzig mochten es sein, und jeden Augenblick schien ein neuer aus dem Boden zu wachsen. Weder Menschen noch Tiere. Ein diffuser Lärm erhob sich bereits über dieser wilden Menge, einzelne Schreie und Gebrüll.

Wie vom Donner gerührt blieben die beiden Gefangenen stehen und brachten kein Wort hervor.

Ein junger Otark ganz in der Nähe erhob sich auf seine Hinterpfoten. Zwischen den Vorderbeinen hielt er etwas Rundes eingeklemmt.

»Ein Stein«, sagte der Journalist im Flüsterton. Er konnte das Ganze noch nicht fassen. »Er will einen Stein werfen ...«

Aber das war kein Stein.

Der runde Gegenstand kam durch die Luft geflogen und prallte mit einem grellen Blitz knapp neben dem Fenstergitter an die Wand. Dem Journalisten schlug ein beißender Rauch ins Gesicht.

Der Förster taumelte vom Fenster zurück. Sein Gesicht zeigte leeres Erstaunen. Das Gewehr entfiel seinen Händen. Er griff sich an die Brust.

»Och, du Teufel!« preßte er zwischen den Zähnen hervor. Er hob seine Hand und sah die blutbeschmierten Finger. »Verdammtes Vieh! Sie haben mich umgebracht.«

Er verlor rasch seine Gesichtsfarbe, machte zwei unsichere Schritte, ging in die Hocke und setzte sich endlich mit dem Rücken gegen die Wand.

»Sie haben mich erledigt.«

»Nein!« schrie Betley. »Nein!« Er zitterte wie im Fieber.

Meller biß sich auf die Lippen und wandte ihm sein blasses Gesicht zu.

»Die Tür!«

Der Journalist rannte zum Ausgang. Draußen schoben sie gerade noch etwas Schweres vor. Offenbar einen Balken.

Betley schob bei der Innentür einen Riegel vor, dann noch einen. Zum Glück war die Anlage so gebaut, daß man diese Tür fest von innen verschließen konnte.

Er kehrte zu Meller zurück.

Der Förster lag an der Wand. Er hatte seine Hand gegen

die Brust gepreßt. Auf seinem Hemd breitete sich ein feuchter Fleck aus. Der Journalist wollte ihn verbinden, aber Meller ließ es nicht zu.

»Lassen Sie das«, sagte er. »Ist ja einerlei. Ich spüre ja, daß es zu Ende geht. Und ich will mich nicht noch quälen lassen. Also rühren Sie mich nicht an.«

»Aber man wird uns doch zu Hilfe kommen!« rief Betley.

»Wer denn?«

Die Frage klang so bitter, so offen und hoffnungslos, daß es Betley kalt über den Rücken lief.

Eine Zeitlang schwiegen sie. Dann sagte der Förster:

»Erinnern Sie sich an den Reiter, der uns am ersten Tag überholt hat?«

»Ja.«

»Ich vermute, er hatte es deshalb so eilig, weil er die Otarken warnen wollte. Ein Journalist ist unterwegs. Es gibt da eine Verbindung: Die Banditen aus der Stadt und die Otarken. Und deswegen haben sich die Otarken jetzt vereinigt. Sie brauchen sich darüber nicht zu wundern. Ich bin überzeugt, wenn vom Mars irgendwelche Achtfüßler landeten – auch dann fänden sich Leute, die sich mit ihnen zusammentun.«

»Sie haben recht«, flüsterte der Journalist.

Bis zum Abend änderte sich nichts. Meller wurde zusehends schwächer. Seine Blutungen hatten aufgehört. Er ließ sich aber trotzdem nicht anrühren. Der Journalist saß neben ihm auf dem Steinboden.

Die Otarken ließen sie jetzt in Ruhe. Sie versuchten nicht, die Tür zu stürmen oder noch eine Granate zu werfen. Manchmal verstummte der Lärm vor den Fenstern, dann wurde es wieder lauter.

Als die Sonne unterging und es kühler wurde, verlangte der Förster zu trinken. Der Journalist gab ihm aus der Flasche Wasser und benetzte auch seine Stirn.

Dann sagte der Förster:

»Vielleicht ist es ganz gut, daß es jetzt die Otarken gibt.

Jetzt wird man etwas klarer sehen, was der Mensch eigentlich ist. Und es wird sich herausstellen, daß der Mensch nicht ein Wesen ist, das zählen kann und die Geometrie beherrscht, sondern etwas anderes. Sind doch allzu stolz auf ihre Wissenschaft, die Gelehrten. Und doch ist das nicht alles.«

Meller starb in der Nacht, und der Journalist lebte noch drei Tage.

Am ersten Tag dachte er nur an seine Rettung. Er machte alle Stadien durch, von der Verzweiflung bis zur Hoffnung. Er schoß auch ein paarmal beim Fenster hinaus, denn er rechnete damit, daß jemand seine Schüsse hören, und ihm zu Hilfe kommen würde.

Als es dunkelte, wurde ihm klar, daß seine Lage völlig aussichtslos war. Sein Leben kam ihm nun vor wie zwei voneinander ganz unabhängige Teile. Am meisten quälte ihn die Feststellung, daß diese beiden Teile durch keinerlei Logik oder Kontinuität verbunden zu sein schienen. Das eine Leben war das erfolgreiche, vernünftige Leben eines mit allen Wassern gewaschenen Journalisten. Und dieses Leben endete, als er zusammen mit Meller aus der Stadt hinausritt in diese mit Wäldern bedeckte Bergwelt. Und dieses erste Leben hatte gar nichts zu tun mit seinem drohenden Untergang, der ihn hier auf dieser Insel in dem verfallenen Laboratorium erwartete.

In seinem zweiten Leben konnte alles sein, oder auch nichts. Es bestand nur aus Zufälligkeiten. Es hätte aber auch ebensogut überhaupt nicht sein können, dieses zweite Leben. Es hatte ihm ja freigestanden, auch *nicht* hierherzukommen. Er hätte dieses Angebot ablehnen, und ein anderes annehmen können. Anstatt sich mit den Otarken herumzuraufen, hätte er nach Nubien fliegen können, um sich mit den Arbeiten zur Rettung der koptischen Kunstwerke vertraut zu machen.

Ein dummer Zufall hatte ihn hierhergeführt. Und das war das Schrecklichste an allem. Manchmal glaubte er für kurze Zeit gar nicht an das, was er hier alles erlebt hatte.

Dabei ging er im Saal auf und ab und berührte die von der Sonne beleuchteten Wände und die staubbedeckten Tische.

Aus irgendeinem Grund hatten die Otarken jegliches Interesse an ihm verloren. Es waren jetzt nur noch wenige auf dem Platz und im Schwimmbecken. Manchmal fingen sie untereinander zu streiten an, und einmal bemerkte Betley mit Entsetzen, wie sie über einen von ihnen herfielen, ihn in Stücke rissen und sich daranmachten, ihn zu verspeisen.

In der Nacht fiel ihm plötzlich ein, nur Meller könne an seinem Untergang schuld sein. Auf einmal ekelte ihn vor dem toten Förster, und er schleppte seinen Körper in den anderen Raum bis zur Ausgangstür hin.

Eine Stunde oder zwei saß er auf dem Boden und grübelte hoffnungslos vor sich hin:

»Mein Gott, aber warum gerade ich ...? Warum ausgerechnet ich ...?«

Am zweiten Tag ging ihm das Wasser aus, und der Durst begann ihn zu quälen. Jetzt aber war ihm bereits endgültig klar, daß er von hier nicht mehr hinauskommen würde. Er beruhigte sich und begann noch einmal, sein Leben zu überdenken. Diesmal aber ganz anders. Es fiel ihm ein, wie er ganz zu Beginn seiner Reise mit dem Förster einen Streit hatte. Meller sagte ihm, die Bauern hier würden gar nicht reden mit ihm. »Warum?« fragte Betley. »Weil Sie im Warmen leben, in der Geborgenheit«, antwortete Meller. »Und weil Sie zu den Oberen gehören. Zu denen, die sie verraten haben.« – »Aber warum soll ich denn zu den Oberen gehören?« wunderte sich Betley. »Die paar Groschen, die ich mehr verdiene als ihr hier ...« – »Ist das alles?« entgegnete der Förster. »Sie haben eine leichte, angenehme Arbeit in der Stadt. Seit Jahren kommen hier die Menschen um, und inzwischen schreiben Sie in aller Ruhe Ihre Artikel, sitzen in vornehmen Restaurants und führen gefinkelte Gespräche ...«

Er fühlte, daß der Förster damals recht gehabt hatte. Sein Optimismus, auf den er so stolz war, war letzten Endes eine

Vogel-Strauß-Politik. Er versteckte bloß seinen Kopf vor allem Übel. Er las in den Zeitungen über die Hinrichtungen in Paraguay, über den Hunger in Indien, und überlegte dabei, wie er am besten die Möbel in seiner Fünfzimmerwohnung erneuern sollte und auf welche Art und Weise er seinen guten Ruf bei gewissen einflußreichen Personen noch weiter festigen könnte. Das Problem der Otarken, das Niedermetzeln einer protestierenden Menge, die Getreidespekulationen, die geheimen Kriegsvorbereitungen – all das schob er zur Seite, als ob es für ihn nicht existiere.

Von daher betrachtet, erschien sein vergangenes Leben plötzlich sehr eng verbunden mit dem, was hier geschah. Niemals war er gegen das Böse aufgetreten, und jetzt kam die Stunde der Rache ...

Am zweiten Tag wollten die Otarken unter dem Fenster mit ihm ein Gespräch anknüpfen. Er gab ihnen aber keine Antwort.

Ein Otark sagte:

»He, komm heraus, Journalist! Wir tun dir nichts!«

Ein anderer neben ihm lachte.

Wieder dachte Betley an den Förster. Aber diesmal waren es ganz andere Überlegungen. Es kam ihm in den Sinn, daß der Förster eigentlich ein Held sei. Und wenn man es recht bedachte, der einzige Held, dem er jemals begegnet war. Allein, ohne jegliche Unterstützung, hatte er gegen die Otarken gekämpft und war unbesiegt gestorben.

Am dritten Tag erfaßte den Journalisten der Fieberwahn. Er meinte, er sei in die Redaktion zurückgekehrt und diktiere seiner Sekretärin einen Artikel.

Der Artikel hieß: »Was ist der Mensch?«

Er diktierte laut und deutlich:

»In unserem Zeitalter der rasanten Entwicklung der Wissenschaften kann es scheinen, daß die Wissenschaft tatsächlich allmächtig sei. Aber versuchen wir uns einmal vorzustellen, es gelänge einem Gelehrten, ein künstliches Gehirn zu konstruieren, welches doppelt so leistungsfähig wie das menschliche wäre. Könnte ein Wesen, mit einem derartigen Gehirn ausgestattet, zu Recht ein Mensch genannt werden? Was macht uns denn wirklich zu dem, was wir sind? Die Fähigkeit zu zählen, zu analysieren und logische Schlüsse zu ziehen? Oder etwas anderes, das vielleicht durch die Gesellschaft zustande kam, etwas, das mit der Beziehung eines Menschen zum anderen oder mit der Beziehung eines Individuums zur Gemeinschaft zu tun hat? Nehmen wir das Beispiel der Otarken . . .«

Aber seine Gedanken gerieten durcheinander . . .

Am Morgen des dritten Tages hörte man eine Explosion. Betley erwachte. Es war ihm, als sei er aufgesprungen und hielte das Gewehr schußbereit. Aber in Wirklichkeit lag er völlig erschöpft an der Mauer.

Die Schnauze eines wilden Tieres tauchte vor ihm auf. In einer quälenden Anspannung fiel ihm plötzlich ein, wem Fiedler ähnlich sah. Den Otarken!

Dann verschwand dieser Gedanke sogleich wieder. Ohne zu fühlen, wie er gequält wurde, fand Betley in dem letzten Bruchteil einer Sekunde, da er noch bei Bewußtsein war, die Überlegung, daß die Otarken eigentlich gar nicht so schrecklich seien. Es konnten ja nur hundert oder zweihundert sein in dieser unglücklichen Gegend. Man würde ihrer schon Herr werden. Aber die Menschen! . . . Die Menschen! . . .

Er konnte nicht wissen, daß die Nachricht von Mellers Verschwinden sich schon im ganzen Umkreis herumgesprochen hatte und die verzweifelten Bauern bereits ihre versteckten Gewehre ausgruben.

R. Nudelman
Gespräch im Coupé

Im Abteil ging es laut her. Alle sprachen durcheinander. Den Anstoß dazu schien ein junger Mann gegeben zu haben, der gerade irgendwo im Obergeschoß des Liegewagens den Band »Fantastik 1964« las. Und das mit unverhohlener Begeisterung. Was er betrieb, das war nicht einfach Lesen – er lebte förmlich mit. Nach jeder Erzählung brach er in lautes Lachen aus. Jede Erzählung versah er gleichsam mit einem fetten Ausrufezeichen. Überhaupt war für ihn die ganze Fantastik ein einziges ausgewachsenes Ausrufezeichen. Und er ergötzte sich offenbar auch an dem von ihm nachvollzogenen Prozeß des gedanklichen Zustandekommens einer solchen Geschichte. Keine Minute verging, ohne daß irgendwelche neue Hypothesen und Vermutungen auf uns herniederprasselten.

Aber gerade dieses scheinbar spielerische Zustandekommen der fantastischen Geschichten wollte einem Mitreisenden nicht gefallen.

»Spielereien . . .« brummte er vor sich hin. »Ungereimtes Zeug . . .«

Was er damit genau meinte, ging aus diesen Worten freilich nicht hervor. Aber eines war klar, daß der gesamten Menschheit von der Fantastik die schlimmsten Unannehmlichkeiten drohten.

Ein junger Mann am Fenster war damit beschäftigt, eine fantastische Hypothese nach der andern, wie sie auf ihn herniederprasselten, zu zerschlagen. Jede dieser Hypothesen war, wie er am Ende eines jeden Satzes stereotyp äußerte, ungenügend exakt. Einmal kam das Gesetz der Erhaltung der Materie zu Fall. Dann wieder ließen sich die Autoren in einen ungleichen Kampf mit dem zweiten Hauptsatz der Thermodynamik ein. Ja, es hatte den Anschein, als ob die Autoren der Fantastik sich verschworen hätten, alle Naturgesetze zu bezweifeln, von den Multiplikationstabellen angefangen.

Der gallige beleibte Mann gegenüber erhob seine spöttische Posaunenstimme:

»Wissen Sie, woran mich die Fantastik erinnert? Professor Landau, ein Mitglied der Akademie der Wissenschaften, hat einmal den Satz fallen lassen ›Das Paradoxe an der heutigen Fantastik besteht darin, daß der logische Verstand eines Wissenschaftlers erst dort erfolgreich zu arbeiten beginnt, wo seine Intuition aufhört‹. Sehen Sie, meine Herren, in der Fantastik ist es gerade umgekehrt: die Intuition eines Fantasten wird ganz besonders lebendig an jenen Stellen, wo sein Verstand völlig hilflos ist . . .«

Im übrigen war das alles nicht so. Das Abteil war nämlich leer. Ich saß am Fenster, und mir gegenüber, spiegelbildlich meine Gesten imitierend, saß der großartige Roboter Anti-Ich, der genau nach den Prognosen von Gennadi III Gor konstruiert worden war.

In meiner gewohnten Geradlinigkeit überfiel ich ihn gleich mit einer Frage.

»Wozu braucht die Fantastik die Wissenschaft?«

Das Anti-Ich protestierte zögernd:

»Aber es heißt doch wissenschaftliche . . .«

Ich bedachte ihn mit einem Unheil verkündenden Grinsen.

»Sag mir doch, worin besteht die Wissenschaftlichkeit der Erzählungen Bradburys? Oder der Märchen von Lem? Hast du noch nie darüber nachgedacht, daß der Terminus ›wissenschaftlich‹ von Wells in einem ganz anderen Sinn gebraucht wird? Später natürlich geriet dann alles durcheinander. Wells sprach von wissenschaftlicher Fantastik zum Unterschied, sagen wir, von der märchenhaften Fantastik. Unser heutiges Verständnis . . .«

»Hör auf!« ereiferte sich mein Anti-Ich. »Kein Mensch will die Fantastik durch die Forderung einschränken, technische Erfindungen zu prophezeien oder Hypothesen aufzustellen. Jefremow z. B. sagt doch: das Aufzeigen des Einflusses der Wissenschaft auf die Entwicklung der Gesellschaft und des Menschen . . .«

»Demonstrierst wohl wieder einmal dein Maschinengedächtnis?« unterbrach ich ihn kaltschnäuzig.

Er geriet in Verwirrung und schwieg.

»Mir scheint, da ist doch ein Widerspruch. Einerseits spricht Jefremow von der Fantastik als Literatur ganz allgemein, und dann wieder will er ganz bestimmte Ziele der Fantastik herauskehren. Es kommt mir vor, als wolle er die Fantastik auf ein einziges Problem reduzieren, auf eine einzige Definition. Aber wer hat denn jemals die Literatur auf ein einziges Problem beschränkt?! Ihre Probleme sind unzählig – es geht doch um die ganze Wirklichkeit.«

»Alles leere Worte«, seufzte mein Gegenüber. »Genaugenommen hast du überhaupt noch nichts gesagt. Aber fremde Definitionen kritisieren.«

»Na schön. Man müßte also nachdenken über die Beziehung von Fantastik und Wissenschaft . . . Es fällt einem da eine interessante Tatsache auf: je mehr die Wissenschaft zu einer bestimmenden Kraft in der Gesellschaft wird, und je größer die Rolle der Wissenschaft im menschlichen Leben, um so weniger gibt es an ihr rein Menschliches. Die Wissenschaft ›entmenschlicht sich‹ zusehends. Die Theorie schränkt das Experiment ein, und außerdem ist die Theorie immer weniger geneigt, sich mit den naiven Einmischungsversuchen der menschlichen Intuition einzulassen, mit irgendwelchen schönen bildlichen Vorstellungen. Denk nur daran, was dieser giftige Dickwanst gesagt hat, der Professor Landau auf den Plan rief. Lomonossow hat seine Atome mit ihren Häkchen genau so bildlich gesehen wie Descartes seine Gedankenstürme. Heute wird so etwas von jedem Studenten belächelt.«

»Zum Teil hast du natürlich recht . . .«, murmelte mein Anti-Ich.

»Die Fantastik will doch zwei Dinge vereinen – das rationale Wissen von der Welt und das künstlerische Wissen vom Menschen. Auf diese Weise bereitet die Fantastik den Weg für jede Literatur.«

»Vereinen?« wiederholte ich nachdenklich.

»Vereinen, ja. Und zugleich auch gegenüberstellen. Die Fantastik greift das Rationalistische auf, das die Grenzen der menschlichen Vorstellungskraft übersteigt, das über die Erfahrungen des täglichen Lebens hinausgeht. Deshalb gerät auch das menschliche Gefühl beim Zusammenstoß mit diesem beinharten Rationalismus immer in eine ernste Krise. Und von dort her entspringt auch der eigentlich einzige wesentliche Konflikt in der ganzen Fantastik – der Mensch im Angesicht des Unbekannten. Und das einzige eigentliche Sujet der Fantastik ist die Geschichte der jeweiligen menschlichen Versuche, sein eigenes Ich auf eine weitere kleine Insel des Unbekannten auszudehnen.«

»Das ist mir klar. Die Veränderung des Menschen mit der Veränderung der Welt. Aber die Veränderung der Welt, das heißt also die Gewinnung solcher neuen kleinen Inseln des Unbekannten – ist das die Aufgabe der Wissenschaft?«

»Im Grunde ja. Aber nicht ganz allgemein.«

»Zum Beispiel?«

»Im *Krieg mit den Molchen* oder bei Swift gibt es keinerlei Wissenschaft.«

»Aber, aber. Was soll uns hier Swift? Ist das denn auch Fantastik?«

»Reinsten Wassers. Nicht weniger als Lems *Sterntagebücher.*«

»Na schön. Lassen wir das jetzt. Mich interessiert etwas anderes: Wodurch unterscheidet sich das alles von der ›gewöhnlichen Literatur‹? Der sich verändernde Mensch in einer sich verändernden Welt – das ist doch genausogut ein Thema der Literatur ganz allgemein. Was soll uns hier die Fantastik? Hast du sie nicht vielleicht verloren unterwegs?«

»Ich glaube nicht. Ich bin gegen Definitionen, die so eng

sind wie gewisse modische Hosen. Was aber die Unterschiede betrifft, so liegen sie nicht im Wesen, sondern in der Darstellungsmethode.«

»In der Form, willst du sagen.«

»Nein. Die Form, das ist eine andere Ebene. Der Form nach kann die Fantastik durch und durch realistisch sein, wie zum Beispiel in den Erzählungen von Wells, während der Realismus der Form nach ganz fantastisch sein kann, wie bei Gogol oder bei Saltykow-Schtschedrin. Der wesentliche Unterschied liegt nämlich wirklich in der Methode, und nicht in der Form. Die ›gewöhnliche Literatur‹, die realistische Literatur wächst aus dem Material der konkreten Wirklichkeit, und macht auch die Veränderungen der Wirklichkeit mit – während die fantastische Literatur nicht existierende Situationen als Ausgangspunkt nimmt. Das Unbekannte wird bedingt oder hypothetisch aufgezeigt. Und deswegen ist auch das fantastische Element im Realismus nie mehr als ein bloßes Kunstmittel, eben ein Element der Form, während in der Fantastik die Form der Verkörperung einer nicht existierenden Welt, einer möglichen, nicht wirklichen Situation das realistische Moment darstellt.«

»Aha, ein Modell!«

»Ein erstaunlich unzutreffender Terminus. Jegliche Literatur ist Modell der Wirklichkeit – sie spiegelt sie doch wider.«

»Ja, natürlich, zumindest nach den Lehren des dialektischen Materialismus. Aber zum Unterschied von den Gegenwartsmodellen bringt die Fantastik Modelle einer zukünftigen Welt, wie?«

»Nicht ganz. Zukunftsmodelle zu entwerfen, das ist ein Privileg der Sozialutopien. Und in reiner Form kommen sie ja in der Fantastik kaum vor.«

»Und Jefremow? Und die Brüder Strugatzki? Und *Gast im Weltraum* von Lem?«

»Weder die Strugatzkis noch Lem haben speziell auf Utopien hingearbeitet. Die haben andere Schwerpunkte. Und

Jefremow? Nun, natürlich kann man der Fantastik nicht das Element der Utopie abstreiten. Sie ist sogar ein wesentlicher Teil der Fantastik. Aber im großen und ganzen liefert die Fantastik nicht ein Zukunftsmodell, sondern ein Modell des nicht Existierenden. Und darin liegen auch ihre kolossalen Möglichkeiten. Überleg doch selbst – wenn die Autoren der Fantastik sich als Ziel setzten, die Zukunft vorherzusagen, worauf würde das dann hinauslaufen? In ein Wetteifern um eine möglichst raffinierte Terminologie, nicht mehr und nicht weniger. Und was hat denn das noch mit Literatur zu tun? Nein, nein, die Verlegung der Zeit in die Zukunft hat einen anderen Sinn. Jeder Autor weiß, wie relativ und bedingt eine von ihm errichtete Welt ist. Vielleicht fühlt er sich gerade durch diese Relativität angezogen? Vielleicht liegt darin eine verborgene künstlerische Möglichkeit?«

»Was denn für eine Möglichkeit?«

»Irgend etwas Neues im Menschen und seiner Geschichte zu entdecken und aufzuzeigen.«

»Nein, das glaube ich eigentlich nicht. Wenn vom Menschheitsbild der Zukunft die Rede ist, so bin ich mit dir einer Meinung. Man kann ja schließlich gewisse Dinge vorhersehen oder erraten – aber da sind wir doch schon wieder bei einem ›Zukunftsmodell‹, wogegen du dich ja sträubst. Und wenn vom Menschen der Gegenwart die Rede ist, warum soll man ihn dann in unwirkliche Situationen bringen? Kann man denn seine seelischen Tiefen nicht besser und eingehender in den realen Umständen einer realen Welt ergründen?«

»Aber nein! Die nicht existierende Welt (die unwirkliche, wie du sagst) ist ja nur eine der charakteristischen Besonderheiten der fantastischen Methode. Zugrunde liegt dieser Methode eine bestimmte Hypothese, in der Regel eine rationale logische Idee. Die Hypothese ist die zweite Besonderheit der Methode. Sie ist die Brücke, auf welcher die Wissenschaft in Literatur übergeht. Und gerade dort liegt auch der Weg vom Menschen zu jenem Unbekannten, welches keinen Platz findet in der Realität des Alltags. Deshalb setzt die Hypothese auch eine nicht existierende Welt voraus.«

»Das versteh ich nicht.«

»Nun, vielleicht wird das Ganze klarer, wenn man sich Fälle vorstellt, wo dieses Moment fehlt. In einem Pamphlet zum Beispiel oder einer fantastischen Satire trifft man oft auf eine Hypothese, die in das Modell einer realen Welt gezwängt wurde. Oder man findet in einem fantastischen Abenteuerroman das Modell einer unwirklichen Welt ohne einen zentralen Kern, eben ohne Hypothese. Meiner Meinung nach schwebt die Fantastik in solchen Fällen in Gefahr, unter dem Niveau von guter Literatur zu bleiben.«

»Aber die Grenzen sind doch fließend?«

»Sicher. Ein allzu sklavisches Festhalten an einer Hypothese verzerrt natürlich die Proportionen des Modells der Realität. Aber dann verfehlt der Pfeil des Pamphlets sein Ziel und trifft anstatt dessen eine bewußt verzerrte Wirklichkeit.«

»In den fantastischen Abenteuerromanen passiert ja häufig etwas Ähnliches: weil es keinen eigentlichen Konflikt gibt, verbleibt dem Autor nur die Beschreibung einer erfundenen Wirklichkeit. Na, und die belebt er halt mit Abenteuern.«

»Richtig. Im Zusammenprall mit dem Unbekannten ergibt sich kein Gewinn für die menschliche Erkenntnis. Was bleibt, ist die Beschreibung einer erfundenen Welt, die sich beliebig ausgestalten läßt. Und nachdem man solche Details ganz willkürlich ins Unendliche ausdehnen kann, können wir mit kosmischen Wälzern, Trilogien und ganzen Epopöen rechnen ...

»Das versteh ich nicht ganz. Ist denn die unbekannte Welt nicht das Unbekannte schlechthin?«

»Aber nein! Die Welt, das ist bloß eine Erscheinungsform des Unbekannten.«

»So kommen wir nicht weiter. Drück dich ein bißchen konkreter aus.«

»Schön. Ich werde es versuchen. Also nehmen wir zum

Beispiel *Solaris*. Lem führt ein rationales Element ein, d. h. dasjenige, was nur auf logische Weise erfaßbar ist – die unendliche Veränderung der Lebensformen. Das ist die innere Hauptidee des Buches. Sie findet ihre Verkörperung in der Hypothese vom Ozean Solaris. Die Planetenwelt mit den zwei Sonnen ergibt sich dann notwendigerweise von selbst – versuch doch einmal, eine solche Idee im Rahmen eines realen Modells darzustellen.«

»Schau mal an, du kannst sogar verständlich sprechen.«

»Tja. Offenbar gibt es gewisse Probleme, die sich im Rahmen eines realen Modells einfach nicht erfassen lassen. Oder zumindest war das bisher nicht möglich. Deshalb habe ich auch die Fantastik als vorbereitenden Weg bezeichnet.«

»Nun, und der tiefere Sinn? Schließlich geht es ja gar nicht in erster Linie um die Propagierung einer wissenschaftlichen Idee ...«

»Natürlich nicht. Aber das ist ja gerade das Interessante. Sobald der Mensch sich diese sogenannten Perspektiven aneignen will, und das emotionell, passiert etwas Interessantes: das menschliche Gefühl sträubt sich hartnäckig, diese Perspektiven anzunehmen. Dem Verstand ist die Sache zwar zugänglich, aber wer einmal in solche Untiefen geblickt hat ... Brrrrrr!«

»Aber das ist ja nicht immer so. In den Erzählungen, ich meine in den typischen Erzählungen, oder sagen wir bei Jefremov gibt es nichts Ähnliches.«

»Im engeren Sinn natürlich nicht. Aber in gewissem Sinne doch. Denn beim Zusammenstoß mit dem Unbekannten eröffnet sich doch auch für den Menschen immer etwas Unbekanntes, etwas Neues. Bei Lem geschieht das immer unter großer Spannung, denn für ihn ist das Unbekannte immer das ANDERE. Etwas, das in scharfem Gegensatz zu den gewohnten Dingen steht. Bei Jefremov läuft alles ruhiger, für ihn ist das Unbekannte eine logische Folge des bereits Bekannten und Gewohnten.«

»Ja, das ist richtig. Das zeigt sich ja auch an den jeweils bevorzugten Sujets. Bei Lem erscheinen die Menschen (die uns im allgemeinen vertraut und verständlich sind, d. h. die die uns bekannte Welt verkörpern) plötzlich in einer absolut rätselhaften und unbekannten Welt. Bei Jefremov ist es geradezu umgekehrt – ungewöhnliche Helden in einer uns vertrauten Umgebung. Aber wir schweifen vom Thema ab. Du hast von den Hypothesen gesprochen und wolltest Beispiele bringen...«

»Nun, da gibt es beliebig viele. Das Wesen liegt nicht in den Beispielen. Ich versuche jetzt, einen anderen Gedanken zu formulieren: Hinter einer Hypothese (welche man sehr häufig für das Wichtigste in der Fantastik hält), hinter dem Material, das ganz offensichtlich einen unmittelbaren Zusammenhang hat mit wissenschaftlichen Daten und Fakten, hinter diesen Dingen also versteckt sich immer ein tieferes Problem, eine Idee höheren Ranges. Nimm zum Beispiel eine solche weit verbreitete Hypothese wie den Kontakt mit fremden Zivilisationen. Bei Jefremov entsteht das Problem der kosmischen Kameradschaft, und von dort her die Gedanken über die Gesetze der Ausbreitung des Verstandes im Weltraum. Bei Lem läuft das auf etwas anderes hinaus – Verstehen und Nichtverstehen. Die Strugatzkis interessiert wieder das Handeln der Menschen, ihre moralischen Kriterien und deren Bewertung – es ergibt sich das Problem der erlaubten Einmischung oder Nichteinmischung oder genauer das Problem der Mittel und Wege, die weder das angestrebte Ziel noch den Menschen korrumpieren. Und so verhält es sich mit jeder Hypothese. Wie du siehst, kann man also durch die Hypothese ein solches Problem zum Ausdruck bringen, welches sich schon deswegen nicht mit einem realen Modell vertragen würde, weil die Hypothese in der realen Erfahrung des Menschen ja nicht existiert. Ich meine in der Erfahrung eines gewöhnlichen Menschen, oder eben einer Romanfigur.

In der nicht existierenden Welt der Fantastik kann ein

Problem gereinigt von aller ›überflüssigen‹ Konkretheit erscheinen, in seiner ganzen logischen Reinheit. Versuch doch einmal, den Menschen vor die Unendlichkeit des Raums oder der Zeit zu stellen. Laß ihn einen neuen Horizont jener Welt, in der er lebt, erblicken, und zwar so, wie sich dieser Horizont vom hohen Blickpunkt der Naturwissenschaft darstellt, die uns einen ganzheitlichen Überblick über die Welt gewährt. Oder zum Beispiel die sogenannten ewigen Themen. Alles das sind eigentlich endlose Probleme, in dem Sinn, daß sie in ihrer ›allgemeinen‹ Form die ganze Menschheit brauchen – im realen Modell. Und allein das negiert schon so ein Modell. Die Hypothese wird zur gesuchten endlichen Form dieses unendlichen Inhalts, und die nicht existierende Welt seine Szene . . .«

Ich schöpfte Luft und blickte auf mein Visavis.

»Ich hör dir schon zu.«

»Der Konflikt in der Fantastik beginnt dort, wo der Mensch mit dem Unbekannten zusammenprallt. Und dort, wo es diese Gegensätze nicht gibt, gibt es auch kein widersprüchliches Material, dessen Überwindung allein etwas Neues über den Menschen aussagen kann, das heißt, dann gibt es eigentlich kein Material der Wirklichkeit, denn letzten Endes dient doch die Fantastik der Erkenntnis der Wirklichkeit. Was bleibt, sind leere Spekulationen und willkürliche Vermutungen.«

»Jetzt kann ich dir fast nicht mehr folgen«, unterbrach mich plötzlich mein Anti-Ich. »Du gebrauchst da irgendwelche neue Termini, erklärst sie nicht, und jetzt willst du eine Konzeption aufbauen – worauf denn? Was ist denn das, deine ›Rationalistische Weltsicht‹? Und was meinst du eigentlich mit deiner vielgerühmten ›Hypothese‹? Das ist mir alles viel zu allgemein und zu verschwommen. Ich könnte dir aus dem Handgelenk Dutzende Beispiele bringen, die überhaupt nicht in dein Schema hineinpassen . . .«

»Kein Wunder. Solche Beispiele kannst du auch von mir haben, so viele du willst . . . Aber du willst ja die volle Wahrheit wissen, und wenn . . .«

»Und du hast diese Wahrheit scheinbar gepachtet. Nein, nein, so geht das nicht. Fällt dir denn nicht auf, daß du bereits selber die Fantastik in den engen Rahmen von trockenen Definitionen pressen willst? Das kommt daher, daß du die heutige Literatur der Fantastik als einheitliches statisches Bild nimmst. Den Augenblick des literarischen Prozesses setzt du mit dem Prozeß gleich, du verwischst die historischen Grenzen. Die Fantastik ist äußerst vielseitig, das hast du ja schon selber zugeben müssen. Und außerdem entwickelt sie sich ja noch weiter!«

»Klar. Du willst also behaupten, daß die wissenschaftliche Fantastik erst dann auftreten konnte, als die Naturwissenschaft ...«

»Ich will nicht Dneprow wiederholen. Ich möchte bloß auf dein Lebensschema eingehen, auf die Entwicklung. Entsinne dich nur, die Fantastik als Kunstform ist ja schon uralt. Irgendwo heißt es doch: ›... und der ganze Shakespeare lebt nur davon, daß Hamlet ohne viele Umschweife mit seinem eigenen Schatten plaudert ...‹. Und Macbeth mit den Hexen. Und Jewgenij mit dem ehernen Reiter. Und Iwan Karamasow mit dem Teufel. Oder glaubst du, daß diese Dinge etwas mit der Religiosität Dostojewskijs oder Shakespeares zu tun haben?«

»Also bitte!« protestierte ich.

»Na also! Natürlich gibt es Probleme, die nicht in ein reales Modell passen. Aber bei dir riecht das stark nach nicht existierenden Problemen. Dabei ist es doch gerade umgekehrt – diese Probleme existieren bereits. Und zwar im logisch abstrakten Denken des Menschen, der Menschheit, wenn du willst. Wie wäre denn sonst die Erkenntnis der Wirklichkeit möglich?! Und das sind meiner Meinung nach die Ideen in ihrer reinsten Form. Puschkin mußte einen kleinen ›einfachen‹ Menschen mit der Idee der zaristischen Autokratie und des gewaltsamen Fortschritts zusammenprallen lassen. Nicht mit dem lebendigen Peter dem Großen – das wäre ein zu gewöhnlicher Rahmen. Nein, sondern mit dem abstrakten Wesen jener grandiosen Erscheinung, die Peter in der russischen Geschichte darstellte. Und dieses Wesen findet einfach keinen Platz in der realen Zeit und im Raum realer Begebenheiten ...«

»Das Wesen ist von der Erscheinung nicht zu trennen!« dozierte mein Anti-Ich.

Er kniff die Augen zusammen.

»Wollen wir den alten Streit beginnen: Wo existieren die allgemeinen Begriffe?«

»Aber nein«, entgegnete ich. »Ich wollte ja gerade darauf zu sprechen kommen: die Probleme werden aus der Wirklichkeit herausgelöst, wie die Knochen vom Fleisch. Je höher sich ein Gedanke auf den Stufen der Verallgemeinerung erhebt, desto höher ist die literarische Hierarchie: Allegorie, Symbole, Fantastik als Kunstmittel – das ist ja das, wovon du gerade gesprochen hast. Und schließlich die Fantastik als Methode.«

»Ja«, unterbrach ich ihn. »Aber auch auf dieser Etappe gibt es mehrere Stufen. Wells, Beljajew oder Alexej Tolstoj weichen in ihren Modellen meistens nicht weit von der Wirklichkeit ab. Denn bei ihnen geht es in erster Linie um Probleme, die durch die Philosophie der Naturwissenschaft ihrer Zeit entstanden. Ihrem Charakter nach meistens soziologische, satirische, manchmal auch rein erkenntnistheoretische Probleme ...«

»Nun, was Beljajew betrifft, kann ich dir nicht zustimmen. Beljajews Welt scheint zwar sehr ähnlich der existierenden, aber in Wirklichkeit ist sie so weit von ihr, wie zum Beispiel die Welt Grins. Denn die Welt Beljajews ist ja eine Märchenwelt, verkleidet in ein modernes Gewand ...«

»Einverstanden. Und wenn schon vom Märchen die Rede ist – es war der erste Versuch, sich irgendwie die Welt zu erklären, hinter den Erscheinungen ihre Ursachen und ihr Wesen zu sehen. Wenn man so will, kann man das Märchen als eine Art von wissenschaftlicher Weltphilosophie bezeich-

György Korga

Květa Kovářová

nen, eine vorwissenschaftliche Wissenschaft sozusagen. Und die Fantastik, die also zuerst im Märchen und in der Mythologie entstand, war schon von Anbeginn – im weitesten Sinn des Wortes – wissenschaftlich, denn es bestand ja ein Zusammenhang mit dem allgemeinen Weltbild. Aber mich interessiert jetzt etwas anderes: mit der Entwicklung der Naturwissenschaft ergeben sich neue Probleme, die im Zusammenhang mit der allgemeinen Entwicklungsrichtung immer abstrakter werden, und hier werden die Modelle des ›reinen nicht Existierenden‹, die ja in der zeitgenössischen Fantastik vorherrschen, geradezu unentbehrlich . . .«

»Sicherlich hast du recht. Wir kommen Stück für Stück weiter im Erkennen der allgemeinen Gesetzmäßigkeit, des Wesens unseres Seins und der Natur (dieses gigantische Feld der Wissenschaft im engeren Sinn des Wortes). Und das Bestreben der Literatur, sich dieses ungeheuer große Gebiet zu eigen zu machen – ist nicht vielleicht hier die Ursache für die wachsende Rolle der ›Relativität‹ in der Literatur des zwanzigsten Jahrhunderts zu suchen? Und es ist doch schließlich bemerkenswert, das man gleichzeitig ein zielstrebiges Wachsen der Fantastik von einer künstlerischen Methode in Richtung Erkenntnisgewinnung beobachten kann, und . . .«

»Jetzt hast du dich aber ganz ordentlich vergaloppiert!« Er warf mir einen merkwürdigen Blick zu. »Zuerst die Fantastik, dann Literatur ganz allgemein, und womöglich im selben Abwaschen gleich an die Grundfragen der Philosophie . . . Es gibt keine ›Relativität‹, keine Bedingtheit an sich. Es gibt nur eine konkrete Bedingtheit. Und die wird vom jeweiligen Problem her bestimmt. Man kann zum Beispiel eine Zeitebene in eine andere verschieben, wie es Wells getan hat. Dabei treten dann einige Wesensmerkmale unserer Epoche in der Gegenüberstellung besonders kraß zutage. Oder man kann eine Verschiebung des Raumes vornehmen, indem man eine nicht existierende Welt in die existierende transponiert, wie es Swift getan hat. Manchmal genügt es auch, in die existierende Welt bloß die Zündschnur einer Hypothese einzuführen, um die gewohnten, hartnäckigen Bilder zu sprengen und die abgelegenen Schichten unserer Vorstellungen – und unter ihnen das geheimnisvolle Gesuchte – zu entdecken. Mir scheint, Čapek hat so etwas getan. Du hast schon recht, das alles ist Fantastik, aber eben sehr verschiedenartige Fantastik. Verschieden im Entwicklungsniveau, in den Zielen und sicherlich auch in den Mitteln. Und die Ziele (wie auch die Mittel) sind von der Zeit vorgegeben, von der Geschichte.«

»Das heißt doch nichts anderes, als daß vor dem Unbekannten nicht der Held der Fantastik, sondern der Leser steht?«

»Ich glaube, da liegt des Pudels Kern. Anders könnte man die Fantastik nicht als Kunst ansprechen. Das Unbekannte, das ist nichts anderes als das, was der Autor schon bewältigt hat, der Leser aber noch nicht weiß. Die Kompliziertheit der Fantastik besteht in erster Linie darin, daß sie nicht so sehr daran interessiert ist, dem Leser gewisse Erscheinungen und deren Hintergrund vorzuführen, die Fantastik sucht vielmehr das eigentliche Wesen aufzuzeigen, aber auch nur ein ganz bestimmtes. Swift und Čapek, Wells und Lem visieren mit einem Schlag die Welt als Ganzes an, die ganze Menschheitsgeschichte. Sie gehen nicht von einer Zelle des Organismus zum Ganzen vor, sondern gerade umgekehrt.«

»Warum nicht. Ich bin durchaus einverstanden mit einer solchen Auslegung meiner ›rationalistischen Weltsicht‹. Da fällt mir ein gutes Wort ein – *Verfremdung.*«

»Sich die gewohnten Dinge anders vorstellen, fremd und unerwartet, und sie dadurch in einem anderen Licht sehen?«

»Genau. So ist es in den Robinsonaden. Jedes Ding, jedes menschliche Tun, die Atome des Seins scheinen in ein völlig neues Licht getaucht. Die wissenschaftliche Fantastik ist eigentlich eine einzige Robinsonade und ihre unbewohnten Inseln sind ihre Modelle. Sie verfremdet unsere politische und moralische Wirklichkeit und die Wirklichkeit des Alltags und dringt zu ihrem Wesen durch . . .«

»Schöne Worte! Und was verfremdet eine gewöhnliche wissenschaftlich-fantastische Erzählung? Du greifst schon wieder nach den Sternen!«

»Aber nein. Das ist ja ganz einfach. In einer Erzählung ist alles noch einfacher: Eine Hypothese ist eine Hypothese, und das Unbekannte ist eben das Unbekannte. Der Leser eignet sich ein bestimmtes Stück der naturwissenschaftlichen Wirklichkeit an, ein Stück jener Welt, in der er lebt und nicht über sie nachdenkt. Unser Held ist an eine Milliarde Volt gewöhnt und an Lichtjahre, er ist daran gewöhnt, ist sich aber dieser Dinge nicht bewußt. Darin besteht die Verfremdung in einer Erzählung.«

»Das ist mir zu raffiniert. Am Anfang hast du verständlicher gesprochen: die Hypothesen eines fantastischen Autors führen den Leser in die Welt der rationalistischen Begriffe der Naturwissenschaft ein. In jene Welt, die man nicht mit gewöhnlichen Mitteln zum Ausdruck bringen kann. Nun, schließlich stößt man ja im täglichen Leben nicht mit der Unendlichkeit zusammen, und auch nicht mit Elektronen, nicht mit dem Rätsel der Zeit oder mit der Entropie.«

»Aber darum geht es ja gar nicht. In die Welt einführen, das können auch die Bücher Granins oder Mitchell Wilsons...«

»Dort ist alles anders. Bleiben wir einmal bei der Unendlichkeit. Sie kann als Gegenstand der Überlegungen des Helden erscheinen, nicht aber als etwas Lebendiges, das vor dem Menschen steht und die Welt konstituiert, in der er lebt. Für das Zustandebringen einer solchen Situation ist die Fantastik unentbehrlich.«

»Meinetwegen. Aber du hast etwas Wichtiges vergessen: in der Hypothese der Fantasten wird doch auch häufig darüber gesprochen, was sich eigentlich nie realisieren wird.«

»Nein, nein. Ich habe auch darüber nachgedacht. Du hast doch selbst gesagt, die Naturwissenschaft führt in die Fantastik nicht nur den faktischen Inhalt einer Hypothese ein, sondern auch – was noch weit wichtiger scheint – das dahinter stehende Problem. Am wesentlichsten ist es doch, zu den Problemen und Begriffen, und nicht so sehr zu den Fakten hingeführt zu werden. Zu den Daten und Fakten zu führen, das ist doch die Aufgabe der populärwissenschaftlichen Literatur.«

»Unsinn! Führt vielleicht Danin nicht zu Begriffen und Problemen?«

Er wurde unsicher.

»Die Sache ist offenbar die, daß die populärwissenschaftliche Literatur das Wichtigste nicht liefern kann, nämlich das lebendige Miterleben. Und gerade in der Jagd nach dem Unbekannten liegt ja der Reiz und die Verlockung einer wissenschaftlich-fantastischen Erzählung.«

»Das ist aber ein falsches Unbekanntes! Denn solche ›Entdeckungen‹, wie sie in den fantastischen Erzählungen vorkommen, gibt es nicht und wird es vielleicht auch gar nicht geben!«

»Es geht ja auch in erster Linie nicht darum, eine weitere streng wissenschaftliche Tatsache zu gewinnen, sondern dem Leser das Gefühl zu geben, er befinde sich auf der Suche nach der Erkenntnis. Und hier ist ja diese ganz besondere Synthese: der menschliche Erkenntnisinstinkt findet seine Erfüllung in der künstlerischen Form. In den Erzählungen geht es nämlich um künstlerische Erkenntnis, sinnlich und in Bildern. Das einfachste Beispiel, unsere Vorstellungen von der Zukunft, das ist doch schon ein ganzer Kodex abstrakter Begriffe. Unsere Zukunftsträume sind doch logisch eigentlich recht hilflos. Was ihnen fehlt, das ist die sinnliche, bildhafte Verpackung.«

»Und hier springt der fantastische Autor ein?«

»Ja. Genau an dieser Stelle kommt er zum Zug. Und gibt solchen verschwommenen Vorstellungen eine bestimmte feste Form. Ein Leser von Fantastik hat im allgemeinen eine viel konkretere, lebendigere Vorstellung von der Zukunft als jemand, der sich nicht damit befaßt . . .«

»Aber das sind doch ganz willkürliche Formen!«

»Eben nicht. Ihre Konkretheit kann man vielleicht als willkürlich oder subjektiv bezeichnen. Aber durch sie hindurch leuchten jene allgemeinen Gesetze, denen die Vorstellungskraft des Schreibers wie des Lesers unterliegt – die Gesetze der Geschichte. Und darin liegt das Wesentliche: durch diese subjektiven und konkreten künstlerischen Formen wird der Leser viel inniger und tiefgehender zu diesen allgemeinen Gesetzen hingeführt. Von den allgemein bekannten Gesetzen zu konkreten Vorstellungen und zur sinnlichen Realität, und über diese Brücke zur sinnlichen Erfassung dieser allgemeinen Gesetzmäßigkeiten. Und in der ›gewöhnlichen Literatur‹ ist es beinahe umgekehrt. Dort geht es von der bekannten Konkretheit des Alltags aufsteigend zur vom Künstler eingefangenen Abstraktion – und über diese zum tieferen Verständnis der konkreten Wirklichkeit.«

»Wenn das so ist, dann trifft das auf die gesamte Fantastik zu. In einem Fall werden Objekt die Begriffe der Wissenschaft, in einem anderen die Begriffe der Moral, der Soziologie oder der Philosophie. Aber der zugrunde liegende Gedanke ist doch derselbe. Die Fantastik ›vermenschlicht‹ wieder die Wissenschaft, im weitesten Sinn des Wortes. Und ohne sie ihrer rationalistischen Privilegien zu berauben, errichtet die Fantastik eine künstlerische, eine gefühlsmäßige Brücke zu ihr. Nun, natürlich nicht in Form von derart naiven Vergleichen, wie sie in den populären Broschüren prangen...«

Er verfiel in Nachdenken. Er wiegte den Kopf.

»Teilweise bin ich einverstanden. Zum Beispiel mit dem Trend der Fantastik zu den sogenannten ›ewigen Themen‹: die literarischen, oder genauer gesagt, die menschliche Tradition plus neue Möglichkeiten... Verfremdung?... Kaum jemand hat uns unser menschliches Gewissen deutlicher gezeigt in einer schrecklich materialisierten Form, unsere Stärken und Schwächen, wie Lem in *Solaris*. Das laß ich mir nicht nehmen . . . Und die ›Zeit der Handlung‹ in der Fantastik, ihre nicht existierende Welt, ist tatsächlich ein merkwürdiges Phänomen. Bei Lem, in seinen philosophischen Sachen, ist es eine rein logische Zeit, eine außerzeitliche Zeit sozusagen. Und in den letzten Büchern der Strugatzkis beinahe ebenso. Hingegen bei Wells, bei Jefremow oder in den Erzählungen Dneprows handelt es sich wirklich um die Zukunft, um eine zukünftige Zeit . . . Im allgemeinen kann man wohl sagen, die Fantastik schafft einen eigenen literarischen Raum, den Raum und die Zeit der reinen Probleme, des rationalen Wesens der Welt . . .«

»Jetzt betreibst du aber bereits Definitionsspielereien, wie?«

Er zuckte die Schultern.

»Was soll man schon machen? Offenbar sitzen diese Dinge sehr tief in uns drinnen.«

Er zeigte mir jetzt ein durch und durch gutmütiges Gesicht. Ich lachte ihn an.

»Also sag mir jetzt, wozu braucht die Fantastik die Wissenschaft?«

Er lächelte.

»Ich könnte dir Wells zitieren. Er sagt, er habe bloß die Einmischung des Magiers durch ein Interview mit der Wissenschaft ersetzt. Für ihn besteht die Rolle der Wissenschaft in der Fantastik in der Rolle eines Hebels, welcher alle Geschehnisse auf die Ebene des Nichtseins transponiert. Dort, auf dieser Ebene vereinigt Wells (›Einmischung des Magiers!‹) zwei Aspekte einer Erzählung und auch des Märchens: Wunschbefriedigung und soziale Anklage.«

»Das klingt schon besser«, stimmte ich zu. »Es leuchtet mir schon ein, warum Wells bei seiner Definition der Fantastik auf den genetischen Zusammenhang mit dem Märchen hinweist. Eine solche Definition würde auch auf Bradbury passen. Als Lyriker, Romantiker und Märchenerzähler steht er in dieser Hinsicht näher zu Wells als der analytische Dneprow. Selbstverständlich gibt es aber auch bei Dneprow eine Antwort auf meine Frage. Und selbstverständlich gilt auch für ihn die Vorstellung von der Fantastik als eines Mittels zum Aufzeigen des naturwissenschaftlichen Fortschritts. Denn gerade das ist ja Dneprows Fantastik. Die Fantastik braucht die Wissenschaft in jeder beliebigen Gestalt, denn sie steht und fällt mit der wissenschaftlich-gedanklichen Belebung der Welt. Der Welt als Ganzes oder eines ihrer Teile, die aber immer in Bewegung sind, gewisse Tendenzen verraten und versteckte Gesetzmäßigkeiten aufweisen, die aber kein sinnliches Sein besitzen und daher nur in der Welt der Begriffe existieren.«

»Mir scheint, wenn du von Wissenschaft sprichst, so meinst du nicht die konkreten Einzelwissenschaften, sondern eher den allgemein wissenschaftlichen Zusammenhang zur Welt, zur Weltsicht?«

»Das fällt dir erst jetzt auf? Ja natürlich. Und in jenem Maß, wie die Sicht des fantastischen Autors ein wissenschaftlich begründetes Weltbild widerspiegelt – und zwar richtig widerspiegelt –, in jenem Maß ist seine Fantastik wissenschaftlich zu nennen. Nicht etwa Integrale entscheiden das Schicksal dieser Definition, sondern ein richtiges Erraten oder zumindest Verständnis jener Gesetze, welche Integral und Schicksal der Menschen gewissermaßen regieren. Und so kommen wir schon näher an die Sache heran. In den letzten Erzählungen Lems, zum Beispiel in der Erzählung von der Maschine, welche alles mit dem Anfangsbuchstaben N machen kann, ist die Anwendung der Wissenschaft in einem engeren Sinn zu verstehen, nämlich rein terminologisch. ›Die Maschine‹ ist für Lem dasselbe wie das Schiff Gullivers für Swift. Damals führte der Weg ins Unbekannte über das Meer, und heute eben in den Kosmos oder ins Laboratorium. Das eine wie das andere ist aber bloß als Tribut an die Tradition, an die jeweiligen Gepflogenheiten der Zeit zu verstehen. Dort, wo andere etwa Gewürzinseln entdeckten, erschloß sich für Swift eine ganze Welt – ihre Geschichte, ihre Politik und Moral.«

»Das heißt also, auch Bradbury, von dem es heißt, er

hasse die Naturwissenschaft, zählt zur wissenschaftlichen Fantastik, und auch die amerikanische Fantastik mit ihrem ›Kampf aller gegen alle‹ zu allen Zeiten und an allen Orten zählt dazu?«

»Meiner Meinung nach ja. Wodurch unterscheidet sich denn Bradbury von Wells, Asimov von Dneprow als Fantasten! Bei jenen findet eine Seite der wissenschaftlichen Sicht auf Welt und Geschichte ihren Ausdruck, und diese sehen beide Aspekte. Das ist nichts anderes als der Unterschied zwischen Metaphysik und Dialektik. Aber die Ausgangssituation ist bei beiden gleich: sie kommen von der Wissenschaft her.«

»Bei dir hat sich der Begriff der Wissenschaft zuerst immer mehr erweitert, und jetzt scheint er bereits jegliche Konturen zu verlieren. Du sprichst bereits nicht mehr von der Wissenschaft selber, sondern von der Interpretation ihrer Ergebnisse, vom Verständnis ihrer Wege, und mir scheint, über die Wege der Geschichte. Das kommt davon, wenn man sich in so etwas wie Weltanschauung einläßt.«

»Ich spreche von der Wissenschaft als von einem Bild der Beziehungen zwischen Erscheinungen, ihrer Wechselwirkung und Entwicklung, woraus sich das Verständnis ihrer Ursachen und Folgen ergibt. Das ist beileibe nicht ein Katalog nackter Fakten.«

»Aber so ganz ohne Fakten ...«

»Wer bestreitet denn das? Aber wenn du in der Fantastik genauer hinsieht, dann wird dir auffallen, daß nämlich gerade das – eine wissenschaftliche Weltsicht – unentbehrlich ist; denn sie bestimmt ja auch ihre hauptsächlichen Ziele mit und die Richtung ihres Interesses. Und die jeweilige wissenschaftliche Weltsicht markiert auch schließlich die Grenzen ihrer Lager ...«

»Was denn für Lager?«

»In der Fantastik gibt es gewisse Lager. Richtungen, wenn du willst.«

»Meinst du die Sache mit Metaphysik und Dialektik?«

»Nein. Mit der metaphysischen Fantastik ist es ziemlich einfach. Indem er aus der Wissenschaft eine Art metaphysische Lehre zieht, bringt der Autor – bewußt oder unbewußt – jede Bewegung zum Stehen, zeichnet sie auf im Moment ihrer Erstarrung und zerstört damit im selben Augenblick die Proportionen jener Welt, die er erforschen wollte. Er zerstört seine eigene Methode.«

»Und Bradbury?«

»Auch bei Bradbury ist es nicht anders. Er und Asimov und meinetwegen Szilard liefern glänzende Analysen des eingefangenen Augenblicks, aber gerade deshalb bringen sie es nicht zuwege, etwas vorherzusagen. Ihre Welten sind in sich abgeschlossen und ausweglos; ein ewiges, quälendes Wiederholen ein und derselben Sache.«

»So ist das also. Das heißt, die Metaphysik ist für dich letzten Endes gleichbedeutend mit Pessimismus?«

»Nun, genaugenommen erwächst ja die ganze amerikanische fantastische Apokalypse aus einem metaphysischen Verständnis der Geschichte und der Rolle der Wissenschaft in ihr. Aber Bradbury und Szilard verteidigen in dieser Hölle den Menschen, sie bringen es in einem aus der natürlichen Zeit herausgerissenen Augenblick zuwege, die Ängste und Zweifel der menschlichen Seele aufzudecken. Und obwohl es ihnen nicht gelingt, einen hoffnungsvollen Ausweg zu zeigen, können sie doch Mitleid und Verständnis in uns erwecken. Aber die anderen – dieses ganze ›Schwarze Hundert‹ aus den kosmischen Lasterhöhlen –, die haben ja nichts zu verteidigen oder zu entdecken. Hinter denen gähnt die Leere ...«

»Also gut. Mich interessiert aber etwas anderes. Die Dialektik, führt die zum Optimismus?«

»Zu einem historischen Optimismus.«

»Schon wieder schöne Worte?«

»Nein, mir fällt bloß kein anderer Terminus ein. Kurz gesagt, ich bin für einen komplexen Optimismus und gegen eine gedankenlose Schönfärberei.«

»Und was ist mit dem Weltall?«

»Es geht nicht so sehr ums Weltall, sondern um den Menschen und seine Beziehung zum All. Um das Erkennen der Schwierigkeiten, Widersprüche, und manchmal der ganzen Tragik solcher Beziehungen. Es geht darum, daß die Geschichte keine Schokoladentorte ist, keine schnurgerade Chaussee in das Reich des Verstands und der Menschlichkeit. Diese Strecke hat vielmehr Sackgassen und krummwinkelige Nebengäßchen, und derart ungeheuerliche Windungen, die der Menschheit böse Kopfschmerzen bereiten. Und nicht selten hat einer den Rückzug antreten müssen. Wir wissen noch herzlich wenig über die Zukunft, und eigentlich genauso wenig über die Vergangenheit – und über uns selbst.«

»Aber was soll hier die Fantastik?«

»Die Fantastik versucht sich in Prophezeiungen. Und in jedem ihrer Modelle, und im Zusammentreffen des Menschen mit dem Unbekannten steckt schon die Notwendigkeit des Vorhersehens, ein rein fantastisches Element.«

»Aber du bist doch gegen die Modellierung der Zukunft!«

»Ja, als Wesen der Fantastik, aber nicht als eines ihrer Elemente. Hier geht es ja nicht um die Zukunft selbst, sondern um eine Möglichkeit; nicht um freie erfundene Erfolge, sondern um den Wert solcher Erfolge, um den menschlichen Wert.«

»Könnt man also sagen, es geht nicht so sehr um mögliche Fakten, sondern um deren Folgen?«

»So ungefähr. Und an diesem Punkt kommt jene Weltsicht ins Spiel, die dem Fantasten eigen ist, sein Verständnis des Menschen in der Geschichte. Und zwar in einem recht verschiedenartigen Optimismus.«

»Etwas genauer, bitte.«

»Ich würde die beiden Lager so benennen: Relativismus und Anthropozentrismus. Die hauptsächliche Methode des ersteren ist der Zweifel, die Verleugnung der Mythen und

Dogmen des heutigen Tages. Dadurch entsteht die Möglichkeit, festgefahrene Vorstellungen zu sprengen, einen lebendigen, suchenden Gedanken ins Spiel zu bringen und vor einem allzu rosigen Optimismus zu warnen. Während das Wesentliche beim zweiten Lager die Behauptung eines Ideales ist, einfach seine Behauptung. So etwas ist geeignet, die Träume zu entfachen.«

»Relativismus – das ist wahrscheinlich Lem. Und alle seine Warnungen.«

»Nicht nur Lem. Das ist eine ganze Bewegung, eine ganze Gruppe.«

»Und deine Sympathien liegen natürlich auf der Seite Lems?«

»Das ist meine rein persönliche Sympathie, aber ich glaube fast, daß daran auch etwas Objektives ist. Verstehst du, es gibt da einen äußerst verführerischen Mythos – den Mythos vom allmächtigen Menschen. Dieser Mythos ist sehr verlokkend, denn er erfüllt unsere Lebenskraft, er stärkt uns in unserem ewigen Kampf; aber er birgt auch eine gewisse Gefahr . . .«

»Aber wozu dann der Anthropozentrismus?«

»Weil eine ganz konkrete Gefahr besteht, vom Glauben an die Allmacht des Menschen zum Glauben an seine Auserwähltheit vorzuschreiten – zum Glauben an die Auserwähltheit des irdischen Menschen, und nicht etwa aller vernünftigen Wesen überhaupt. In der anthropozentristischen Fantastik verliert das Weltall und die Geschichte an Eigentümlichkeit und Vielfalt, und eine gewisse Farbigkeit beschränkt sich auf rein äußerliche Unterschiede.«

»Ich gebe dir insofern recht, als in der Fantastik der Anthropozentrismus tatsächlich vielen Dingen unsichtbar zugrunde liegt. Jefremow zum Beispiel . . .«

»Jefremow – das ist der Gipfel des Anthropozentrismus. Sein *Mädchen aus dem All* liefert eine volle Entfaltung dieser These, und sogar für die ganze Geschichte und das ganze

Weltall. Eine solche gewaltige Spannweite in einem einzigen Buch zu erzielen, das war natürlich nur durch die innere Überzeugungskraft eines solchen Autors möglich ... Im Aufzeigen eines solchen überdimensionalen Maßstabs liegt die Größe dieses Buches, und seine Rolle in der gesamten Fantastik. Und trotz allem ist ein solcher Riesenmaßstab erschöpflich. Nicht umsonst scheint es nach dem *Mädchen aus dem All* nicht mehr möglich zu sein, Jefremows Bild etwas Neues hinzuzufügen.«

»Deiner Ansicht nach hängt also der Erfolg des *Mädchens aus dem All* mit seinem anthropozentrischen Geist zusammen?«

»Zu einem Großteil sicherlich ja. Dem Menschen imponiert nun einmal ein großartiges Bild vom Triumph des Verstandes. Es imponiert ihm der nicht ausgedrückte, aber offensichtlich zutage tretende Gedanke von der hohen Berufung des Menschen im All. Und überdies imponiert ihm das alles noch deshalb, weil es mit seinen innersten, unbewußten Überzeugungen zusammentrifft; es leitet ihn an zu logischer Vollendung. Dieses Bild kommt ihm auch deshalb so vertraut vor, weil er auf seinen Irrfahrten zusammen mit Jefremows Helden nirgends auf das große Unbekannte, auf das ganz andere stößt. Denn die Vielfalt der Formen der Materie hat nach Jefremow die Form einer Pyramide. Und an der Spitze gibt es nur einen Punkt, das ist die menschliche Gesellschaft, die im wesentlichen nichts anderes als unsere irdische Menschheit darstellt. So ist Epsilon Tucana, und so sind auch alle übrigen. Und das ist kein Zufall – wie anders wäre denn die Sehnsucht des Mwen Mass oder die Erfahrung des Ren Bos möglich? Dann würde auch der Vorschlag im *Herz der Schlange* gar nicht so seltsam erscheinen, die Bevölkerung eines fremden Planeten nach dem Ebenbild des Sauerstoffs umzugestalten.«

»Und du bist ein Gegner einer solchen Pyramide?«

»Ich möchte sie nicht verteidigen. Der Mythos von der

Auserwähltheit kann sehr leicht in anthropozentristische Beschränkung umschlagen. Aus dem Glauben an den Menschen kann sich eine gewisse Selbstzufriedenheit ergeben und die Abneigung, die Möglichkeit von etwas anderem überhaupt zuzulassen. *Das Mädchen aus dem All* ist nichts anderes als eine wissenschaftliche Variante eines Mythos, projiziert in die Zukunft.«

»Und *Auf Messers Schneide* die Fortsetzung?«

»Nein, eher die Vorgeschichte. *Auf Messers Schneide* ist eine Etappe von der Vergangenheit zur Jetztzeit. Wir erhalten die Gewißheit, daß die Gesetze der Natur und der Gesellschaft mit eiserner Eindeutigkeit wirken und das Zweckmäßige auswählen. Die ganze Komplexität und die zufällige Unwiederholbarkeit der sozialen Bedingungen auf der Erde bleiben dabei allerdings unberücksichtigt. Und so scheint es verständlich, daß sich unsere jetzige Gesellschaft, unsere geistige Welt, unsere ästhetischen und andere Kriterien in einem anderen Winkel des Weltalls nicht einfach wiederholen können. *Auf Messers Schneide* ist eine Ergänzung zum *Mädchen aus dem All.* Oder denk doch an die früheren *Sternenschiffe.*«

»Und du bist wohl nicht einverstanden mit diesen Gedankengängen?«

»Nein. Kolmogorows Idee von den denkenden Schimmelpilzen, wie auch Lems Hypothese vom denkenden Ozean scheinen mir – bei all ihrer biologischen Unwahrscheinlichkeit – wesentlich tiefer zu gehen: diese Hypothesen gestatten es, uns selbst als kleine Teilchen in einem riesigen Meer des Verstandes zu sehen, gewissermaßen von einer neuen Seite her...«

»Das heißt also, es geht in erster Linie darum, etwas zu ersinnen, das uns möglichst fern liegt...«

»Mein Gott! Willst du mich denn gar nicht verstehen? Also wenn du es genau wissen willst: es geht darum, den Menschen oder eben die Menschheit mit sich selbst zusammenstoßen zu lassen.«

»Ich glaube, jetzt habe ich dich verstanden. Du meinst einen Zusammenstoß nicht nur mit den gewöhnlichen Rätseln der Natur, sondern auch mit dem Andersartigen, und daß man in diesem Zusammenprallen das Maß seiner Kräfte und Schwächen finde, ein Maß dessen, was Gefühl und Verstand aufnehmen können, das Maß der Begrenztheit und der Unendlichkeit – so etwas meinst du wohl damit?«

»Ja. Und die Lösung erfolgt hier nicht zugunsten des Mythos vom allmächtigen Menschen. Nein, da gibt es auch Nichtverstehen und Widerwärtigkeiten, und oft auch Niederlagen – aber was für Niederlagen! Um wieviel höher steht doch der Mensch in einer solchen Niederlage als in seinem siegessicheren Zug durch Raum und Zeit! Der Anthropozentrismus bewirkt ein süßes Einschläfern der menschlichen Ideenwelt. Das andere erschreckt ihn bereits, er kann schon nicht mehr anders denken als in Analogien. Übrigens ist es auch ein Anliegen der Fantastik, der Menschheit einen neuen Blick auf sich selbst zu verschaffen: den verfremdeten Blick eines Unbeteiligten. Die Wissenschaft schließt in sich die versteckte Möglichkeit dazu ein, und sie wird von der Fantastik realisiert. Was dann bei diesem Zusammenprall zutage tritt – eine endlose Wiederholung unserer Welt oder der Relativismus –, ist von den jeweiligen Absichten des Autors abhängig, denn prinzipiell gibt es ja zweierlei mögliche ›Ergebnisse‹ der Naturwissenschaft.«

»Und das ist wohl alles, was dich interessiert? Ja, wo bleibt denn dann die Fantastik als Literatur – ihre Bilder und Metaphern, deren Beziehung zur Wirklichkeit, und schließlich ihre Kunstmittel?«

»Lies doch Prutkow. Man kann das Unfaßbare nicht fassen. Und was willst du mit Metaphern? Ich bin nicht so überzeugt, daß sich die Fantastik auf der Linie von menschlichen Metaphern bewegt, gewissermaßen als Mittel zur Lösung ihrer Aufgaben . . .«

»Mja . . . Hmmm . . .«

Ich warf meinem Visavis einen raschen Blick zu. Also, endlich war es soweit! Der Gute war ganz schamlos eingeschlafen und hatte alle Rezeptoren außer den Gehörrezeptor abgeschaltet und hatte sich auf ein automatisches Bejahungsprogramm umgestellt.

Das also war das Ende der Fantastik. Ein lärmendes Coupé, Streitgespräche und mein Roboter-Doppelgänger. Es bleibt die Nacht und der Zug, der dahin fährt – wohin? – Und meine unvollendete Jagd nach dem Unbekannten.

Wadim Schefner
Das Mädchen am Abhang

Fünfundsiebzig Jahre sind vergangen, seit im Jahre 2231 zum erstenmal dieses kleine Buch erschien, das jetzt die 337. Auflage erlebt. Es wurde in alle Sprachen der Welt übersetzt und ist heute den Bewohnern unseres Vereinigten Planeten ebenso bekannt wie unseren Freunden auf dem Mars und auf der Venus. Über das »Mädchen am Abhang« sind in den fünfundsiebzig Jahren so viele Abhandlungen und Dissertationen geschrieben worden, daß allein ihre Aufzählung neun dicke Bände füllt.

Aus Anlaß der neuen Auflage möchten wir kurz auf die Entstehungsgeschichte der Erzählung eingehen und erklären, weshalb jede Generation dieses Buch mit gleicher Spannung liest.

Seine unvergängliche Beliebtheit gründet sich nicht auf künstlerischen Wert. Es enthält weder allgemeingültige Gedanken noch eine umfassende Darstellung besagter Epoche. Das hätte Thema und Anliegen des Verfassers gesprengt. Da er kein Berufsschriftsteller war, hätte er eine solche Aufgabe auch kaum bewältigen können. Matwej Kowrigin (2102-2231) hatte keinen literarischen Ehrgeiz. Als Literarhistoriker, dessen Spezialität die Literatur des zwanzigsten Jahrhunderts war, lag ihm daran, durch seine zahlreichen, aus verschiedenen Quellen zusammengetragenen literargeschichtlichen Werke berühmt oder zumindest bekannt zu werden. Diese aber waren nicht einmal zu seinen Lebzeiten populär und sind heute vergessen. Das vorliegende, erst nach dem Tode des Verfassers erschienene Büchlein dagegen trug ihm unvergänglichen Ruhm ein, weil es das Leben des großen Gelehrten Andrej Swetotschew behandelt, dessen Werk Allgemeingut der Menschheit geworden ist.

Wie schon erwähnt, hat Kowrigins Erzählung nur ein begrenztes Thema. Die Lebensweise und die wissenschaftliche

Entwicklung seiner Epoche werden kaum berührt. Ebenso schildert er die zeitgenössische Technik nur, soweit sie ihn persönlich angeht oder das Schicksal seiner Freunde bestimmte. Er erwähnt den Kosmos und die Flüge des Menschen in den Weltraum mit keinem Wort, als lebte er noch in der Epoche des Geozentrismus. Selbst die wissenschaftliche Bedeutung der Entdeckung seines Freundes Andrej Swetotschew erkannte er erst gegen Ende seines Lebens, und auch dann nur ihren Nützlichkeitswert.

Die begrenzten Absichten des Verfassers erkennt man auch daran, daß er Andrej Swetotschew ausschließlich von seinem persönlichen Blickwinkel aus schildert. Nach Kowrigins Erzählung müßte man annehmen, Swetotschew habe sein Werk allein geschaffen. In Wirklichkeit aber war er von Gleichgesinnten umgeben, von denen einige, wie Iwannikow, Lemer, Karadsharan und Kelau, zu den größten Wissenschaftlern ihrer Epoche zählten.

Die Sprache des Buches ist veraltet. Als Experte für die Literatur des zwanzigsten Jahrhunderts ist der Verfasser, der sich zu keiner schöpferischen Eigenart durchringt, stilistisch von Schriftstellern dieser Epoche beeinflußt, und zwar keineswegs von den besten. Hinzu kommt, daß Kowrigin sich sogar in seiner Jugend als gesetzten und erfahrenen Menschen schildert, was daher rühren mag, daß er dieses Buch in seinen letzten Lebensjahren schrieb.

Das Urteil der Literarhistoriker über Matwej Kowrigin ist unterschiedlich: Einige erkennen ihn an, andere lehnen ihn ab. Seine Persönlichkeit ist widersprüchlich. Eigenschaften wie Ehrlichkeit, Güte, Zivilcourage und Hilfsbereitschaft paaren sich in ihm mit Pedanterie, Muckertum, mangelnder Selbstkritik und Eitelkeit.

»Ein Mittelmäßiger schildert ein Genie« oder »Ein Mozart und ein Salieri des 22. Jahrhunderts« – so charakterisierten Kritiker dieses Buch, wobei sie aber vergaßen, daß wir seinem Verfasser die umfassendste Lebensbeschreibung

Andrej Swetotschews verdanken. Als Freund schilderte er dieses überragende technische Genie so gut er konnte, und dafür sollten wir ihm dankbar sein.

Da viele Begriffe, Bezeichnungen, Aggregate, Vorrichtungen und Mechanismen, die der Verfasser erwähnt, längst veraltet und der jungen Generation unbekannt sind, haben wir uns erlaubt, ihre historische Bedeutung im Anhang zu erläutern. *Zentralverlag des Vereinigten Planeten*

Im Jahre 2306

Einleitung

»Ein Mädchen stand in herbstlicher Regenzeit am Steilufer des Flusses. Im aufgeweichten lehmigen Boden hatten seine Schritte deutliche Spuren hinterlassen. Nachdenklich blickte es auf den Strom, der herbstlich gelbes Laub davontrug.

Ein Jüngling kam des Weges, erblickte das Mädchen und gewann es auf den ersten Blick lieb. Und wie es sich für ein richtiges Märchen gehört, erwiderte das Mädchen seine Liebe.

Der Jüngling bewohnte eine Hütte am Fluß. Als das Mädchen in die große Stadt fortzog, versprach es, wiederzukehren, sobald Frühling würde. Der Jüngling blieb allein zurück und wartete. Wer er war und weshalb er so einsam am Fluß lebte, tut in einem Märchen nichts zur Sache.

Tag für Tag ging er zum Steilufer, zu der Stelle, an der einst das Mädchen gestanden hatte, so daß er neben ihren Fußspuren bereits einen Pfad getreten hatte. Er vermied es, in ihren Spuren zu gehen; denn so schien ihm, als ginge das Mädchen unsichtbar an seiner Seite, stünde neben ihm am Abhang und blickte auf den Fluß.

Neue Regengüsse füllten die Fußspuren mit Wasser, in welchem sich der Spätherbsthimmel spiegelte. Dann kam der Frost, und die Spuren vereisten.

Eines Tages löste der Jüngling eine der Spuren aus dem Erdreich und brachte sie in seine Hütte. Doch als er am nächsten Morgen erwachte, war sie zu Wasser geworden. Das verwunderte den Jüngling und machte ihn traurig. Sie aber, lieber Leser, bedenken hierbei bitte, daß sich im Märchen die Menschen über die alltäglichsten Dinge wundern.

Die Fußspuren meiner Herzallerliebsten müßten die Ewigkeit überdauern, das Eis aber ist zu vergänglich, dachte der Jüngling bekümmert. Selbst Eisen rostet, Glas bricht, und Stein verwittert. Ich möchte einen Stoff schaffen, der sich in jede beliebige Form gießen läßt und dem weder Feuer und Kälte noch selbst die Zeit etwas anhaben kann.

Und es kam der Tag, an dem er einen Stoff schuf, der Stein und Metall, Glas und Plaste, Holz und Beton, Flachs und Baumwolle ersetzte: Er schuf das Einheitsmaterial, das wir Aqualith nennen. Aus diesem Material bauten die Menschen von nun an ihre Städte auf der Erde und unter Wasser sowie alle ihre Maschinen und Gebrauchsgegenstände. Aber das ist schon kein Märchen mehr, sondern die Wirklichkeit, in der wir leben.

Das also hatten die Fußspuren des Mädchens am Abhang vermocht.

Eines Tages kehrte das Mädchen, das der Jüngling so sehnsüchtig erwartete, zurück . . .« und so weiter und so fort.

Sie kennen diese gefühlvolle Geschichte aus Ihrer Kinderzeit, lieber Leser, und haben sie wahrscheinlich sogar in der Schule durchgenommen. Die halb legendäre, halb märchenhafte Erzählung eines zeitgenössischen Dichters über Andrej Swetotschew und Nina Astachowa gilt als überaus poetisch und rührend. Naive Menschen mögen wirklich glauben, daß wir auf diese Weise zu unserer modernen Aqualith-Zivilisation gelangt sind.

Daß das Mädchen am Abhang stand, entspricht zwar der Wahrheit, alles übrige aber hat sich ganz anders zugetragen.

Wie aber? werden Sie, verehrter Leser, fragen. Das sollen Sie gleich aus meiner Erzählung erfahren.

Ich habe meine ML[1] bereits überschritten, und mein

Leben neigt sich seinem Ende zu. Nicht mehr fern ist der Tag, an dem meine Asche als leichte Wolke vom weißen Turm auf die Blumen an seinem Fuße herniederschweben wird. Noch aber reicht die Zeit, Ihnen wahrheitsgetreu über das Leben Nina Astachowas und meines Freundes Andrej Swetotschew und gleichzeitig auch über das meine zu berichten, das mit dem der beiden eng verbunden war.

Die Begebenheit
auf dem Leningrader Postamt

Ich beginne mit längst vergangenen Zeiten, mit dem Tag der endgültigen Abschaffung des Geldes. Sie werden von diesem Ereignis gelesen haben. Ich habe es persönlich erlebt und finde die meisten Schilderungen reichlich übertrieben. Im Grunde ereignete sich an diesem Tag nichts Besonderes, denn das Geld hatte schon gegen Ende des vorigen Jahrtausends ganz unauffällig und allmählich an Bedeutung verloren. In letzter Zeit diente es eigentlich nur noch statistischen Zwecken und nicht mehr der Wertermittlung. Wenn jemand nicht genügend Geld für einen Einkauf bei sich hatte, brauchte er nur ein Blatt aus seinem Notizbuch zu reißen, die entsprechende Summe – 15 Kopeken, 3 oder 25 Rubel usw. – einzutragen und es der Verkäuferin oder dem IZBVA[2] zu geben. Oder er konnte einen beliebigen Passanten um den Betrag bitten.

Am Tage der endgültigen Abschaffung des Geldes fand im Auditorium maximum unserer Universität eine kurze Versammlung statt. Danach suchten alle Teilnehmer wieder die Hörsäle auf. Ich erinnere mich, wie ich mit Nina Astachowa zum Gebäude der Philologischen Fakultät ging. Wir sprachen aber keineswegs über die Abschaffung des Geldes, sondern über die »Anthologie vergessener Dichter des 20. Jahrhunderts«, an der ich gerade arbeitete. Nina, Studentin im zweiten Semester, war mir, dem wissenschaftlichen Aspiranten, zur Unterstützung meiner Arbeit als technische Hilfskraft beigegeben.

1 Anmerkungen am Schluß des Beitrags.

Sie verbrachte viel Zeit in Bibliotheken und Archiven, die sie gewissenhaft nach Gedichten und Daten aus dem Leben vergessener Dichter des 20. Jahrhunderts durchforschte. Wenn ich etwas gegen Nina einzuwenden hatte, waren es höchstens eine gewisse Widerspenstigkeit und eine allzusehr betonte Selbständigkeit. So konnte ich auch ihre Auswahl von Dichtern und Gedichten nicht gutheißen, die alle eine wehmütige, besinnliche Note hatten; denn ich bevorzugte für meine Anthologie Schöpfer munterer und klangvoller Gedichte, klar, einfach und unproblematisch. Nina aber bestand hartnäckig auf ihrer Wahl und setzte sich leidenschaftlich und erbittert für sie ein. Sie wollte nicht einsehen, daß es sich um ein wissenschaftliches Werk handelte, an das man kühl und unvoreingenommen herangehen mußte.

Mit diesen Einschränkungen gefiel mir Nina gut, und ich segelte oft mit ihr aufs Meer hinaus, das sie so liebte. Obwohl ich im allgemeinen gern mit ihr zusammen war, befremdete mich doch zuweilen etwas Seltsames in ihrem Wesen. Sie konnte lustig bis zum Übermut sein, plötzlich aber wurde sie schweigsam und nachdenklich; dabei machte sie ein Gesicht, als warte sie auf etwas Ungewöhnliches, wenn nicht gar auf ein Wunder.

»Woran denkst du, Nina?« fragte ich sie in einem solchen Augenblick, als wir durch die Grünanlagen am Stadtrand spazierten.

»An nichts. Ich weiß es selber nicht«, antwortete sie. »Manchmal habe ich das Gefühl, als würde ich etwas sehr, sehr Schönes erleben, irgendeine große Freude.«

»Sicherlich denkst du an den nicht mehr fernen Tag, an dem meine Anthologie erscheint und damit dein Name als der meiner Gehilfin im Vorwort. Das wird tatsächlich eine große Freude sein und eine, die du dir ehrlich verdient hast.«

»Das ist es bestimmt nicht«, erwiderte sie abweisend. »Ich weiß selbst nicht, was das für ein Glück ist, auf das ich warte.«

Ich muß gestehen, daß mich ihre Antwort überraschte, ja sogar ein wenig kränkte. Wie kann man überhaupt auf ein Glück warten, von dem man nichts weiß? Wo bleibt da die Logik?

»Du mußt dich daran gewöhnen, wissenschaftlich zu denken«, empfahl ich ihr. »Du hast noch kaum ein Viertel deiner ML hinter dir, und ein ausgefülltes wissenschaftliches und persönliches Leben liegt vor dir. Eines Tages heiratest du vielleicht einen Wissenschaftler, und deshalb mußt du darauf bedacht sein, ihm in wissenschaftlichem Denkvermögen nicht nachzustehen.«

Aber Nina tat, als habe sie mich nicht verstanden. Ohne etwas zu erwidern, sprang sie hoch, riß ein Blatt von einem herabhängenden Zweig und hielt es gegen das Licht.

»Heute ist die Sonne grün«, sagte sie übermütig.

»Wie komisch.«

Ich versuchte gar nicht erst, sie zu überzeugen, daß die Sonne keineswegs grün war, sondern wie immer schien; aber ihre seltsamen Anwandlungen irritierten mich.

Trotzdem gefiel mir Nina. Glauben Sie aber nicht, lieber Leser, daß sie so schön war, wie Maler und Bildhauer sie jetzt darstellen. Sie war einfach ein schlankes, leichtfüßiges junges Mädchen mit ausdrucksvollem, sogar anziehendem Gesicht, aber keinesfalls so schön, wie man heute annimmt.

Doch kehren wir zu dem Tag zurück, an dem das Geld abgeschafft wurde.

Ich ging also mit Nina nach der Versammlung im Auditorium maximum zur Philologischen Fakultät zurück.

Während Nina eine Vorlesung besuchte, arbeitete ich längere Zeit in der Bibliothek an meiner Anthologie. Dann begab ich mich in die Mensa zum Mittagessen. Nach alter Gewohnheit rief ich vor dem Weggehen den DSHA[3], um zu zahlen.

»Das Mittagessen ist kostenlos. Das Mittagessen ist kostenlos«, wiederholte der DSHA monoton.

»Es heißt nicht, ›das Mittagessen ist kostenlos‹, sondern ›das Mittagessen wird kostenlos verabfolgt‹«, korrigierte ich ihn. »Rufen Sie mir den SABO[4].«

Gleich darauf kam schwerfällig der SABO angestapft. Ich beauftragte ihn, den Text der Tonbandaufzeichnung der ihm unterstellten DSHA's entsprechend zu korrigieren, da eine so fehlerhafte Ausdrucksweise an einer Universität, einem Kulturzentrum, besonders blamabel sei.

»Bin alarmiert. Werde das Notwendige veranlassen«, antwortete der SABO. »Haben Sie sonst noch Wünsche?«

»Nein.«

Nach dem Essen ging ich die Uferpromenade entlang in Richtung der Ersten Linie. Hier war beinah alles wie an jedem gewöhnlichen Tag, nur die Schiffe hatten über die Toppen geflaggt, und an der Granitterrasse drängte sich eine Schar von Jungen und Mädchen, die jeden Passanten um sein Geld baten. Hatten sie das Gewünschte erhalten, so liefen sie die Stufen zum Fluß hinab und warfen die Münzen ins Wasser, die Geldscheine aber falteten sie zu kleinen Schiffen, die sie treiben ließen. Zu Ehren dieses Tages hatten sie schulfrei, was meiner Ansicht nach nicht geeignet war, ihre Disziplin zu festigen.

Als ich in die Erste Linie einbog, erblickte ich einen AT[5]. Vor sich hin singend, torkelte er die plastegepflasterte Straße entlang und störte den Verkehr der Elektroautos, die einen großen Bogen um ihn machten. Staunend, teilweise sogar erschreckt, beobachteten die Passanten sein Verhalten. Auch ich blieb einen Augenblick stehen, um das seltene, seit meiner Kindheit nicht mehr gesehene Schauspiel zu betrachten, wobei ich hoffte, aus dem Munde des Betrunkenen ein noch unbekanntes Schimpfwort zu vernehmen. Doch vergeblich: Er sang nur vor sich hin. Ich war enttäuscht, meine Sammlung außer Gebrauch gekommener Ausdrücke unserer Vorfahren nicht vervollständigen zu können. Seit meinem zwölften Lebensjahr arbeitete ich an ihr. Sie setzte sich aus vier Abschnitten zusammen: 1. Schimpfworte. 2. Ausdrücke aus der Gaunersprache. 3. Jagdausdrücke. 4. Militärische Termini. Während ich die Abschnitte 2 bis 4 mit Hilfe alter Bücher und Archive vervollständigte, war das Quellenmaterial zu Abschnitt 1 spärlich; denn Schimpfworte waren auf unserem Planeten schon lange nicht mehr in Gebrauch. So mußte ich das diesbezügliche Material in mühevoller Kleinarbeit zusammentragen.

Am Bolschoi-Prospekt Ecke Sechste Linie traf ich meinen Freund Andrej Swetotschew, denselben Swetotschew, der heute weltberühmt ist, seinerzeit aber noch völlig unbekannt war.

Ich kannte ihn seit meiner Kindheit: Wir hatten im selben Haus gewohnt und dieselbe Schule besucht. Später trennten sich unsere Wege. Andrej, der von jeher einen Hang zur Technik hatte, wurde nach Beendigung der Schule in die Akademie der Wissenschaften aufgenommen und bezog das ihr angeschlossene Internat, während ich mich an der Philologischen Fakultät der hiesigen Universität immatrikulieren ließ. Trotzdem blieben wir freundschaftlich verbunden. Seit unserer Schulzeit begeisterten wir uns für Philatelie. Immer, wenn wir einander begegneten, priesen wir unsere Sammlungen, sprachen über das Leben im allgemeinen, über unsere Pläne und Hoffnungen.

In letzter Zeit war Andrej jedoch finster und schweigsam, bis er mir eines Tages eröffnete, daß er an einer wichtigen Entdeckung arbeite, trotz umfangreicher Versuche aber nicht recht damit vorankomme.

Kameradschaftlich riet ich ihm, sich an einer weniger schwierigen Aufgabe zu versuchen; denn Unerreichbares bleibe eben unerreichbar und Unmögliches unmöglich. Ich empfahl ihm, sich ein weniger entferntes Ziel zu stecken und sich schrittweise vorzuarbeiten.

Doch er deutete nur auf das Bild über seinem Arbeitstisch, das Herkules auf der Jagd nach der Hirschkuh darstellte, und sagte: »Schau, wie er über die höchsten schneebedeckten

Felsgipfel läuft und die weniger hohen einfach überspringt! Nur so konnte er die Hirschkuh einholen.«

»Aber er hätte auch fehltreten und in die Tiefe stürzen können. Außerdem bist du kein Herkules, sondern ein gewöhnlicher Sterblicher«, gab ich zu bedenken.

»Das hat nichts damit zu tun«, antwortete Andrej kurz und brachte das Gespräch auf Briefmarken.

Ich trennte mich von ihm an diesem Tag mit dem Gefühl, daß er sich mit seiner wissenschaftlichen Forschung auf einem Irrweg befände, an dem er jedoch starrköpfig festhielt. Schon seit längerer Zeit schien er auf der Stelle zu treten, während ich Schritt für Schritt vorankam; denn meine Anthologie mit Kommentar stand kurz vor der Vollendung. Daneben arbeitete ich eifrig an meinem Lexikon außer Gebrauch gekommener Wörter, das, wie gesagt, eine Menge Kleinarbeit erforderte. Die Rücksicht auf Nina Astachowas Schamgefühl, die es mir verbot, sie zur Mitarbeit an dem Schimpfwörterverzeichnis heranzuziehen, erschwerte mir die Arbeit.

Doch kehren wir zu jenem bewußten Tag zurück. Andrej, dem ich an der Kreuzung begegnete, zeigte sich wieder finster und in sich gekehrt.

»Wohin so eilig?« fragte ich.

»Zum Postamt«, erwiderte er mürrisch. »Bisher war ich wenigstens beim Sammeln von Briefmarken erfolgreich, jetzt aber hat man sie abgeschafft.«

»Abgeschafft?« fragte ich verwundert. »Was soll dann aus unseren Sammlungen werden?«

»Du hast die Bekanntmachung nicht genau genug verfolgt. Dort heißt es ausdrücklich, daß neben dem Geld auch sämtliche Wertzeichen abgeschafft werden.«

»Tatsächlich. Wenn es kein Geld mehr gibt, dann fallen auch die Briefmarken weg. Daß ich darauf nicht gleich gekommen bin! Aber was wird dann aus uns Philatelisten?«

»Gar nichts!« knurrte Andrej. »Komm, wir fahren zum Postamt.«

»Bring uns zum Postamt«, sagte ich zum ASS[6].

»Habe verstanden. Zum Postamt. Mit Unterhaltung?« antwortete dieser, den dreiäugigen metallischen Kopf über seine Schaltgeräte gebeugt.

»Mit Unterhaltung«, befahl ich.

»Vor Ihnen habe ich einen alten Mann von ungefähr erreichter ML dorthin gefahren. Er war sehr erbost«, berichtete der ASS.

»Hat er auch geschimpft?« erkundigte ich mich hoffnungsvoll.

»Nein, kein Wort. Er sah nur bekümmert aus.«

»Daß du dir dieses Geschwätz anhören kannst«, sagte Andrej wütend. »Ich verstehe nicht, was du davon hast, dich mit einem Mechanismus zu unterhalten!«

Schweigend setzten wir unsere Fahrt fort.

Auf dem Platz vor dem Postamt standen dichtgedrängt Menschen aller Altersgruppen. Einige waren sogar mit ihren Markenkatalogen erschienen. Alle blickten gespannt auf den riesigen Bildschirm an der Außenwand des Postgebäudes.

Wir sahen Moskau. Der Platz vor dem Moskauer Postamt war voller Menschen. Dann erschien das Postamt von Buenos Aires auf dem Bildschirm.

Dort war es bereits Nacht, und die Menge hielt Fackeln in der Hand. Einige pfiffen laut auf Instrumenten. Danach zeigte der Bildschirm das Postamt in Rom. Hier saßen Tausende von Philatelisten auf dem mit Plaste gepflasterten Platz und sperrten den Verkehr. Nach Rom tauchte das Bild einer kleinen Stadt irgendwo im Schwarzerdegebiet auf. Vor dem Postgebäude standen Schüler und Erwachsene, die Transparente mit der Aufschrift »Postler! Die Menschheit braucht Briefmarken!« hochhielten.

Dann verschwand das Bild, und der Ansager meldete: »In Genf tagt in permanenter Sitzung der Weltpostverein. Das Briefmarkenproblem steht vor seiner unmittelbaren Lösung. Wir schalten zurück nach Genf.«

»Komm, wir gehen in die Halle«, sagte Andrej und drängte sich zum Aufgang durch.

Ich folgte ihm und horchte dabei in die Menge, in der Hoffnung, einige Ausdrücke für mein Lexikon zu erhaschen. Doch obwohl alle erregt waren, schimpfte niemand.

Vor den Schaltern, an denen noch gestern Briefmarken verkauft worden waren, hingen jetzt Plakate mit der Aufschrift: »Mit der Abschaffung des Geldes entfallen auch die Briefmarken.«

Geduldig erklärte eine junge Postangestellte einem alten Mann, daß es keine Marken mehr gebe und sein Brief unfrankiert befördert werde. Das Mädchen trug Ohrgehänge aus kleinen, an dünnen Ketten baumelnden Metallkugeln, die, obwohl sie unauffällig waren, dennoch meine Aufmerksamkeit erregten, weil derartiger Schmuck schon lange aus der Mode war. Übrigens war das Mädchen hübsch, und die Ohrgehänge standen ihr gut.

»Das Sammeln von Briefmarken ist eine historische Tradition«, sagte Andrej, sich zum Schalter beugend. »Es ist nicht Sache der Post, sie abzuschaffen.«

»Nicht die Postler haben die Marken abgeschafft, sondern die Zeit«, erwiderte das Mädchen höflich.

»Das Briefmarkensammeln ist eine überflüssige, überlebte Spielerei.«

»Da es aber Menschen gibt, die sich für Briefmarken interessieren, muß es auch welche geben«, entgegnete Andrej laut und unfreundlich.

»Wie lächerlich Sie mir mit Ihren Marken vorkommen«, erwiderte das Mädchen aufgebracht.

»Und Sie mir mit Ihren Erklärungen und Ihren vorsintflutlichen Ohrgehängen!« rief Andrej. »Sie sehen aus wie ein Waldschrat.«

Erschreckt und gekränkt blickte das Mädchen Andrej an.

»Aber Andrej! Wie konntest du so ein Schimpfwort gebrauchen«, wies ich ihn zurecht.

»Verzeihen Sie mir«, wandte er sich an das Mädchen. »Es ist mir so entfahren. Verzeihen Sie, wenn ich Sie gekränkt habe.«

»Ich verzeihe Ihnen, denn Sie waren erregt«, erwiderte das Mädchen. »Aber was ist eigentlich ein Waldschrat?«

»Ich weiß es nicht. Wenn mein Urgroßvater sich über meine Urgroßmutter ärgerte, nannte er sie so.«

»›Waldschrat‹ nannte man in alten Zeiten eine Art Waldgeist«, erklärte ich ihr. »Später verlor der Name seine ursprüngliche Bedeutung und diente im Volksmund als Bezeichnung für häßliche und streitsüchtige Frauen. Ich kann Ihnen jedoch versichern, daß Sie nichts von einem solchen Wesen an sich haben.«

»Wie interessant!« sagte das Mädchen. »Woher wissen Sie das alles?«

»Ich weiß sogar noch einiges mehr«, erwiderte ich bescheiden und erklärte ihr, daß mein Lexikon außer Gebrauch gekommener Ausdrücke unserer Vorfahren eine Menge Worte, Begriffe und idiomatische Ausdrücke enthalte. Des weiteren nannte ich ihr meinen Namen und Beruf. Das Mädchen hörte mir aufmerksam zu und erzählte dann einiges über sich selbst. Sie hieß Nadja und wurde später meine Frau, doch das gehört nicht hierher. Als ich mit Andrej die Halle des Postamtes verließ, sahen wir auf dem Bildschirm den Ansager folgende Meldung verlesen:

1. Der Weltpostverein hält die Philatelie für ein Überbleibsel alter Zeit, das der Menschheit keinen Nutzen bringt.

2. Der Weltpostverein ist aber der Meinung, daß die Philatelie der Menschheit auch keinen Schaden zufügt.

3. Da die Sammler Wert auf die Existenz von Briefmarken legen, sollen sie weiterbestehen, jedoch nicht mehr als Wertzeichen.

4. Jedermann ist künftig berechtigt, eigene Marken herauszugeben. Zu diesem Zweck steht ihm eine Druckerei mit allem technischen Zubehör zur Verfügung.

»Siehst du«, sagte ich zu Andrej, »alles hat sich in Wohlgefallen aufgelöst. Du hattest keinen Grund, das Mädchen zu beleidigen und sie Waldschrat zu schimpfen. Du wirst deine Schuld sühnen müssen.«

»Ich weiß, daß ich mich unwürdig benommen habe«, erwiderte Andrej. »Es lag aber nicht an den Briefmarken, sondern daran, daß ich mit meiner Arbeit nicht vorankomme. Eine Zeitlang glaubte ich vor einer großen Entdeckung zu stehen, jetzt aber zweifle ich, ob ich auf dem richtigen Weg bin.«

»In unserem Zeitalter kann es keine großen Entdeckungen mehr geben, sondern nur noch Vervollkommnungen«, entgegnete ich.

Andrej schwieg. Es war für mich viel Unverständliches in seinem Wesen, obwohl ich ihn doch von Kindheit an kannte.

Kindheit

In meiner frühesten Kindheit lebte ich mit meinen Eltern in einem Haus in der Elften Linie der Wassiljew-Insel. Mein Vater war Lehrer für Literaturgeschichte an einer der dortigen Schulen, während meine Mutter als Formerin in einer Fabrik für weiblichen Schmuck arbeitete, wo aus chemisch reinem Eisen allerlei Bijouterien gegossen wurden; das Gold war schon seit langem aus der Mode gekommen. Hier stellte man auch mit Marssteinen verzierte Fingerringe und Diademe her. In dieser Fabrik freundete sich meine Mutter mit Anna Swetotschewa, Andrejs Mutter, an. Später schlossen auch unsere Väter Freundschaft, und wir bezogen eine gemeinsame Wohnung am Hafen, direkt am Strand. Damals setzte gerade die sogenannte zweite Vergemeinschaftung des Wohnraumes ein. In früherer Zeit mußten nämlich viele Menschen in großen Gemeinschaftswohnungen leben. Infolge ihrer unterschiedlichen Charaktere, verschiedenen Berufe und Lebensgewohnheiten kam es oft zu Streit und Mißhelligkeiten. Mit zunehmender Steigerung des Wohnungsbaus kam der Tag, an dem jeder, der Wert darauf legte, eine Einzelwohnung erhielt. Doch nach einiger Zeit siedelten miteinander befreundete Einzelpersonen oder Familien in Gemeinschaftswohnungen über, jetzt aber auf der Grundlage von Freundschaft und Sympathie.

Das Haus, das wir mit den Swetotschews bezogen, war ein altertümliches Ziegelgebäude. Die Wohnungstüren waren sogar noch mit Schlössern versehen, was großen Eindruck auf mich machte. Obwohl die Türen unverschlossen blieben und die Schlüssel längst verschrottet waren, verlieh diese altertümliche Vorrichtung unserer Behausung etwas Geheimnisvolles.

Unsere Familien lebten einträchtig miteinander. Andrej Swetotschews Vater Sergej war ein gutmütiger und fröhlicher Mensch. Er arbeitete in einer Baumwollfabrik und war stolz auf seinen Beruf. »Alles fließt, alles verändert sich, nur die Baumwollproduktion bleibt«, pflegte er zu sagen. Wie konnte er auch ahnen, daß sein eigener Sohn eine Entdeckung machen würde, die sogar die Baumwolle ersetzte.

Gemeinsam mit Andrej bewohnte ich ein großes Zimmer, das sogenannte Kinderzimmer, in dem unsere Betten nebeneinander standen. Die Wohnung war klein, aber gemütlich. Doch wer von Ihnen, lieber Leser, kennt nicht diese Wohnung, die man zum Gedenken Andrej Swetotschews in ihrem ursprünglichen Zustand belassen hat! Nur der Fußbodenbelag muß, der vielen Beuscher wegen, zweimal im Jahr erneuert werden.

So kam es, daß wir im selben Haus wohnten, in denselben Kindergarten gingen und später dieselbe Schule besuchten. Wir waren Freunde, weihten einander in unsere Geheimnisse und Zukunftspläne ein und halfen einander bei den Schularbeiten; ich war stark in unserer Muttersprache, er besonders in Mathematik. Damals fehlte bei ihm noch jedes Anzeichen von Genialität. Er war ein Junge wie alle anderen.

Andrej hatte allerdings auch Wesenszüge, die mir weniger gefielen. Zuweilen konnte er stundenlang dasitzen und

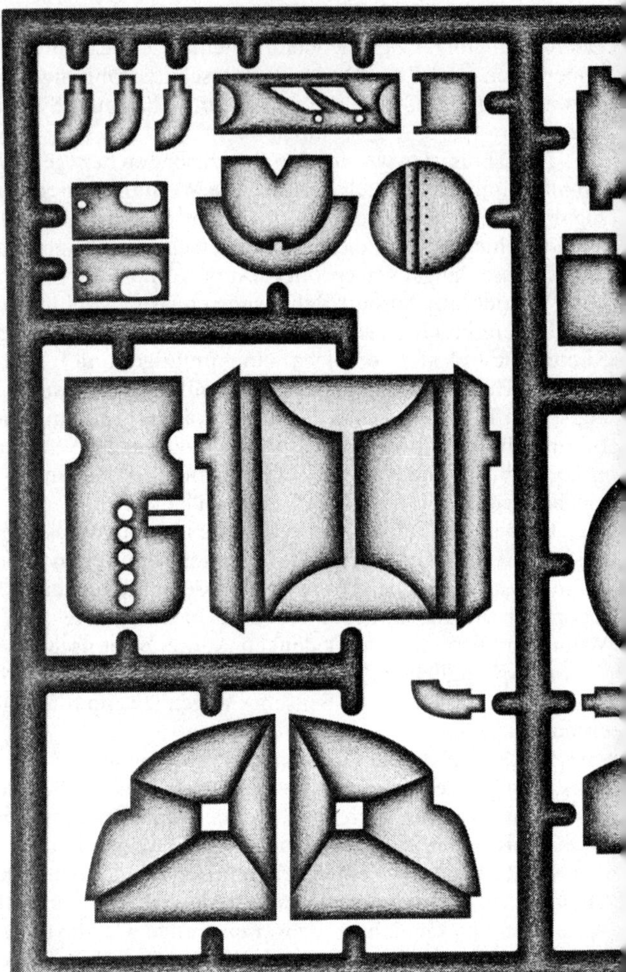

Jörg Krichbaum

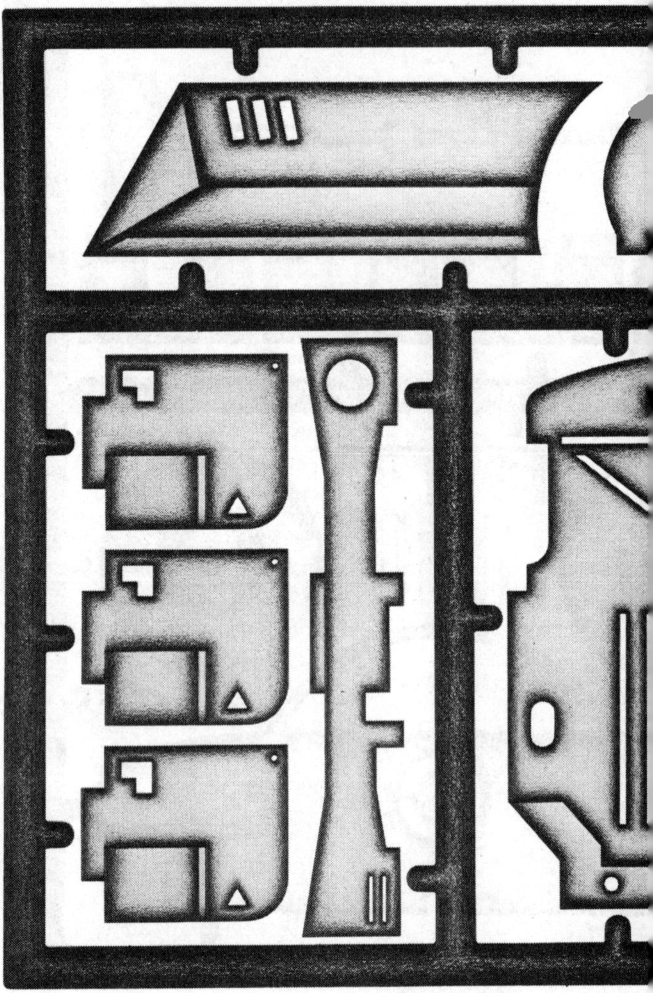

Jörg Krichbaum

nachdenklich vor sich hinstarren. Wenn ich ihn dann etwas fragte, antwortete er völlig zusammenhanglos, was mich natürlich kränkte.

Er liebte es ferner, allein den im Herbst völlig verödeten Strand entlang zu wandern. Während ich mich nach Schulschluß sofort auf den Heimweg machte, bog Andrej öfters zum menschenleeren Ufer ab, wo es doch wahrhaftig nichts Besonderes zu sehen gab.

Als ich eines Tages wieder ohne Andrej nach Hause kam, schickte mich seine Mutter, ihn zu holen.

»Heute ist doch sein Geburtstag«, sagte sie. »Sollte er es wirklich vergessen haben?«

Der Tag war trübe und regnerisch. Wie feine Nadeln drangen die winzigen Tropfen des Sprühregens lautlos in die spiegelglatte Meeresoberfläche. Andrej stand am Ufer und starrte auf die See.

»Was suchst du denn jetzt noch am Strand, wo der Sommer längst vorbei ist«, sprach ich ihn an. »Komm nach Hause, deine Mutter erwartet dich. Wo bist du denn schon wieder mit deinen Gedanken?«

»Beim Wasser. Es ist seltsam, nicht wahr? Mit nichts auf dieser Welt hat es Ähnlichkeit.«

»Was soll denn am Wasser Besonderes sein? Wasser ist eben Wasser.«

»Nein, das Wasser ist seltsam und unbegreiflich. Zwar ist es flüssig, doch sobald man flach mit einem Stock darauf schlägt, übt es solchen Gegendruck aus, daß einem die Hand weh tut. Man müßte es ganz hart machen.«

»Aber es wird doch hart, wenn es gefroren ist.«

»Ich rede aber nicht vom Eis«, erwiderte Andrej unmutig.

Schweigend machten wir uns auf den Heimweg.

Zu Hause umarmte die Mutter Andrej und schenkte ihm einen Umschlag mit Briefmarken sowie einen Markenkatalog.

»Hurra! Nicaragua! Nicaragua!« rief mein Freund begeistert, nachdem er die Marken in Augenschein genommen hatte. »Nicaragua! Nicaragua!« wiederholte er unter Freudensprüngen.

Als er dabei in die Nähe der Couch kam, stellte ich ihm ein Bein, und er fiel auf die Polster. Ich ließ mich neben ihn fallen, und dann begann eine frischfröhliche Kissenschlacht.

»Haut die Tierfreunde!« rief ich, gegen Andrej ausholend.

»Haut die Bilderfreunde!« erwiderte er meinen Schlachtruf und ließ sein Kissen auf meinen Kopf niedersausen.

»Bilderfreunde« nannte man in unserer Schule Liebhaber von Porträtbriefmarken. So sammelte ich beispielsweise Abbildungen berühmter Persönlichkeiten, während Andrej als »Tierfreund« sogenannte schöne Briefmarken mit Abbildungen exotischer Tiere vorzog. Dabei entwickelte er eine seltsame Vorliebe für Briefmarken mit möglichst bunten Vögeln und Tieren. Obwohl er sehr an seiner Sammlung hing, gab er doch ohne weiteres seine bunteste Marke her, wenn jemand ihn darum bat.

Mit den Jahren zeigte er einen Hang zu abstrakten Überlegungen, die mich, ehrlich gesagt, rechtschaffen langweilten.

Als wir die vierte Klasse besuchten, besichtigten wir eines Tages die altertümliche Isaak-Kathedrale, genauer gesagt, ihre Kolonnaden. Ein Flugschweber mittlerer Größe, der auf dem Dach des Schulgebäudes landete, transportierte uns dorthin. Am Ziel angelangt, fuhr der Schweber an der oberen Kolonnade eine Fallreeptreppe aus, auf der die Klasse mit Lehrer hinunterstieg. Von hier aus sahen wir die ganze Stadt, die Newa mit ihren vierzehn Brücken, die »Aurora« und die Bucht mit den Schiffen.

»Wie schön!« sagte ich zu Andrej.

»Sehr schön«, erwiderte er. »Aber alles ringsum besteht aus verschiedenstem Material: aus Stein, Eisen, Ziegeln, Beton, Plaste und Glas; alles durcheinander.«

»Ich weiß nicht, was du hast«, entgegnete ich verständnislos. »Wie sollte es denn anders sein? Jedes Ding stellt man eben aus einem entsprechenden Stoff her. So war es und bleibt es.«

»Man sollte aber alles aus einem einzigen Stoff herstellen«, sagte Andrej nachdenklich. »Häuser, Schiffe, Maschinen, Raketen, Schuhe und Möbel, alles aus ein und demselben Material.«

»Hör auf mit deiner Besserwisserei«, erwiderte ich ärgerlich.

Danach sprach Andrej längere Zeit nicht mehr mit mir über abstrakte Dinge. Statt dessen schleppte er allerlei wissenschaftliche Bücher an, die hauptsächlich vom Wasser handelten. Nach der Versetzung in die fünfte Klasse brachte er fast alle Abende im sogenannten Öffentlichen Laboratorium zu, das es jetzt in jeder Schule gibt. Stundenlang experimentierte er an den vielen Maschinen und Geräten und vergaß darüber selbst das Essen.

Zuweilen versäumte er sogar den Unterricht, was die Lehrer ihm seltsamerweise durchgehen ließen.

So erschien er nur selten zum Turn- und noch seltener zum Schwimmunterricht. Die Folge war, daß er niemals schwimmen lernte.

Trotz gewisser charakterlicher Eigenheiten war Andrej ein guter Kamerad. Wenn wir auch miteinander stritten, zankten wir uns doch fast nie. Nur einmal brauste er wegen einer Nichtigkeit auf und beleidigte mich. Das war, als wir in der siebenten Klasse die Relativitätstheorie durchnahmen, ich einiges nicht verstanden hatte und zu Hause zum EEA[7] griff. Ich schob das Buch in den Schlitz und betätigte den Kontaktknopf, worauf der Apparat im Bild und Ton seine vereinfachten, leicht verständlichen Erläuterungen zu diesem Thema gab. Plötzlich sagte Andrej, der die ganze Zeit am Tisch gesessen und wortlos vor sich hingestarrt hatte, wütend: »So stell doch endlich die elende Einpaukmaschine ab! Begreifst du denn wirklich die einfachsten Dinge nicht?«

»Du bist grob, Andrej!« erwiderte ich gekränkt. »Der Apparat nennt sich ›EEA‹ und ist keine Einpaukmaschine.«

»Ein schöner ›EEA‹«, knurrte Andrej. »Ich möchte wissen, wer sich die Namen für alle diese Aggregate ausdenkt.«

»Das tut die Freiwillige Spezialnamengebungskommission, die sich aus Dichtern zusammensetzt. Wenn du so abfällig über das Aggregat sprichst, dann beleidigst du damit sie und auch mich, der sich seiner bedient.«

Aber diese Verstimmung trübte unsere Freundschaft nicht lange. Als wir mit dem sechzehnten Lebensjahr das Recht erhielten, die Gedankenübertragungsverstärkerstation zu benutzen, wählten Andrej und ich eine gemeinsame Welle und wurden damit sozusagen Doppelgänger[8] in der Gedankenübertragung, was sich als sehr nützlich erwies, als bald darauf Andrej meine Hilfe benötigte.

Eines Vorfrühlingstages nämlich flogen unsere Eltern nach Madagaskar, um dort ihren Urlaub zu verbringen, nicht ohne uns vorher alle möglichen Verhaltungsmaßregeln gegeben zu haben. Nach ihrer Abreise vergrub sich Andrej bis tief in die Nacht im Öffentlichen Laboratorium, wo er ganz allein mit Wasser experimentierte. Einige der Experimente waren, wie sich später herausstellte, ziemlich gefährlich, das BRA[9] hatte Andrej nicht nur mehrfach gewarnt, sondern sogar einmal die Stromzufuhr des Laboratoriums gesperrt. Dafür haßte Andrej das BRA, das er verächtlich »Lulatsch« nannte.

So machte ich mir auch keine Sorgen, als er sich eines Tages ungewöhnlich lange im Labor aufhielt, da ich ihn für ausreichend geschützt hielt. Kurz vor dem Einschlafen erreichte mich jedoch Andrejs Gedankenübertragungssignal.

»Was ist?« fragte ich.

»Gefahr«, lautete die Antwort. »Komm ins Labor. Ende.«

Eilig kleidete ich mich wieder an und lief auf die Straße.

»Sind Sie beunruhigt? Haben Sie Aufträge für mich?« rief mir am Tor das diensthabende UAKW[10] zu.

»Danke. Keine Aufträge«, antwortete ich und lief die plastegepflasterte Straße entlang zur Schule, deren Vorplatz die Statue der Nike von Samothrake zierte. Die Statue aus nichtrostendem Metall wirkte, da ihr Kopf nach kybernetischen Berechnungen genau rekonstruiert war, wie ein Original. Im Kraftfeld mehrerer Elektromagneten schwebte sie frei über dem Sockel. Während sie bei eintretender Dunkelheit allmählich niedersank, erhob sie sich beim ersten Sonnenstrahl, der den Schaltmechanismus in Gang setzte, wieder von ihrem Podest in die Luft.

Die Fenster des Laboratoriums waren erleuchtet. Als ich eintrat, fand ich Andrej inmitten vieler Geräte auf einem Plastehocker sitzend. Sein rechter Arm blutete. Schwerfällig über ihn gebeugt, gab das BRA medizinische Ratschläge. Andrej war totenblaß. Ich stürzte zur Hausapotheke, entnahm ihr ein Medikament und beschäftigte mich mit Andrej. Er hatte eine Schulterwunde. Nachdem ich sie mit Universalbalsam behandelt hatte, rief ich einen Arzt an.

»Was ist geschehen?« fragte ich den Freund.

»Ein kleiner Rechenfehler«, erwiderte er. »Ich hatte mir einen anderen Effekt versprochen. Um festzustellen, wie sich Wasser unter ganz bestimmten Bedingungen verhält, unterkühlte ich es und spritzte es in eine weißglühende goldene Röhre. Ich dachte, daß der jähe Temperaturabfall . . .«

»Und was haben Sie getan?« fragte ich streng das BRA. »Ihre Aufgabe ist es doch, gefährliche Experimente zu unterbinden!«

»Das Experiment ist ungefährlich«, gab das BRA gelassen von sich. »Das Experiment ist zweckmäßig, nützlich und ungefährlich.«

»Wie kann es ungefährlich sein, wenn dabei ein Mensch verletzt wird? Sehen Sie denn nicht, was passiert ist?« rief ich erbost und deutete auf die umherliegenden zerbrochenen Skalen, Metallteile und die trotz ihrer dicken Wandung aufgerissene goldene Röhre.

»Der Lulatsch ist unschuldig«, sagte Andrej, »ich habe ihm eingegeben, daß das Experiment ungefährlich ist.«

»Du hast ihn also hintergangen! Ob Mensch oder Mechanismus, Betrug bleibt Betrug. Wer einen Mechanismus hintergeht, hintergeht die Gesellschaft.«

»Ich habe ihn nicht hintergangen, sondern überzeugt, sein Schema korrigiert«, verteidigte sich Andrej. »Er hat mir sogar beim Experimentieren geholfen.«

»Die Versuche sind sinnvoll, ungefährlich, begründet, objektiv und aussichtsreich«, brummte das BRA.

»Was man zu Ihnen sagt, ist in den Wind geredet«, fuhr ich es an.

»Wind, Wind? Ein neues Experiment?« stammelte das BRA.

»Keine Experimente mehr. Räumen Sie lieber hier auf!«

Über den Müllschlucker gebeugt, warf das BRA die Trümmer hinein, zuletzt die gesprungene goldene Röhre.

Währenddessen versorgte der inzwischen eingetroffene Arzt den Verletzten.

Andrejs Wunde heilte schnell. Was mich erstaunte, war, daß sein Streich weiter nicht geahndet wurde. Man untersagte ihm lediglich für kurze Zeit das Experimentieren. Nach verstrichener Frist machte er sich mit neuem Eifer ans Werk. An Hartnäckigkeit und Ausdauer fehlte es ihm nicht.

Aus der Jugendzeit

Im Frühherbst ging ich eines Tages mit Andrej am Ufer der Bucht entlang. »Laß uns ein Boot ausleihen«, schlug er vor, als wir an der Bootsstation vorbeikamen. »Wir sind schon so lange nicht mehr Kahn gefahren.«

Wir ließen uns ein kleines Boot geben und ruderten aus der Bucht hinaus. Segeljachten und elektrisch angetriebene Ausflugsschiffe kreuzten unseren Kurs, weiter draußen auf offener See fuhren die großen Fahrgastschiffe. Auch Segelschiffe sahen wir, die an alte, romanische Stiche erinnerten, nur daß sie ohne jede Bemannung fuhren; denn das Auf- und Abtakeln besorgte ein von einem KHNA[11] gelenkter Spezialmechanismus. Sie beförderten vorwiegend nicht eilige Fracht. Hin und wieder gab es jedoch infolge Versagens des äußerst komplizierten Steuermechanismus dieser Fahrzeuge allerlei Pannen. Dann kreuzten sie ziellos in der See, ohne ihre Bestimmungshäfen anzulaufen.

Immer weiter ruderten wir aus der Bucht hinaus, bis die hohe Bugwelle eines in nächster Nähe vorbeifahrenden Atomfahrgastschiffes unser Boot fast zum Kentern brachte. Es schaukelte so, daß es Wasser übernahm, wobei es jedoch glücklicherweise nicht vollschlug.

»Es hätte schlimmer ausgehen können«, bemerkte ich. »Beinah wären wir gekentert, und du kannst nicht schwimmen. Seltsam, daß gerade du, der das Wasser erforscht und damit experimentiert, nicht schwimmen kannst. Hast du dir etwa vorgenommen, Wind und Sturm abzuschaffen?«

»Nein, Wind und Sturm wird es immer geben, aber der Mensch wird sich, meiner Meinung nach, das Wasser dienstbar machen.«

Ich hatte keine Lust, etwas zu entgegnen; denn ich wußte, daß das Wasser Andrejs fixe Idee war.

»Nicht nur Forschung, Wissenschaft und Technik weisen dahin, sondern die Logik des Lebens selbst«, fuhr Andrej fort. »Der Mensch hat sich bereits treue und erprobte Freunde gewonnen: Metall, Stein, Holz, Glas und Plaste. Da sich die Menschheit aber vermehrt, braucht sie einen neuen, mächtigen Freund und Verbündeten, den es vorläufig noch nicht gibt. Das Wasser ist ihr sogar noch feind.«

»Wasser bleibt eben Wasser, daran ist nichts zu ändern«, bemerkte ich.

»Erst wenn der Mensch sich diesen mächtigen und gefährlichen Feind unterwirft und ihn zum zuverlässigen Verbündeten macht, wird er zum wirklichen Beherrscher unseres Planeten.«

»Schwätz nur weiter, Ämilian, ich laß dich gern in deinem Wahn«, sagte ich ironisch.

»Von was für einem Ämilian sprichst du?« fragte Andrej verwundert.

»Das ist nur eine alte Redensart. Es hat keinen Sinn, sie zu erläutern.«

Damals zog es mich zur Literaturgeschichte und Folklore des 20. Jahrhunderts, und ich hatte in meinen diesbezüglichen Studien unbestreitbar Erfolg. Aus alten Büchern suchte ich Sprichwörter und Redensarten unserer Vorfahren heraus, um sie in einem besonderen Buch zu sammeln. Gleichzeitig arbeitete ich an meinem Lieblingswerk, dem bereits erwähnten Lexikon.

Da sich die elfte und zwölfte Klasse in bestimmte Fachrichtungen gliederte, wählte ich nach Beendigung der zehnten Klasse die humanistische Abteilung, während Andrej sich dem technischen Zweig anschloß. Trotzdem blieben wir weiter befreundet, besuchten gemeinsam Theater und Kino und bereisten in den Ferien zusammen Amerika, Australien und Schweden. Am deutlichsten sind mir jedoch unsere Streifzüge durch die Heimatstadt in Erinnerung geblieben.

Auf einem dieser Ausflüge fiel mir an einem Gebäude die Inschrift »IERNGF« (Institut zur Ermittlung der realen natürlichen geistigen Fähigkeiten) ins Auge.

Schon lange hatte ich mir gewünscht, meine geistigen Fähigkeiten, an denen ich bei aller Bescheidenheit nicht einen Augenblick zweifelte, zu überprüfen.

»Laß uns hineingehen und feststellen, welche Punktzahl unser Verstand erhält«, schlug ich halb im Scherz vor.

»Bitte, wenn es dir Spaß macht«, sagte Andrej bereitwillig. »Aber ich traue der Arbeitsweise dieses Aggregats nicht ganz.«

»Du fürchtest wohl, einer von uns könnte sich als potentieller Idiot herausstellen?«

»Möglich ist alles. Zuweilen komme ich mir tatsächlich wie ein ausgemachter Dummkopf vor.«

Nach der Aufnahme führte man uns in getrennte Zimmer mit allerlei Apparaturen. Ein Assistent rückte einen Sessel für mich heran und setzte mir einen Plastehelm auf, der durch Drähte mit den Apparaturen verbunden war.

»Denken Sie an das, was Sie am meisten beschäftigt und worüber Sie am häufigsten nachdenken«, sagte er.

Ich konzentrierte meine Gedanken auf mein Lieblingswerk, das besagte Lexikon. Sofort bewegten sich Zeiger und leuchteten elektrische Birnen auf. Nach einem Blick auf den Bildschirm schaltete der Assistent die Apparaturen aus.

»Fertig«, sagte er. »Sie haben einen Hang zur Systematik.«

»Und wie viele Punkte?«

»Vier. Kein schlechtes Ergebnis.«

»Was, vier Punkte nur!« rief ich empört. »Und das bei einem Zehnpunktesystem? Das muß ein Irrtum sein.«

»Vier Punkte sind durchaus keine schlechte Einschätzung«, entgegnete der Assistent. »Das IERNGF gibt vielen Menschen eine geringere Einschätzung; trotzdem sind sie als Wissenschaftler, bildende Künstler und Schriftsteller tätig und zählen zur Intelligenz.«

»Hat Ihr Institut auch schon hohe Punktzahlen, zum Beispiel neun oder gar zehn, ermittelt?«

»Mit zehn Punkten ist seit Bestehen unseres Instituts noch niemand bewertet worden. Eine derart hohe Punktzahl ist gleichbedeutend mit Genialität, und Genies werden nicht alle Tage geboren. Neun Punkte sind bereits die Vorstufe der Genialität. Sie kennen doch die Lebensgeschichte Olaf Inderströms?«

»Selbstverständlich. In der achten Klasse haben wir seine Unmöglichkeitstheorie durchgenommen. Meinen Sie, weil das IERNGF mich nur mit vier Punkten bewertet hat, kenne ich die Theorie nicht?«

»Niemand zweifelt an Ihren Kenntnissen«, beschwichtigte mich der Assistent. »Trotzdem möchte ich Ihnen eine

Episode aus seinem Werdegang erzählen. Vor dreißig Jahren arbeitete er in der kleinen schwedischen Stadt Ulta-Fjord in einer Netzwirkerei als Maschineneinrichter. Er hatte zwölf Klassen der technisch orientierten Mittelschule absolviert und besaß damit nur das auf unserem Planeten obligatorische Bildungsminimum. In seiner Freizeit besuchte er theoretische Kurse über allgemeine Physik und las Bücher über Quantentheorie und Kosmographie. Außerdem hatte er die Fähigkeit, im Kopf schwierigste Rechenexempel zu lösen, und übertraf darin sogar kybernetische Maschinen mittleren Grades. Er bereitete sich auf die Hochschule vor, zögerte jedoch aus übergroßer Bescheidenheit, einen Aufnahmeantrag zu stellen, bis ihn eines Tages seine Kameraden fast gewaltsam zum IERNGF schleppten, das seine Fähigkeiten mit neun Punkten bewertete. Kurz darauf wurde Inderström in das dritte Semester der Akademie der Wissenschaften aufgenommen. Zwei Jahre später begründete er die Unmöglichkeitstheorie. Noch bei Lebzeiten setzten ihm alle Großstädte der Welt Denkmäler.«

»Das alles ist mir bekannt«, erwiderte ich, »doch bis heute ist mir unklar, wieso man dem Schöpfer eines negativen Gesetzes so große Ehrungen erweist.«

»Weisheit kann auch im Negativen bestehen«, entgegnete der Assistent, »zumal die Unmöglichkeitstheorie trotz ihrer Negativität eine durchaus positive Rolle spielt, denn sie bewahrt die Menschheit vor zwecklosen Versuchen, wie zum Beispiel dem, zu den Fixsternen vorzudringen. Damit allein hat Inderström vielen Menschen das Leben gerettet.«

Ich kam als erster wieder in die Aufnahme, Andrej hielt sich noch im Testraum auf. Fast eine volle Stunde verging, bis er, begleitet vom Assistenten und zwei älteren Männern, anscheinend Professoren, endlich wieder erschien.

»Gehen wir«, sagte er. »Die Folter ist zu Ende.«

»Weshalb hat deine Prüfung so lange gedauert?« fragte ich.

»Man stellte mir eine Reihe zusätzlicher Aufgaben. Ich

bin ganz erschöpft. Dann telefonierten sie mit der Weltakademie der Wissenschaften.«

»Daran sieht man, wie unvollkommen das IERNGF ist, daß es zusätzliche Informationen benötigt«, sagte ich, um ihn zu trösten. »Mich hat es nur mit vier Punkten bewertet, was ich für einen klaren Irrtum halte.«

»Ja, das Aggregat ist tatsächlich unvollkommen«, stimmte Andrej zu. »Mir hat es zehn Punkte zuerkannt, die ich bestimmt nicht wert bin; denn ich komme mir oft wie ein dummer Junge vor.«

Nach Beendigung der Schule bezog ich die Philologische Fakultät unserer Universität. Andrej aber wurde gleich in das dritte Semester der Akademie der Wissenschaften aufgenommen.

Eine verdiente Strafe

Doch kehren wir jetzt zum Beginn meiner Erzählung zurück.

Einige Tage nach dem »Philatelistenaufstand« besuchte mich Andrej. Er sah bekümmert aus. »Was hast du?« erkundigte ich mich. »Schon wieder ein mißglücktes Experiment? Es wird Zeit, daß du dich daran gewöhnst. Du brauchst doch Mißerfolge wie der Fisch das Wasser.«

»Nein, etwas Unangenehmeres«, erwiderte Andrej, die Anspielung auf das Wasser überhörend. »Ich habe meinen Studienkollegen von meinem ungehörigen Verhalten gegenüber dem Mädchen von der Post erzählt und ...«

»Das wäre ja noch schöner, wenn du es verschwiegen hättest!« fiel ich ihm ins Wort. »Böses zu verheimlichen ist gleichbedeutend mit Lüge. Und was haben sie dazu gesagt?«

»Sie haben sich entschlossen, mich mit einem Jagdauftrag zu bestrafen. Ich soll im Schonrevier von Luga einen Hasen töten. Sie nehmen dort überhand und suchen die Obstgärten heim.«

»Wie unangenehm«, sagte ich mitfühlend. »Doch du hast Strafe verdient. Wie konnte es dir auch einfallen, das Mädchen ›Waldschrat‹ zu titulieren.«

»Willst du mich nicht begleiten?« bat Andrej. »Es ist so langweilig, allein zu jagen. Die gestellte Aufgabe werde ich natürlich selbst lösen.«

Ich erinnerte mich, von einem Studenten gehört zu haben, daß der dortige Revieraufseher ein alter Mann sei, der noch über ein umfangreiches Repertoire von Beschwörungen, Redensarten und Schimpfworten verfüge. Vielleicht gelingt es mir, auf diese Weise mein Lexikon zu ergänzen, dachte ich und entschloß mich, den Freund zu begleiten. Erfreut über meine Zusage, entfernte sich Andrej.

Am gleichen Tag noch teilte ich Nina mit, daß ich einige Tage verreisen würde. Als ich ihr jedoch Grund und Ziel meiner Reise angab, bestand sie darauf mitzukommen.

»Willst du etwa mit ansehen, wie ein Tier getötet wird?« fragte ich verständnislos.

»Aber ich bitte dich! Ich möchte einfach wieder einmal die Natur erleben.«

»Das ist natürlich etwas anderes. Ich hole dich morgen früh ab.«

Im Grunde meines Herzens freute ich mich über Ninas Entschluß, denn ich schmeichelte mir, daß es ihr weniger um die Natur als vielmehr um mich ginge. Vielleicht erwartete sie einen Heiratsantrag von mir und hatte sich deshalb entschlossen, mich auf die Jagd zu begleiten.

Schon lange war die Jagd für die Menschen kein Vergnügen mehr, sondern nur noch eine lästige Pflicht, der sie nachkommen mußten, wenn das Wild in den Schonrevieren überhand nahm. Seit es auf der Erde weder Kriege noch Armut und soziale Ungleichheit mehr gab, milderten sich die Sitten und Gebräuche der Menschen, und die Kriminalität verschwand. Mit dem veränderten Verhältnis der Menschen zueinander änderte sich auch ihr Verhältnis zu den Tieren.

Schon lange vor meiner Geburt wurde ein Gesetz erlassen, das Experimente mit Tieren untersagte. Als vollwertigen Ersatz für diese gab es jetzt elektronisch-biologische Modelle.

Auch Tiere in Unfreiheit zu halten, erklärte man für grausam und löste sämtliche zoologischen Gärten auf, zumal die hochentwickelten und schnellen Verkehrsverbindungen es jedermann ohne besondere Umstände ermöglichten, die Tiere unter ihren natürlichen Lebensbedingungen in Freiheit zu sehen. Die Jagd erübrigte sich, denn der Mensch brauchte jetzt weder Fleisch noch Leder oder Pelze. Die synthetischen Felle waren überdies schöner als die natürlichen.

Am nächsten Morgen machte ich mich auf den Weg zu Nina. Ihr Vater war bei einer Unterwasserexpedition ums Leben gekommen. Obwohl der Unglücksfall schon lange zurücklag, hatte man bei Ninas Mutter manchmal den Eindruck, als sei das erst gestern gewesen. Dennoch war es bei ihnen gemütlich, und ich besuchte sie gern. Freundlich wie stets empfing mich Ninas Mutter auch an diesem Morgen, der mir deshalb so gut in Erinnerung geblieben ist, weil er in meinem und in Ninas Schicksal große Veränderungen einleitete.

»Sie sollten vor der Reise tüchtig essen«, sagte Ninas Mutter. »Ich will selbst unseren IEUHR[12] programmieren, der bereits große Erfahrung gespeichert hat.«

»Aber gern. Sie wissen doch, wie sehr ich Ihre Küche schätze«, erwiderte ich. »Bestellen Sie bitte für mich zwei synthetische Hammelkoteletts.«

»Sie müssen sich schon die Mühe machen und den IEUHR eigenhändig programmieren«, sagte Ninas Mutter lachend. »Kommen Sie, ich zeige es Ihnen.«

Sie führte mich in die Küche, wo aus einer Nische der IEUHR auf uns zukam und uns eine mit Buchstaben- und Zeichentastatur versehene, etwa handgroße Metallplatte entgegenstreckte.

»Hier bestellen Sie die Koteletts für sich und dort das Kalbsschnitzel für Nina«, sagte die Mutter und drückte dabei auf bestimmte Tasten. »So einfach ist das.«

Der IEUHR ließ die Metallplatte sinken und verharrte in Bereitschaftsstellung.

»Ist es nicht gefährlich, zur Jagd zu fliegen?« fuhr die Mutter fort. »Ich habe Angst um Nina; sie ist genauso unvorsichtig, wie es ihr Vater war.«

»Machen Sie sich keine Sorgen. Ich würde sie nicht mitnehmen, wenn es gefährlich wäre.«

»Ich vertraue Ihnen. Wenn ich weiß, daß Sie bei ihr sind, bin ich beruhigt. Sie sind beherrscht und vernünftig.«

»Das erfordert schon mein Beruf«, erwiderte ich bescheiden.

Erst als wir die Küche verließen, machte sich der IEUHR an die Zubereitung der Speisen. Das ihm einprogrammierte Taktgefühl verbot ihm nämlich, in Gegenwart anderer zu arbeiten. In den vergangenen Jahrhunderten waren die Frauen des Kochens und Geschirrspülens so überdrüssig geworden, daß es jetzt als unästhetisch galt, solche Arbeit zu verrichten. So trat der IEUHR im Beisein von Menschen nicht in Tätigkeit, um ihnen den Appetit nicht zu verderben.

Im Wohnzimmer brachte Nina das Gespräch auf meine Anthologie vergessener Dichter und sagte, daß man die Gedichte Wadim Schefners darin aufnehmen müsse.

»Was war er für ein Mensch?« fragte Ninas Mutter. »War er ein AT?«

»Das kann ich nicht mit Bestimmtheit sagen«, erwiderte ich, »sicher ist aber, daß er ein TR[13] war. In einem seiner Gedichte ist nämlich von Zigaretten die Rede. Bei den Poeten des 20. Jahrhunderts muß man auf alles gefaßt sein.«

»Man soll die Menschen nach ihren positiven Eigenschaften beurteilen und nicht nach ihren Mängeln«, verkündete Nina plötzlich.

»Eine solche Methode ist unwissenschaftlich«, entgegnete ich. »Für mich ist nicht nur wichtig, was ein Dichter geschrieben hat, sondern auch sein Verhalten im täglichen Leben.«

»Wie recht Sie haben!« rief Ninas Mutter. »Aber sagen Sie, ist dieser Swetotschew, den Sie auf die Jagd begleiten, eigentlich ein ausgeglichener Charakter? Bei einem Menschen, der eine solche Strafe erhält, muß man doch auf allerlei Überraschungen gefaßt sein?«

»Andrej ist ein guter Kamerad«, beruhigte ich sie. »Er hat noch niemand in Gefahr gebracht außer sich selbst.«

»Du brauchst dir wirklich keine Sorgen zu machen«, mischte sich Nina ins Gespräch. »Ich kenne diesen Andrej zwar nicht, kann ihn mir aber auf Grund von Matwejs Schilderungen gut vorstellen. Er ist bestimmt kein schlechter Mensch, eher eine Art Unglücksrabe. Er tut mir irgendwie leid.«

Unterwegs zum Schonrevier

Wenig später begab ich mich mit Nina zum Flugzeugparkplatz auf dem Dach eines Wolkenkratzers, wo Andrej uns bereits erwartete. Nachdem ich ihn mit Nina bekannt gemacht hatte, bestiegen wir einen leichten viersitzigen Schweber. Ich setzte mich neben den EC[14], während Nina und Andrej auf den hinteren Sitzen Platz nahmen.

Wir gaben den Kurs an und wählten die mittlere Reisegeschwindigkeit. Das Fliegen war bei dem guten Wetter ein Vergnügen. Langsam glitt die Stadt unter uns vorüber. Dann tauchten die riesigen weißen Kuben der Fabriken für synthetische Produkte und die Türme der Getreideelevatoren auf. Dahinter sah man grünende Felder und zwischen ihnen in regelmäßigen Abständen die Fernlenktürme für die Elektrotraktoren. Die Felder waren von gradlinigen, mit gelblicher und grauer Plaste gefliesten Fernverkehrsstraßen durchzogen, auf denen man deutlich die farbig lackierten geräumigen Elektromobile erkannte. Daneben schlängelten sich schmale Reitwege, bald parallel zur Fahrbahn, bald in den Wäldern verschwindend oder entlang den Ufern kleiner Flüsse. Hier und da sah man Raststätten, in denen die Reiter ausruhen, ihre Tiere füttern oder dem PVA[15] vorführen konnten, wenn ihnen etwas fehlte. Obwohl sich die Erdbevölkerung ständig vermehrte, hatte der Übergang zur synthetischen Fleischnahrung soviel Boden frei gemacht, daß die Menschheit sich den Luxus des Reitens leisten konnte. Wissenschaftler hatten im übrigen festgestellt, daß der Reitsport gesundheitlich von Nutzen und kein Luxus war. Schon zu meiner Zeit gründete man Reitklubs und veranstaltete Reitturniere. Heutzutage zieht es mancher vor, kürzere Entfernungen auf dem Pferderücken zurückzulegen. Die jungen Leute lassen ihre Elektromopeds stehen und widmen sich in ihrer Freizeit dem Reitsport.

Neben dem EC sitzend, hörte ich zwar nicht genau, worüber Nina und Andrej sich so lebhaft unterhielten, aber von Zeit zu Zeit drangen doch Gesprächsfetzen, ja sogar Lachen an mein Ohr.

Seltsam, daß Andrej auf dem Wege zum Vollzug seiner schweren Strafe lachen kann, dachte ich.

»Was hat dir Nina so Komisches erzählt?« fragte ich und wandte mich nach ihm um.

»Nichts Besonderes«, antwortete Nina an seiner Stelle. »Ich erzählte ihm nur, daß ich einmal scherzweise fünf Vierzeiler von Omar Chaijam deiner Anthologie einfügte und du nach ihrer Lektüre sagtest, diese dekadenten Gedichte seien nicht typisch für das 20. Jahrhundert.«

»Ich war in diesem Augenblick sicherlich mit den Gedanken woanders und irrte mich deshalb«, erwiderte ich. »Natürlich weiß ich sehr wohl, in welcher Zeit Chaijam gelebt hat. Aber kennt denn Andrej seine Gedichte?«

»Stell dir vor, er kennt sie«, bejahte Nina.

»Er täte besser, an seine verdiente Strafe zu denken, statt sich mit Omar Chaijam zu beschäftigen. Und du, Nina, solltest ihn nicht unnötig zum Lachen bringen.«

Nach dieser durchaus angebrachten Bemerkung meinerseits verstummte das Lachen hinter mir. Aber die beiden unterhielten sich trotzdem weiter, wenn auch in etwas gedämpftem Ton.

Bald darauf landeten wir an der Grenze des Schonreviers. Nachdem der EC uns abgesetzt hatte, startete er erneut und brachte die Maschine auf Heimatkurs.

Über eine einfache Bohlenbrücke — im Schonrevier war die Errichtung moderner Bauten untersagt – überschritten wir den kleinen Fluß und folgten einem Waldweg, um die Behausung des Waldhüters zu suchen, von dem Andrej das zur Erfüllung seines Auftrages benötigte Mordinstrument erhalten sollte.

Andrej ging voraus, während Nina und ich ihm in einigem Abstand folgten. Hin und wieder kreuzten Hasen unseren Weg; ein Fuchs lugte aus dem Unterholz, um sich gleich darauf davonzumachen. Die Waldvögel, als schrecke unsere Nähe sie überhaupt nicht, zwitscherten in den Bäumen unbekümmert ihr Lied.

»Ich habe mir deinen Freund ganz anders vorgestellt«, sagte Nina plötzlich. »Er ist netter, als du ihn geschildert hast.«

»Ich habe nie etwas Schlechtes über ihn gesagt«, entgegnete ich. »Ich weiß wirklich nicht, was du willst.«

»Viel Gutes aber auch nicht. Ich halte ihn für einen nicht alltäglichen Menschen. Du kennst ihn schlecht.«

»Wie kannst du so etwas sagen, Nina?« erwiderte ich ruhig. »Ich kenn ihn von klein auf, du aber erst seit anderthalb Stunden.«

»Man spürt, daß er nach hohen Zielen strebt.«

»Man kann nach hohen Zielen streben und trotzdem scheitern.«

»Mag sein, daß er ein Pechvogel ist«, sagte Nina nachdenklich. »Aber mir ist ein großes Vorhaben, selbst wenn es mißlingt, lieber als eine Reihe unbedeutender Erfolge.«

»Ich begreife dich nicht, Nina. Erfolg bleibt eben Erfolg und Mißerfolg Mißerfolg.«

»Da bin ich anderer Ansicht. Nehmen wir an, ein Mensch entschließt sich, einen Berg zu besteigen, ein anderer aber begnügt sich mit einem Hügel. Erreicht nicht der Bergsteiger, selbst wenn er nicht bis zum Gipfel gelangt, größere Höhe als der, der den Hügel bezwingt?«

Ich hielt es für zwecklos, die Debatte fortzusetzen, zumal wir das Haus des Waldhüters erreicht hatten, jenes alten Mannes, der sich so gut in der alten Folklore auskennen sollte.

Der letzte Alkoholtrinker

Die Behausung des Waldhüters stand auf einer Waldwiese am Bach. Es war eine aus Holz und Plaste errichtete alte Hütte aus dem 20. Jahrhundert mit einem kleinen Treppenaufgang und einer veralteten Fernsehantenne auf dem Dach. Neben dem Haus stand ein ebenso altes Motorrad. Etwas abseits sah ich unter Bäumen Futterraufen für Hirsche und Elche und auf Pfählen befestigte Futterhäuschen für Vögel. Nichts erinnerte hier an die Stadt.

Freundlich lächelnd trat ein stattlicher alter Mann aus dem Haus, begrüßte uns höflich und bat uns einzutreten. Der Raum, in den er uns führte, wirkte sehr behaglich. Seine ganze Einrichtung erinnerte an alte Zeiten: der vorsintflutliche Fernsehempfänger mit dem gesprungenen Gehäuse, das altväterliche perlonbezogene Sofa, der hochbeinige hölzerne Tisch und die Stühle mit den Lehnen aus Rohrgeflecht. Ein blinkender elektrischer Samowar auf dem kleinen Tisch mit der Marmorplatte und zwei an der Wand hängende Jagdgewehre vervollständigten das Bild.

»Wie interessant es bei Ihnen ist«, sagte Nina. »Ich würde gern eine Zeitlang hier wohnen.«

»Kommen Sie nur, wenn Sie möchten. Meine Alte und ich rücken gern zusammen.«

»Unser Besuch hat einen ganz bestimmten Grund«, mischte sich Andrej ins Gespräch. »Ich muß einen Hasen erlegen.«

»Richtig. Ich habe einen Jäger angefordert. Die Hasen nehmen überhand. Sie haben in der Obstfarm, zehn Kilometer von hier, die Rinden der Bäume angenagt. Wofür hat man Ihnen diese Strafe auferlegt?«

»Bei euch in der Stadt nimmt man es aber streng«, sagte der Alte gutmütig lächelnd, nachdem Andrej ihm den Grund mitgeteilt hatte. »In dieser Einöde gerate ich mit meiner Frau öfter mal aneinander. Wenn ich für jedes Mal, wo ich sie dumme Gans nenne, ein Tier töten müßte, gäbe es im Schonrevier bestimmt kein Lebewesen mehr. Da, nimm dieses Gewehr und komm in die Scheune, damit ich dich schießen lehre«, beendete der Waldhüter seine Rede.

Wenige Minuten, nachdem die beiden das Haus verlassen hatten, hörten wir zwei Schüsse krachen. Bald darauf trat der Alte wieder ein, gefolgt von Andrej mit seinem Gewehr.

»Ein anstelliger Bursche«, sagte der Alte lobend. »Hat zum erstenmal ein Gewehr in der Hand und trifft gleich ins Schwarze.«

»Ich gehe jetzt den Hasen töten«, verkündete Andrej, »damit ich die gräßliche Sache schnell hinter mich bringe.«

»Darf ich Sie begleiten?« fragte Nina plötzlich.

»Aber ich bitte Sie!« erwiderte Andrej. »Wozu sollen Sie das mit ansehen? Nein, ich gehe lieber allein.«

Als er im Wald verschwunden war, setzte sich Nina draußen auf eine Bank. Ein Junghirsch kam auf sie zu und rieb sein Maul an ihrem Rock. Sie streichelte ihn. Während ich Nina durch das Fenster beobachtete, fand ich sie anziehender als sonst.

»Ein prachtvolles Mädchen«, sagte der Waldhüter plötzlich, als habe er meine Gedanken erraten. »Die ist in Ordnung.«

»Sie ist kein Mädchen, sondern Studentin im zweiten Semester«, verbesserte ich ihn.

»Von mir aus im zweiundzwanzigsten. Für mich ist sie ein Mädchen. Ich habe nämlich in einer Woche meine hundertsiebenundachtzig auf dem Buckel.«

»›Auf dem Buckel haben‹ heißt wohl soviel wie ›alt sein‹«, sagte ich verstehend. »Aber Sie sehen jünger aus. Man stelle sich vor: die ML und siebenundsiebzig dazu. Sie haben sicherlich die ›Lebensverlängerungskommission‹ konsultiert.«

»Niemand habe ich konsultiert. Ich verlängere mir mein Leben selbst.«

»Und womit?« erkundigte ich mich neugierig. »Gebrauchen Sie etwa irgendeine alte Medizin?«

»Meine einzige Medizin ist, weder an den Tod noch an sonstigen Unsinn zu denken. Das ist es, was mein Leben verlängert.«

Der Alte nahm einen Lederbeutel und ein Päckchen Papierblätter aus der Tischschublade.

»Was ist das?« fragte ich.

»Ein Tabaksbeutel mit Machorka. Eigenbau.«

»Sind Sie wirklich ein TR?« rief ich erstaunt. »Und das in Ihrem Alter!«

»Ich bin kein TR, sondern ein ganz gewöhnlicher Raucher. Ausdrücke habt ihr!«

Geschickt knickte er den Rand eines Blättchens ein, streute Tabak darauf und drehte das Ganze zu einem Röhrchen, das er anzündete. Der dicke bläuliche Rauch stieg mir in die Nase, und ich mußte niesen. Da krachte im Wald ein Schuß.

»Ein Hase ist gewesen«, sagte der Alte und tat einen tiefen Zug. »Dein Freund ist einer, der sein Ziel nicht verfehlt, du aber bist mir zu zimper-pimperlich.«

»Was bedeutet dieser volkstümliche Ausdruck?«

»Nichts Besonderes, es war nur ein Scherz.«

»War es vielleicht ein Schimpfwort?« fragte ich erfreut. »Tun Sie sich doch bitte keinen Zwang an und titulieren Sie mich weiter mit Schimpfworten.«

»Weshalb sollte ich dich beschimpfen. Du hast mir doch nichts getan. Laß mich erst meine Medizin nehmen, vielleicht tue ich es dann. Komm, ich zeig dir meine Apotheke.«

Der Alte führte mich durch die Küche in einen kleinen Anbau, den ein seltsamer Geruch, abstoßend und angenehm zugleich, erfüllte. Auf einer altertümlichen elektrischen Kochplatte standen mehrere durch Röhren verbundene Blechbehälter. Aus einer dieser Röhren tropfte eine starkriechende Flüssigkeit in eine Plasteschüssel.

»Was ist das?« fragte ich erstaunt. »Etwa ein chemisches Laboratorium?«

»So ist es«, erwiderte der Alte munter, goß etwas von der Flüssigkeit in ein Glas und reichte es mir.

»Nur zu!« rief er ermunternd, als ich, Schlimmes ahnend, zuzugreifen zögerte. »Kristallklar! Habe ihn für meinen kommenden Geburtstag gebrannt. Trink aus, ich will auch einen nehmen.«

»Sie sind ja ein AT!« rief ich überrascht. »Das schickt sich aber nicht in Ihrem ehrwürdigen Alter.«

»Trink!« forderte mich der Alte noch einmal freundlich auf. »Du wirst mich doch nicht kränken wollen.«

»Werden Sie dann Schimpfworte zu mir sagen?«

»Bestimmt. Aber jetzt trink. Ich sage dir alles, was du willst.«

Entschlossen, meine Gesundheit für die Wissenschaft zu opfern, und um den alten Mann nicht zu kränken, nahm ich mehrere Schlucke.

»Trink und iß«, sagte der Alte väterlich und reichte mir ein Stück Käse.

Ich saß und trank das Glas leer. Gleich darauf wurde mir leicht und froh ums Herz wie nie zuvor. Nachdem auch der Alte getrunken hatte, gingen wir ins Zimmer zurück.

»Wo nur unser Jäger bleibt?« sagte der Waldhüter.

»Auch das Mädchen ist verschwunden. Anscheinend ist sie in den Wald gelaufen. Der junge Mann aber ist ein heller Kopf. Er wird sie dir abspenstig machen. Ich habe gesehen, wie sie ihn anschaut. Sie wird dir den Laufpaß geben.«

»Was bedeutet denn das schon wieder?«

»Sie wird dir die kalte Schulter zeigen, dich vergessen, und damit hat sich's.«

»Sie versprachen mir doch, mich mit einigen volkstümlichen Schimpfworten zu bedenken«, mahnte ich.

»Aber bitte, gern, darauf soll es mir nicht ankommen. Davon kenne ich eine ganze Menge. Was meinen Sie, wie mein Großvater manchmal loslegte.

Von ihm habe ich sie gelernt.«

Andrejs und Ninas Rückkehr machte unserem Gespräch ein Ende. Andrej übergab dem Waldhüter den erlegten Hasen.

»Es war mir schrecklich, ihn zu töten«, sagte Andrej, während der Alte die Jagdbeute in die Küche trug.

»Sie sind zu zahm. Aber was ist mit dir?« unterbrach er sich plötzlich und blickte mich aufmerksam an.

»Nichts«, erwiderte ich und begann unwillkürlich zu singen.

»Was ist los mit dir?« fragte Nina lachend. »So kenn ich dich ja gar nicht.«

»Jetzt weiß ich's! Er hat getrunken. Er ist zum AT geworden!« rief Andrej. »Da haben wir den angehenden Professor!«

»Alles für die Wissenschaft«, lallte ich, »nur zur Vervollständigung meines Lexikons.«

In diesem Augenblick trat der Alte mit einem Glas seiner »Medizin« ein, reichte es Andrej und sagte: »Trink die Hälfte und gibt es dann dem Mädchen. Wenn ihr auf meinen kommenden Geburtstag nicht trinken wollt, bin ich euch böse. Leider habe ich nichts Gutes zum Essen da; denn meine Alte ist nach Australien geflogen, um nach dem Schongebiet für Känguruhs zu sehen. Unser IEUHR aber ist kaputt. Ich wollte ihn Schnaps brennen lehren, dabei ist er zu Bruch gegangen. Ein stumpfsinniges Aggregat!«

Mit diesen Worten stellte er einige Konservendosen auf den Tisch und öffnete sie mit seinem altertümlichen Jagdmesser.

Andrej trank das Glas halbleer und reichte es Nina.

»Was tust du, Nina! Bist du von Sinnen?« rief ich außer mir, denn trotz meiner Beschwipstheit war ich bei klarem Verstand.

»Was ist denn dabei!« erwiderte Nina lachend und leerte zu meinem Entsetzen das Glas auf einen Zug.

»Recht so!« rief der alte Trinker. »Gut gemacht, Kinder! Ein altes Sprichwort sagt: ›Trinken ein junger Mann und ein junges Mädchen aus demselben Glas, so ist die Hochzeit nicht mehr weit‹!«

Die geländerlose Brücke

Am nächsten Morgen weckte mich ein Eichhörnchen, das durchs offene Fenster auf mein Ruhebett sprang. Mir schmerzte der Kopf. Doch nachdem ich eine Mixtur getrunken hatte, die mir der Alte kredenzte, fühlte ich mich wieder ganz wohl.

Die anderen waren bereits auf den Beinen. Der Waldhüter setzte uns ein Frühstück vor, gab uns etwas zum Picknick mit und wies uns den Weg zu einem Waldsee, der besonders schön gelegen sein sollte. Andrej und ich mit Rucksack, Nina ohne Gepäck, so schlenderten wir den Waldweg entlang und bogen dann in einen Pfad ein, der uns drei Kilometer lang durch Wald und Sumpf zu kleinen, mit Heidekraut und Wacholder bestandenen Hügeln führte. Immer heißer brannte die Sonne. Bald bot sich uns von einem der Hügel der Blick auf den See und einen kleinen Fluß, der in ihn mündete.

»Laßt uns an das andere Ufer gehen«, sagte Nina. »Seht nur, wie schön es ist.«

Tatsächlich war es dort besonders schön. Große Findlinge lagen am sanft ansteigenden waldigen Ufer, an dem eine Blockhütte stand.

Wir gingen den Hang hinunter zum Fluß. Die Brücke, die ans andere Ufer führte, verdiente eigentlich diesen Namen nicht, denn man hatte nur an zwei Stellen Pfähle in das Flußbett gerammt und Bretter darüber gelegt. Ein Geländer gab es nicht.

Als erster betrat Andrej die Brücke, ihm folgten Nina und ich. Behutsam bewegten wir uns vorwärts. Brodelnd schoß das Wasser um die Pfähle. Zur Linken verbreiterte und vertiefte sich der Fluß; auf seiner trügerisch ruhigen Oberfläche zogen Strudel kaum sichtbare Kreise.

»Wie schön!« rief Nina und blieb stehen. Als sie hinunterschaute, verlor sie das Gleichgewicht und stürzte mit einem Aufschrei in die Tiefe.

Im selben Augenblick sprang Andrej ihr nach, wobei er vergaß, den Rucksack abzulegen. Mir war klar, daß er ertrinken mußte, weil er nicht schwimmen konnte. Ich entledigte mich meines Rucksacks, legte ihn auf die Bretter, streifte die Schuhe ab, die ich ans Ufer warf, und sprang ihm nach. Als ich wieder auftauchte, sah ich Nina in ziemlicher Entfernung flußabwärts dem Ufer zuschwimmen. Um sie machte ich mir keine Sorgen, denn ich wußte, daß sie eine gute Schwimmerin war. Von Andrej aber sah ich keine Spur. Ich tauchte noch einmal und bekam ihn endlich zu fassen. Nachdem ich ihm den Rucksack abgestreift hatte, brachte ich ihn an die Oberfläche und schwamm mit ihm zum Ufer. Bald darauf spürte ich Grund unter den Füßen. Als ich Andrej an Land zog, kam auch schon Nina herbeigestürzt.

»Was ist mit ihm, was ist mit ihm?« rief sie außer sich vor Erregung. »Ich bin an allem schuld!«

»Du trägst überhaupt keine Schuld«, suchte ich sie zu beruhigen. »Er hätte dir nicht nachspringen dürfen, das ist alles. ›Wer die Furt nicht kennt, bleibe am Ufer‹, sagt ein altes Sprichwort. Er kann doch nicht schwimmen. Laß jetzt das Weinen und hilf ihm lieber.«

Wir zogen Andrej Jacke und Hemd aus und begannen mit künstlichen Atemübungen, aber er regte sich nicht. Ich entschloß mich, einen Arzt zu rufen. Noch nie hatte ich tagsüber mein Erste-Hilfe-Gerät am Armband benutzt, jetzt aber kam es mir sehr zustatten. Ich drückte den Knopf des Autokoordinators sowie den mit dem roten Kreuz und dem Ausrufungszeichen für den ärztlichen Notruf.

»Ich werde ihn künstlich beatmen«, sagte ich dann zu Nina, »du aber lauf auf die Waldwiese und winke, oder besser noch, du ziehst die Bluse aus und winkst mit der, damit der Arzt in seinem Hubschrauber uns schneller entdeckt.«

Neben dem Rufknopf meines Erste-Hilfe-Geräts leuchtete ein grüner Punkt auf. Also hatte man meinen Notruf empfangen.

Plötzlich hörte ich es im Gehölz knacken und sah einen Mann im Laufschritt sich dem Ufer nähern. Äußerlich erinnerte er an eine Gestalt aus alten Filmen. Die Hemdsärmel aufgekrempelt, hielt er in der Rechten, den Lauf nach unten gerichtet, eine altertümliche Duellpistole. An einem Handgelenk trug er, wie seinerzeit allgemein üblich, das Erste-Hilfe-Gerät und am anderen eine Art Uhr.

Er hat sein Zeitgefühl verloren, der Arme, dachte ich.

Der Mann ließ die Pistole fallen, eilte zu Andrej, der immer noch reglos dalag, und hielt ihm das uhrähnliche Gerät an die Stirn. Jetzt erst erkannte ich, daß es sich um keine Uhr, sondern um ein EGSDT[16] handelte und daß der Mann Arzt war.

Als er Andrej das EGSDT an die Stirn führte, leuchtete auf dem Gerät ein feiner grüner Strich auf, und eine leise, doch deutlich vernehmbare Stimme sagte: »Achtundsiebzig Schmerzeinheiten, Tendenz fortschreitend. Letaler Ausgang vermeidbar. Keine inneren Verletzungen. Zustand nach Müller und Borstschenko Alpha 7/8. Künstliche Beatmung Typ 3.«

»Das weiß ich selbst«, knurrte der Arzt und begann Andrej fachgerecht künstlich zu beatmen.

Als der Ohnmächtige erste Lebenszeichen von sich gab und der Arzt ihm erneut das EGSDT an die Stirn hielt, hatte sich der grüne Strich verbreitert und schwankte nicht mehr. Wieder sagte die Stimme: »Letaler Ausgang verhütet. Elf Schmerzeinheiten, Tendenz rückläufig. Patient benötigt vier Tage Ruhe. Normale Ernährung.«

Andrej war inzwischen wieder zu sich gekommen, aber er war noch immer sehr blaß.

»Lassen Sie ihn noch ein wenig ruhen«, sagte der Arzt. »Dann bringen Sie ihn in die Hütte, damit er sich gründlich ausschläft. Danach geben Sie ihm tüchtig zu essen. Weitere

Hilfe meinerseits ist nicht erforderlich. Jetzt habe ich eine weit unangenehmere Aufgabe vor mir: Ich muß einen Hasen erlegen. Ich hatte gerade einen aufs Korn genommen, als mich Ihr Ruf erreichte.«

»Und weswegen hat man Ihnen diese Strafe zudiktiert?« fragte ich.

»Haben Sie denn nichts von dem furchtbaren Vorfall im Newski-Bezirk gehört? Dort starb kürzlich ein Mann mit sechsundneunzig Jahren. Er hat demnach die ML um vierzehn Jahre unterschritten! Da ich als betreuender Arzt des Bezirks für die Lebensdauer der Einwohner verantwortlich bin, habe ich diese Strafe für mich gefordert.«

»Und weshalb haben Sie ein so unhandliches Mordinstrument gewählt? Das Gewehr ist doch treffsicherer.«

»Ein Freund von mir ist Kustos in einem Museum für Altertümer. Er gab mir die Pistole und lehrte mich damit schießen«, erwiderte der Arzt und entfernte sich wieder in den Wald, während Nina und ich bei Andrej zurückblieben. Dieser hatte sich bald so weit erholt, daß er gehen konnte. Ich hängte mir den Rucksack um, und dann führten wir den Freund untergefaßt zum See, wo zwischen erratischen Blöcken eine altertümliche einfenstrige Blockhütte stand.

»Halt!« rief ich plötzlich und lief zum Unfallort zurück. Hier legte ich die Kleider ab, tauchte noch einmal und fand ziemlich mühelos Andrejs Rucksack.

Bald hatten wir die Hütte erreicht. Tisch, Stuhl und Ofen bildeten das ganze Mobiliar. Auf dem Fußboden lag eine dicke Schicht Heu, das den Elchen als Winterfutter diente. Auch auf dem Boden, zu dem eine Leiter führte, lag Heu.

»Fein! Ich schlafe auf dem Heuboden!« rief Nina begeistert. »Hier ist es so gemütlich.«

»Ans Schlafen zu denken ist etwas verfrüht«, wies ich sie zurecht. »Als erstes müssen wir die Kleider trocknen und etwas essen. Du, Nina, begibst dich am besten hinter die Hütte, während wir uns hier ausziehen.«

Wenige Minuten später lag ich mit Andrej im Sand; neben uns trockneten die Kleider in der Sonne. Wie an jedem heißen, wolkenlosen Sommertag leuchtete der Himmel hellblau. Mir kam in den Sinn, wie ewig doch dieser sozusagen aus dem Nichts bestehende schwerelose Himmel war und wie veränderlich alles auf der kompakten, materiellen Erde.

»Als du meinen Rucksack holtest, erzählte mir Nina, was sich zugetragen hat«, unterbrach Andrej meine Gedanken. »Ich muß unbedingt schwimmen lernen.«

Ich wußte, daß Andrej mir dankbar war, aber zu unserer Zeit waren Dankesbezeigungen nicht mehr üblich, denn wenn jemand einem Partner für eine selbstverständliche Handlung dankt, gibt er damit zu erkennen, daß er ihm auch eine andere Handlungsweise zutraut. Hinter der Hütte ertönte Ninas Lachen. Gleich darauf hörten wir sie rufen: »Da läuft er! Er hat mein Tüchlein gemopst.«

»Wer läuft?« fragte ich verwundert. »Ich sehe niemand.«

»Ein Igel! Er hat sich mit meinem Taschentuch davongemacht, der Schlaumeier.«

Tatsächlich tauchte gleich hinter der Hausecke ein Igel auf. Auf seinem Stachelpelz klebte das Taschentuch. Als ich es ihm abnahm, fauchte er wütend, trat kurz auf der Stelle und trottete dann in den Wald.

Bald darauf waren unsere Kleider trocken, und wir machten uns über unseren Proviant her. Andrejs Rucksack war völlig durchnäßt, glücklicherweise aber bestand sein Inhalt nur aus wasserdichten Konserven.

Das Mädchen am Abhang

Am nächsten Morgen erwachte ich ziemlich spät, es schlief sich gut im Heu. Als ich die Augen öffnete, sah ich Andrej schreibend am Fenster sitzen. Auf meinen Blick wandte er den Kopf und sagte: »Es macht dir doch nichts aus, daß ich dein Schreibheft in einzelne Blätter zerlegt habe? Das Papier in meinem Rucksack ist völlig durchnäßt.«

»Bediene dich ruhig«, erwiderte ich. »Nur befinden sich darin einige Notizen zu meiner Anthologie. Sieh zu, daß du sie nicht übermalst.«

»Aber nein! Ich benutze die Rückseite.«

Ich erhob mich und ging zu ihm. Der Tisch war über und über mit beschriebenen Blättern bedeckt[17].

»Nichts als Zahlen, Formeln und Zeichen, kein einziges menschliches Wort«, bemerkte ich. »Bist du schon lange munter?«

»Ich habe ganz fest geschlafen; dann aber erwachte ich wie durch einen Stoß und setzte mich an die Arbeit.«

»Und wie fühlst du dich?«

»Körperlich nicht besonders. Ich bin noch etwas schwach und müde. Aber die Gedanken sind klar. Ich glaube vor der Lösung eines wichtigen Problems zu stehen.«

»Das ging dir ja schon öfters so, später aber erwies sich die Lösung als Irrtum.«

»Diesmal nicht. Heute habe ich den Teufel am Schwanz gepackt. Ich bin auf einen überraschenden Schluß gekommen, ohne daß ich recht weiß wie.«

»Du solltest lieber richtig ausschlafen, um mit frischen Kräften an die Arbeit zu gehen«, sagte ich besorgt. »Und Nina? Schläft sie immer noch?«

»Nein. Sie ist an den See gegangen. Dort drüben ist sie.«

Als ich durchs Fenster blickte, sah ich Nina an einem kleinen sandigen Abhang stehen und in die Ferne blicken. Ihr Rock wehte im leichten Wind. In der strahlenden Morgensonne war sie deutlich zu erkennen.

»Das Mädchen am Abhang«, sagte Andrej. »Wie in dem Gedicht.«

»Was für ein Gedicht?« erkundigte ich mich neugierig.

»Es erzählt eine ganz einfache Geschichte. Ein Mädchen steht am Abhang und blickt in die Ferne. Zu ihren Füßen liegt ein See mit Seerosen, dahinter Wald und Morgensonne. Sie steht und schaut ins Weite. Ein Jüngling aber denkt bei ihrem

Anblick: Nie werde ich dieses Mädchen vergessen. Sie wird in den Wald gehen, doch für mich wird sie immer noch am Abhang stehen. Und wenn ich einst als alter Mann noch einmal an dieses Ufer komme, wird sie in meiner Erinnerung immer noch dort stehen und in die Ferne schauen.«

»Ich weiß nicht, was du an dem Gedicht schön findest. Ich mag derartigen Gefühlsüberschwang nicht. Da haben sie sogar im zwanzigsten Jahrhundert schon Besseres geschrieben.«

Andrej murmelte etwas Unverständliches und vertiefte sich wieder in seine Arbeit. Ich ging zum See. Am Ufer blühten Seerosen und Wasserlilien. Über einen schwankenden Steg ging ich zum offenen Wasser, um mich gründlich zu waschen. Nina stand immer noch, den Blick ziellos ins Weite gerichtet, am Abhang.

»Hast du gut geschlafen?« fragte ich sie.

»Ausgezeichnet. Anfangs störten mich allerdings die Fledermäuse, die durch das Dachfenster ein- und ausflogen. Aber man hört sie kaum. Jetzt schlafen sie, mit dem Kopf nach unten hängend. Wie drollig! Und trotzdem haben sich früher die Menschen vor ihnen gefürchtet.«

»Denk an unsere Anthologie, Nina! Wir müssen in die Stadt zurück.«

»Nein, ich bleibe noch vier Tage«, sagte sie ganz selbstverständlich. »Andrej braucht noch einige Tage Ruhe. Ich werde für ihn kochen.«

»Er ist bestimmt nicht mehr so schwach, daß er nicht selbst für sich sorgen könnte«, entgegnete ich. »Ein Kranker setzt sich nicht schon bei Morgengrauen an den Tisch, um endlose Formeln zu malen. Wenn jemand wirklich krank ist, bleibt er liegen und rachullert nicht herum.«

»Was bitte?« fragte Nina.

»Rachullert nicht herum«, wiederholte ich. »Ein idiomatischer Ausdruck aus dem zwanzigsten Jahrhundert.«

»Ich bleibe trotzdem«, sagte Nina.

»Tu, was du für richtig hältst. Wir leben ja im zweiundzwanzigsten Jahrhundert und wissen, daß es unwürdig ist, jemand von einem gefaßten Entschluß abbringen zu wollen. Wer glaubt, einen Menschen aufhalten zu können, der sehend dem Abgrund zustrebt, gleicht einem Blinden.«

»Laß die Schulmeisterei«, sagte Nina ärgerlich. »Ich wüßte nicht, inwiefern ich einem Abgrund zustrebe.« Sprach's, sprang den Abhang hinunter in den Sand, streifte sich die Schuhe ab und begann Wasserrosen zu pflücken.

»Da hast du eine!« rief sie, mir eine Rose zuwerfend. »Und mach kein so finsteres Gesicht.«

In die Hütte zurückgekehrt, fand ich Andrej noch immer über seinen Formeln sitzend.

»Sieh her«, sagte er, als ich an den Tisch trat. »Das ist sie.«

Dabei deutet er auf ein engbeschriebenes, mit unzähligen Streichungen bedecktes Blatt, auf dessen unterem Rand, dickumrandet, eine lange Formel stand.

»Was soll das?« fragte ich.

»Ich habe gefunden, was ich gesucht habe. Jetzt kommt es darauf an, das Ganze und auch mich selber zu prüfen.«

»Schön, dann prüfe dich, aber ich muß in die Stadt zurück. Nina bleibt hier.«

»Nina bringt mir Glück«, sagte Andrej versonnen. »Ich habe nie an so was geglaubt, aber jetzt ist es eingetroffen.«

Das SAÜWAE sagt: Ja!

Nach Leningrad zurückgekehrt, vertiefte ich mich derart in die Arbeit an meiner Anthologie, daß ich vorübergehend jedes Gefühl für Zeit und Raum verlor. Obwohl ich Nina vermißte – ihre Hilfe hätte mir sehr genützt –, kam ich dennoch gut voran. Tagelang saß ich über meiner Arbeit, die ich nur hin und wieder unterbrach, um frische Luft zu schöpfen. Eines Tages fuhr ich zur Wassiljew-Insel. Ich spazierte die Allee entlang zur Terrasse mit den Denkmälern berühmter Männer wie Iwanow und Smith, die den Krebs besiegten, die Besatzung der »Mars I« und Anton Stepanow, einer der größten Dichter des 22. Jahrhunderts. Hier stand auch das Denkmal Olaf Inderströms, des Entdeckers des Unmöglichkeitsgesetzes. Sie alle kennen das Monument: Auf schwarzem Sockel steht ein Gigant aus dunklem Metall mit gebieterisch erhobener Hand, als bannte er alles Irdische an die Erde oder, genauer, an unser Sonnensystem. Eine Bronzeplatte am Sockel trägt folgenden Ausspruch Inderströms: »Der Zugang zu den fernen Welten des Alls ist der Menschheit für alle Zeiten verschlossen. Der Körper ist schwächer als der Geist.« Darunter stand die Unmöglichkeitsformel, Olaf Inderströms Lebenswerk, das wir alle von der Schulbank her kennen. Diese Formel bewies, daß der Mensch die fernen Welten des Alls nie erreichen würde, selbst wenn es ihm gelänge, entsprechende Energiequellen zu entdecken, weil er nicht imstande sei, ein Material mit der erforderlichen Widerstandsfähigkeit für einen solchen Flug zu schaffen. Ich mochte das Denkmal nicht, denn wie konnte man einen Wissenschaftler, der etwas Negatives bewiesen hatte, in dieser Weise ehren?

Ich setzte mich auf eine Bank neben einen jungen Mann, der dem Abzeichen am Rockaufschlag nach Student einer technischen Fachrichtung war. Als ich ihm meine Gedanken mitteilte, gab er zu bedenken, daß Inderströms Gesetz viele Menschen vor dem Tode bewahrt habe. Das Denkmal verdiene daher auch dann noch stehenzubleiben, wenn das Unmöglichkeitsgesetz längst widerlegt sei.

»Aber ein Gesetz ist doch deshalb Gesetz, weil es unwiderleglich ist?« wandte ich ein.

»Heute noch, obwohl man ihm bereits energisch auf den Leib rückt«, erwiderte der Student. »Die gesamte Fachliteratur wimmelt von Abhandlungen darüber, daß wir uns an der Schwelle einer technischen Revolution befinden. Die Menschheit braucht ein einheitliches Universalmaterial von besonderer Festigkeit. Ihr Rock aus Metall, Holz, Plaste und Keramik ist ihr zu eng geworden und kracht in allen Nähten.«

Eines Tages, als ich wieder an meiner Anthologie arbeitete, erschien Nina. Schon bei ihrem Eintreten fiel mir ihr eigentümlich feierlicher Gesichtsausdruck auf. Sie war in diesen Tagen noch schöner geworden.

»Die frische Luft im Schonrevier ist dir gut bekommen«, sagte ich. Seltsamerweise wurde sie darauf verlegen.

»Statt einer Woche bin ich volle zehn Tage geblieben, Andrej war sehr beschäftigt«, sagte sie etwas schuldbewußt. »Ich habe für ihn gekocht. Er vergißt das Essen, wenn sich niemand um ihn kümmert. Mit seiner Arbeit ist er übrigens gut vorangekommen. Er hat seine Formel überprüft, und sie . . .«

»Habt ihr denn genug zu essen gehabt?« unterbrach ich sie. »Das Schonrevier ist doch für Transportmittel gesperrt?«

»Ich habe mehrmals den Waldhüter aufgesucht. Ein prächtiger Mensch! Seine Frau ist aus Australien zurück und . . .«

»Mich interessiert nicht Australien, sondern die Anthologie, Nina«, sagte ich mit sanftem Vorwurf. »Auch wenn sich deine Mitarbeit auf rein technische Dinge beschränkt, wäre sie mir doch erwünscht. Aber berichte erst weiter von Andrej. Er hat seine Formel also geprüft und . . . für falsch befunden, stimmt's?«

»Vorläufig läßt sich noch nichts darüber sagen. Er hat das Material der Akademie vorgelegt, die es dem SAÜWAE[18] zur Nachprüfung eingespeist hat. Aber Andrejs Berechnungen sind so kompliziert und erscheinen so widersprüchlich, daß das SAÜWAE sich bereits vierundzwanzig Stunden damit plagt, ohne sie bestätigen oder widerlegen zu können.«

»Ohne ein elektronisches Aggregat zu sein, kenne ich das Ergebnis bereits«, sagte ich scherzend. »Es wird wieder ein Mißerfolg sein.« Nina erwiderte nichts und schien ganz in das Material zu meiner Anthologie vertieft.

»Mir gefällt deine Auswahl von Autoren nicht«, sagte sie dann unvermittelt. »Ich glaube, du vereinfachst das zwanzigste Jahrhundert zu sehr. Bestimmt war es differenzierter, als du denkst.«

»Deine Bemerkung überrascht mich«, erwiderte ich. »Du vergißt, daß ich die Anthologie verfasse und du nicht mehr als meine technische Assistentin bist.«

Ninas Ausfall gegen mein Werk hatte mich so durcheinandergebracht, daß ich lange Zeit wach lag und erst gegen zwei Uhr nachts einschlief. Doch schon um drei weckte mich Andrejs Gedankenübertragungssignal.

»Was ist passiert?« fragte ich. »Brauchst du Hilfe? Ich komme sofort.«

»Danke, nicht nötig«, lautete die Antwort. »Aber du kannst mir gratulieren. Vor drei Minuten hat das SAÜWAE meine Formel für richtig befunden.«

»Gratuliere. Ich freue mich für dich«, erwiderte ich.

»Ist das alles?«

»Ja. Schluß der Gedankenübertragung.«

Obwohl ich mich freute, daß Andrejs Arbeit endlich Erfolg hatte, fragte ich mich doch, wieso er mir diese Tatsache durch Gedankenübertragung mitteilte, denn damals bediente man sich ihrer nur in dringendsten Fällen. Erst viel später erkannte ich, welch ungeheure Veränderungen Andrejs Entdeckung für unsere Welt nach sich zog.

Auch am nächsten Morgen, als ich über meiner Anthologie saß, besuchte mich Nina. Kaum eingetreten, überschüttete sie mich schon mit den neuesten Nachrichten. »Du kannst dir nicht vorstellen, was sich in der Akademie um Andrej tut!« sprudelte sie los. »Das Oberhaupt der Weltakademie der Wissenschaften und eine ganze Delegation des Kosmonautischen Instituts sind zu ihm geeilt. Man stellt Andrej ein Spezialinstitut und ein Laboratorium zur Verfügung, mit der Berechtigung, beliebig viele Mitarbeiter heranzuziehen.«

»Du warst schon bei ihm?«

»Ja«, erwiderte sie. »Weshalb?«

»Nichts, ich frage nur so.«

»Es sieht fast aus, als sei dir der Erfolg deines Freundes gleichgültig«, sagte Nina.

»Im Gegenteil«, widersprach ich. »Mich beunruhigt nur das Aufsehen, das um seine Person entsteht. Man könnte denken, wir sind ins zwanzigste Jahrhundert zurückgefallen.«

»Auch in unserem Jahrhundert machen große Entdekkungen Sensation«, entgegnete Nina.

Da ich wußte, daß es zwecklos war, mit ihr zu streiten, brachte ich das Gespräch auf die Ferien und schlug ihr vor, den Urlaub mit mir auf den Hawaii-Inseln zu verbringen.

»Nein, ich will diesen Sommer in Leningrad bleiben«, erwiderte sie. »Ich liebe nämlich Andrej und möchte bei ihm sein. Sei mir darum nicht böse.« Dabei legte sie mir die Hände auf die Schulter und küßte mich auf die Stirn.

»Geh nur. Ich wünsche dir viel Glück«, sagte ich.

Die Ereignisse nehmen ihren Lauf

Gedankenverloren schlenderte ich den belebten Newski-Prospekt entlang. Ich war betrübt. Der alte Alkoholtrinker hatte also recht behalten. Auf den ersten Blick hatte er gesehen, daß Nina mich nicht liebte und mich auch niemals lieben würde. Woran es wohl liegen mochte? Sicherlich auch an mir; inwiefern aber, konnte ich nicht ergründen. Niedergeschlagen und ein wenig unglücklich, ging ich inmitten heiterer, glücklicher Menschen durch die hellerleuchtete Straße.

Die Lust, in ferne Länder zu reisen, war mir vergangen. So beschloß ich, meine Ferien arbeitend zu verbringen und nur zeitweilig meinen Aufenthaltsort zu wechseln. Da ich wußte, daß es in Nowosibirsk eine Bibliothek mit umfangreichem Antiquariat gab, entschloß ich mich, den Sommer dort zu verbringen. Unterwegs wollte ich in Moskau Station machen, um einige bibliographische Informationen einzuholen. Ich ging nach Hause, um meine Aktentasche zu holen, und von da zum unterirdischen Bahnhof für pneumatische Transporter, eine damals neue Art von Schnellverkehrsmittel, das ich häufig benutzte.

»Sind noch Plätze frei?« erkundigte ich mich beim Diensthabenden.

»Nur noch einer«, antwortete dieser. »Abfahrt in vier Minuten.«

Ich spürte den üblichen leisen Stoß und die durch die zunehmende Geschwindigkeit verursachte leichte Beklemmung. Dann aber genoß ich das angenehme Gefühl der Schwerelosigkeit. Freischwebend, wie die anderen Fahrgäste auch, hielt ich mich an der Griffstange fest. Reibungslos sauste der ballistische Pneutransporter durch den unterirdischen Tunnel, um schon wenig später zu bremsen. Der schwerelose Zustand wich, das Waggongeschoß hielt, und die Türen öffneten sich. Ich bestieg einen Fahrstuhl und befand mich gleich darauf in den Straßen Moskaus.

Als ich die Bibliothek verließ, war es bereits Abend. Die selbstleuchtenden Straßen strahlten ein sanftes, gleichmäßiges Licht aus. Es wurde Zeit, sich nach einer Übernachtungsmöglichkeit umzusehen. Glücklicherweise war das damals für Fremde kein Problem mehr. Zwar gab es noch Hotels, hauptsächlich in Kurstädten, in allen übrigen größeren wie kleineren Ortschaften jedoch waren sie außer Gebrauch; denn jedermann konnte in jedes beliebige Haus eintreten in der Gewißheit, willkommen zu sein und freundlich aufgenommen zu werden. Es galt im übrigen als unschicklich, den Gast nach dem Woher und Wohin zu fragen, es sei denn, er selbst hätte das Bedürfnis, sich mitzuteilen.

Meine Wahl fiel auf ein kleineres Haus an der Moskwa. Ich trat ein und fuhr mit dem Fahrstuhl zum zwanzigsten Stockwerk, da ich der Helligkeit wegen die oberen Etagen bevorzuge. Vier Wohnungstüren mündeten auf den Treppenabsatz, und ich überlegte, in welche Wohnung ich eintreten sollte. Ich liebte diese erwartungsvollen Augenblicke – was für

Menschen würde man wohl begegnen? Etwas aber wußte man sicher: Bei wem man immer eintrat, man würde willkommen sein. In alten Zeiten nannte man diesen Brauch eine Lotterie ohne Nieten. Eine der vier Wohnungen kam übrigens nicht in Betracht, denn ein Zeichen an der Tür besagte, daß der Inhaber nicht gestört sein wollte. Ich öffnete die gegenüberliegende Tür und ging durch den Flur zu einem Raum, aus dem Stimmen drangen. Als ich eintrat, sah ich eine Gruppe Menschen vor einem großen Fernsehapparat sitzen.

»Seien Sie gegrüßt!« sagte ich. »Ich möchte Ihr Gast sein.«

»Willkommen!« antworteten mehrere Stimmen.

Eine junge Frau trat auf mich zu und sagte: »Ich bin heute die Hausfrau. Kommen Sie, ich führe Sie durch die Wohnung und zeige Ihnen Ihr Zimmer. Sie werden auch hungrig sein.«

»Und morgen führen wir Sie durch Moskau«, fügte jemand hinzu.

»Danke, nicht nötig. Als Leningrader kenne ich Moskau gut«, erwiderte ich und stellte mich vor.

Damals saßen die Menschen nicht mehr stundenlang vor den Fernsehapparaten, um wahllos das ganze Programm über sich ergehen zu lassen, wie es, nach alten Zeitschriften zu urteilen, im 20. Jahrhundert üblich war. Daher war ich erstaunt, alle Hausgenossen vor einem sehr mittelmäßigen Film versammelt zu sehen, deren es leider auch zu unserer Zeit noch eine Menge gab. Als ich mich nach dem Grund ihres unverständlichen Interesses erkundigte, fragten alle erstaunt: »Wissen Sie es denn nicht? Ihnen als Leningrader sollte die sensationelle Neuigkeit eigentlich zu allererst bekannt sein. Wir erwarten eine Sondermeldung.«

»Worüber gibt es denn in unserem Jahrhundert noch Sondermeldungen?«

»Es handelt sich um die Entdeckungen Andrej Swetotschews«, erklärte man mir.

Harry Morris jr.

Auf dem Bildschirm war indessen nichts Außergewöhnliches zu sehen. Noch immer lief der belanglose Film, in dem ein junger Mann und ein junges Mädchen sich bald zankten, bald vertrugen, sich vornahmen, zum Mars zu fliegen, und andere Überlegungen dieser Art anstellten.

»Was ist eigentlich mit Ihren Nachbarn?« fragte ich. »Weshalb hängt an der Tür das Zeichen, daß sie allein sein wollen?«

»Ein großes Unglück hat sie betroffen. In ihrer Wohnung lebte ein junger Bauingenieur. Er ist vor einem Monat dienstlich zur Venus geflogen und dort bei einem Einsturz ums Leben gekommen. Das Material, über das wir auf der Erde verfügen, entspricht, wie Sie wissen, noch nicht den interplanetarischen Anforderungen.«

»Er war erst sechzig«, bemerkte einer der Anwesenden leise.

In diesem Augenblick wurde die Filmübertragung unterbrochen, und der Chefansager, von Übersetzungsmaschinen umgeben, erschien auf dem Bildschirm.

»Achtung, Achtung!« sagte er mit erregter Stimme.

»Sie hören eine Sondermeldung! Angeschlossen sind alle irdischen und außerirdischen Übertragungssysteme.

Der Weltwissenschaftsrat hat sich mit den theoretischen Darlegungen Andrej Swetotschews beschäftigt und die Richtigkeit seiner Formel überprüft.

Swetotschews Theorie über die mögliche Schaffung eines von Grund auf neuen, universellen Einheitsmaterials ist als richtig und technisch durchführbar befunden worden.

Andrej Swetotschew erhält unbeschränkte technische Vollmachten.

Ich gebe jetzt dem Entdecker das Wort.«

Gleich darauf erschien Andrej auf dem Bildschirm. Er war blaß und schien eher erregt als erfreut zu sein. Mit ausdrucksloser Stimme erläuterte er das Wesen seiner Entdekkung. Immer wieder stockte er, nach Worten suchend, oder er wiederholte sich ohne ersichtlichen Grund. Kurz, mit seiner Vortragskunst war es nicht weit her. Das erinnerte mich an unsere Schulzeit, wo Andrej im mündlichen Russisch stets schlechtere Noten hatte als ich. Seine Ansprache aber hätte kaum für eine Drei gereicht. Heute kennt jeder Schüler Andrejs Rede auswendig, allerdings in überarbeiteter Form, ohne die ursprünglichen Kunstpausen und Wiederholungen. Das Wesen seiner Entdeckung bestand in der theoretischen Beweisführung, daß es möglich sei, aus einem einheitlichen Rohstoff, dem Wasser, ein einheitliches, universelles Material herzustellen.

Mit Andrejs Ausführungen schloß das Programm, der Bildschirm verdunkelte sich. Einen Augenblick lang herrschte tiefes Schweigen. Dann erhoben sich die Anwesenden spontan zu Ehren des großen Ereignisses. Mir blieb nichts anderes übrig, als ihrem Beispiel zu folgen, obwohl ich derartige Gefühlsäußerungen eigentlich ablehne.

»Ein neues technisches Zeitalter beginnt«, sagte einer der Anwesenden bewegt.

Wir traten auf den Balkon hinaus. Von der Höhe unseres zwanzigsten Stockwerkes sahen wir die Lichter Moskaus hinter dem Horizont verschwinden. Zur Rechten glänzten im Licht von Sonnenscheinwerfern die Türme des Kreml, als stünde für ewig die Sonne im Zenit über ihnen.

Am nächsten Morgen erwachte ich mit dem Zeitgefühl, daß es 09.11 Uhr sei. Die Wohnungsinsassen waren alle schon zur Arbeit gegangen. Nachdem ich Toilette gemacht hatte, setzte ich mich an den gedeckten Frühstückstisch und warf einen Blick in die Morgenzeitung, die sich fast ausschließlich mit Andrej und seiner Entdeckung beschäftigte. Dann trat ich auf den Balkon hinaus. Die Uferstraße der Moskwa entlang zum Roten Platz zog ein breiter Menschenstrom, der die Fahrbahn überflutete und den Verkehr der Elektromobile und Elektrobusse zum Stehen brachte.

Unverständlich, dachte ich. Heute ist weder der Erste

Mai noch der Siebente November oder der Tag der Kosmonautik. Sollte tatsächlich Andrejs Entdeckung dieses Tohuwabohu verursachen?

Ich schaltete den Fernseher ein, der gerade eine Reportage aus Leningrad übertrug. »Ein spontanes Meeting vor dem Winterpalais«, hörte ich den Reporter sagen. Der Platz war voller Menschen. Alle Gesichter strahlten, als sei ein Wunder geschehen. Studentengruppen trugen ziemlich unschöne, in Eile angefertigte Plakate mit Aufschriften wie: »Es war die höchste Zeit!«, »Wir haben das einheitliche, universelle Material!«, »Die Chemiker gratulieren, die Physiker ebenfalls!«, »Ein Hurra für Andrej!« und so weiter. Die recht undisziplinierte Menge sang, pfiff und lärmte. Ich schaltete nacheinander Leningrad, Irkutsk, London, Paris und Berlin ein – überall das gleiche Bild.

Ich werde mich durch diesen Wirrwarr nicht in meiner Arbeit stören lassen, sagte ich mir. Bald darauf verließ ich die Wohnung und befand mich schon zwanzig Minuten später auf dem Flugbahnhof.

ALSLIA, die Eigenkonstruktion

Wer seinerzeit nach Nowosibirsk reiste, hatte die Wahl zwischen dem Elektroschweber, dem Linien- oder dem Sanatoriumsluftschiff. Da ich es nicht eilig hatte, nahm ich das Sanatoriumsluftschiff. Der diensthabende Arzt führte mich in eine Doppelkabine, wo er mich mit Hilfe des EGSDT[16], das er an meine Stirn hielt, untersuchte. Das Gerät zeigte drei Schmerzeinheiten mit steigender Tendenz.

»Sie werden bestimmt das Doppelte der mittleren Lebenserwartung erreichen, lieber Genosse«, sagte der Arzt lächelnd. »Sie sind nur überanstrengt, und deshalb möchte ich Ihnen eine leichte Therapie verordnen. Haben Sie besondere Wünsche?«

»Sorgen Sie bitte möglichst dafür, daß ich einen Philologen als Kabinengefährten erhalte«, bat ich. »Mir brummt bereits der Schädel von all dem technischen Brimborium.«

Bald nachdem der Arzt sich entfernt hatte, betrat ein Mann mittleren Alters die Kajüte, der zu meinem Erstaunen einen großen Koffer mit sich führte, denn man reiste schon seit langem ohne Gepäck. Mein Reisegefährte stellte sich als Valentin Krassotuchin, Ichthyologe und Schriftsteller, vor. Sein Name sagte mir, offen gestanden, nichts. Nachdem auch ich ihm Namen und Beruf genannt hatte, erkundigte ich mich nach seinen Arbeiten.

»Nach Ausbildung und Tätigkeit bin ich Ichthyologe«, sagte er, »und Schriftsteller aus innerer Berufung. Zwar weiß ich, daß es mir an Begabung fehlt, aber ich habe einen kybernetischen Apparat konstruiert, mit dem ich im Laufe der Zeit ein dramatisches Epos in Poesie und Prosa schaffen zu können hoffe, das mich berühmt machen wird und ...«

»Moment mal«, fiel ich meinem neuen Bekannten ins Wort, »man hat doch bereits Ende des zwanzigsten Jahrhunderts nachgewiesen, daß selbst die vollkommenste Maschine den Schöpfungsprozeß nicht ersetzen kann, ebensowenig wie es je ein Perpetuum mobile geben wird.«

»Mein schöpferisches Aggregat ist eine Eigenkonstruktion«, entgegnete Krassotuchin, »und ich bin überzeugt, daß mich mein ALSLIA nicht enttäuschen wird. Sehen Sie ihn sich bitte an.«

Mit diesen Worten öffnete der Schriftsteller und Ichthyologe seinen Koffer und entnahm ihm einen ziemlich umfangreichen, mit einer Vielzahl von Knöpfen und Tasten versehenen Apparat, den er auf den Tisch stellte.

»Das ist er, mein ALSLIA!« sagte er stolz.

Die Tatsache, daß ich selbst hier nicht von der Technik verschont bleiben sollte, stimmte mich traurig. Trotzdem fragte ich höflichkeitshalber: »Woher kommt der Name ALSLIA?«

»Er bedeutet nichts anderes als Automatisches Literarisch Schaffendes Logisches Impuls-Aggregat«, klärte mich

Krassotuchin auf. »Es ist allerdings noch nicht im Vollbesitz seiner Schaffenskraft, sondern noch im Stadium des Lernens. Ich lese ihm täglich aus klassischen Werken und der Gegenwartsliteratur vor, lehre ihn Grammatik und nehme mit ihm Wörterbücher durch. Außerdem lasse ich ihn an Lektionen über Ichthyologie teilnehmen, die er sich aufmerksam anhört. Im Laufe von drei Jahren wird er über umfassende Kenntnisse verfügen und imstande sein, mit vollem schöpferischem Einsatz zu arbeiten. Aber schon heute liegt unser gemeinsames Schaffen auf dem Niveau eines durchschnittlich begabten, werdenden Literaten.«

»Könnten Sie mir Ihren ALSLIA nicht in Aktion vorführen?« fragte ich.

»Mit Vergnügen!« rief Krassotuchin. »Stellen Sie ihm doch eine schöpferische Aufgabe.«

»Er soll etwas für Kinder dichten, etwas über ein Kätzchen vielleicht«, schlug ich vor, absichtlich ein leichtes Thema wählend.

Krassotuchin betätigte einen mit »Achtung« beschrifteten Knopf seines Aggregats, worauf ein grünliches magisches Auge aufleuchtete und der Apparat zu schnarren begann. Dann drückte der Ichthyologe auf eine Taste mit der Aufschrift »Kindergedichte« und sprach bittend in eine Art Schalltrichter: »Ich habe eine schöpferische Aufgabe für dich, mein lieber ALSLIA. Mach uns ein Gedicht über einen Kater.«

»Aufgabe empfangen«, antwortete es dumpf, und im selben Augenblick leuchtete ein Schild mit der Inschrift »Schöpferische Wiedergabe« auf. Dann kroch aus einer länglich schmalen Öffnung ein Blatt mit folgendem Text:

Der Kater und die Kinder

»Sei gegrüßt, Wassili, Kater,
sag uns doch, wie's um dich steht«,

fragten Kinder einst ein Böcklein,
doch die Flunder weint und geht.

Zu den Kindern sagt der Kater:
»Los, marsch in die Schule, schnell!«
Sprach's und schüttelt seinen Bocksbart...
Schluchzend weint der Barsch im Quell.

Gedichtet von ALSLIA

»Mein ALSLIA verwechselt noch immer einige Begriffe«, erwiderte der Erfinder verlegen. »Ich fürchte, ich habe ihn mit ichthyologischem Wissen überfüttert. Aber wie wär's, wenn Sie ihm eine schöpferische Aufgabe auf dramatischem Gebiet stellten?«

»Schauen Sie nur das herrliche Panorama unter uns!« rief ich, um Krassotuchin von seinem ALSLIA abzulenken. »Und wie gut die Sicht ist.«

Unser Luftschiffsanatorium, das schon lange die Leinen losgeworfen hatte, schwebte jetzt achthundert Meter über der Erde.

Durch das große Bullauge in der Kabinenwand sahen wir ein Gartenstädtchen unter uns vorbeiziehen. Geradlinige Straßen, gesäumt von Häusern mit blauen Plastedächern, durchzogen wie Kanäle das dichte Grün. Nur die dunklen Bälle an schlanken Masten – Verstärker für die Gedankenübertragung – sagten uns, daß es sich um eine Stadt mit mehreren tausend Einwohnern handelte. Ringsum erstreckten sich weite Felder, in deren Mitte da und dort Türme von Traktorenfernlenkanlagen zu sehen waren.

Bald darauf wurden wir zum Baden gerufen. Über dem Schwimmbecken wölbte sich, hin und wieder von sommerlichen Wolken gestreift, eine riesige durchsichtige Plastekuppel. Auch der Boden des Beckens war aus der gleichen durchsichtigen, bläulich getönten Plaste, so daß wir beim Baden unter uns Wiesen, Wälder, Flüsse und die belebten Verkehrsstraßen dahinziehen sahen. Es war, als befänden wir uns nicht in einem Bassin, sondern in der unendlichen flimmernden Weite des Himmels. Frei und leicht wie Vögel schienen wir dahinzuschweben, eine Illusion, die noch dadurch verstärkt wurde, daß sich das Luftschiff lautlos wie im Traum vorwärts bewegte. Jedesmal, wenn ich vom Sprungbrett kopfüber in die Tiefe tauchte, war mir, als sauste ich in einen Abgrund mit Bäumen und Feldern, durch den sich, fadengleich, Straßen schlängelten. Gleich darauf aber fühlte ich mich elastisch vom Wasser gebremst und aufgefangen.

Nach dem Abendessen unterhielt ich mich wieder mit meinem Kabinengefährten, der sich, wenn es nicht gerade um sein ALSLIA ging, als recht gescheit, vernünftig und logisch erwies. So schilderte er mir beispielsweise sein Projekt, noch nicht verschrottete Kriegsschiffe aus früherer Zeit als Fischbehälter zu verwenden. Alle diese nutzlos in den Häfen ankernden alten Schlachtschiffe und Flugzeugträger, sagte er, ließen sich verhältnismäßig leicht diesem Zweck anpassen. Als ich meine Anthologie ins Gespräch brachte, bestätigte er mir, daß sie ebenso wichtig wie nützlich sei. Darüber hinaus machte er zu diesem Thema zweckdienliche Bemerkungen, die von großer Belesenheit und lebhaftem Geist zeugten. Gleichzeitig begrüßte er meine Arbeit an der Vervollständigung meines Wörterbuches, da heutzutage kaum noch jemand Schimpfworte gebrauche und man den Nachkommen diese Art der Folklore schriftlich erhalten müsse.

Dann aber sattelte er wieder sein Steckenpferd und bat mich, dem ALSLIA Schimpfworte beizubringen.

»Nichts ist leichter als das«, sagte ich, »aber halten Sie so etwas für zweckmäßig?«

»In dem lyrischen Epos, das ich mit ALSLIA in Autorengemeinschaft zu schaffen gedenke, kommen auch Schimpfworte vor; denn es wird in allen Jahrhunderten spielen, und in der Vergangenheit wurde viel geschimpft. Da ich ALSLIA, wie Sie sich selbst überzeugen konnten, mit ichthyologischem Wissen überfüttert habe, würde eine kleine Zahl von Schimpfworten seinen Wortschatz gewissermaßen ausgleichen.«

»Schön, dann werde ich Ihrem ALSLIA also ein Lektion in

unflätigen Ausdrücken halten. Doch ich bitte Sie, für diese Zeit die Kabine zu verlassen, weil es mir unangenehm ist, solche Grobheiten in Gegenwart anderer auszusprechen.«

Nachdem wir in der Nacht den Ural überflogen hatten, befanden wir uns jetzt über Sibirien und gelangten gegen Abend bis an die gewerblich genutzten Wälder mit ihren Schneisen und holzverarbeitenden Betrieben. Doch schon bald tauchten unter uns immer häufiger echte Taigaabschnitte auf, Schongebiete, die man in ihrem ursprünglichen Zustand erhielt und deren Tannenduft wir in der geringen Höhe deutlich spürten. Meine Stimmung war ausgezeichnet, was ich auch meinem Reisegefährten mitteilte.

»Ich hoffe, es wird Ihnen die Laune nicht verderben, wenn ich Sie bitte, dem ALSLIA noch eine schöpferische Aufgabe zu stellen«, sagte der Ichthyologe. »Morgen trennen sich unsere Wege, und ich möchte, daß Sie meine Schöpfung in gutem Andenken behalten.«

Die Beschäftigung mit diesem Apparat ist allerdings das sicherste Mittel, sich die Laune zu verderben, dachte ich. Doch mir fiel das Gebot ein, das wir schon in der vierten Schulklasse gelernt hatten: »Kränke niemand grundlos. Ein guter Mensch mit Schwächen ist noch lange nicht schlecht.« So entschloß ich mich schweren Herzens, den Wunsch meines Kabinengefährten zu erfüllen.

»Ich stelle ihm von Zeit zu Zeit sehr spezielle Aufgaben«, sagte, erfreut über meine Zusage, der Dichter und Ichthyologe.

»Beispielsweise lasse ich ihn Reime auf ›Barsch‹ bilden oder Erzählungen verfassen, in denen jedes Wort mit dem gleichen Buchstaben beginnt. So kontrolliere ich die Erweiterung seines Wortschatzes.«

»Lassen Sie ihn eine lyrisch-melancholische Dichtung über die Sonne verfassen, in der jedes Wort mit ›S‹ beginnt«, schlug ich vor.

Krassotuchin programmierte den ALSLIA entsprechend,

worauf dieser sofort zu schnarren und mit seinen magischen Augen zu blinken begann.

»Laß mich bitte diesmal nicht im Stich, mein lieber ALSLIA«, sprach der Ichthyologe sanft in den Schalltrichter. »Mach es so seelenvoll und lyrisch wie möglich.«

Nach kurzer Zeit erschien auf einem Blatt Papier das Machwerk, das ich mit dem tags zuvor verfaßten Katergedicht noch heute in meinem Archiv aufbewahre.

Hier der Text:

Sonnen-Song

Sonne schien strahlend, strahlte selbstvergessen, sagenhaft. Selbstleuchtend schimmerten silberweiß Syringen. Süßstimmig sangen Singvögel. Silbrig, symptomatisch, synchron schmunzelten selig süße Schmusepaare. Silbermähniger Sterlet skandierte straffe Strophen.

Sonne sank südwestlich; samtblaue Stille sammelte sich.
»Schweinehund, Speichellecker, Schuft«, so schmähte siebenpfündigen Stör strenger, sakrosankter, sich samt Sprotte, Skumbria, Salm sehnsüchtig sehnender Salzhering.
»Selber Schweinehund simulierender, säuische Sätze sprechender«, sagte saftig speiend sinnenverwirrtem Salzhering scharfsinnige, silberglänzende, selig schlummernde Sardine.
»Sauhunde, Schwätzer, Spekulanten, Spinner, Schlafmützen, stumpfsinnige Starrköpfe, Schänder, Saboteure, Streithähne«, säuselte seniler selbständiger Schergfisch.
Sonne sank, schrumpfte, schwand.
Schummerstunde!
Schaudernd starb silbriger Schnäpelfisch.

»Schon wieder die vielen Fische«, sagte der Ichthyologe bekümmert.

»Und dazu noch all die unverständlichen Worte.«

»Das sind veraltete Ausdrücke aus meinem Lexikon«, klärte ich ihn auf. »Ihr ALSLIA hat sie erstaunlich gut registriert, gebraucht sie aber leider unverhältnismäßig oft.«

»Hat man in früheren Zeiten tatsächlich soviel überflüssige Ausdrücke gebraucht?« fragte Krassotuchin ungläubig.

»Nicht alle Schimpfworte waren sinnlos; viele charakterisierten ganz bestimmte negative Erscheinungen.«

»Was verstand man zum Beispiel unter einem ›Spinner‹, ›Streithahn‹ oder ›Spekulanten‹?«

»Es würde zu weit führen, Ihnen das zu erklären. Alles, was Sie wissen wollen, finden Sie in meinem Wörterbuch, das bald erscheinen wird.«

»Möchten Sie es nicht noch einmal mit ALSLIA versuchen?« fragte schüchtern der Ichthyologe. In diesem Augenblick pochte es glücklicherweise an die Tür; der diensthabende Arzt erschien, um uns zu Andrej Swetotschews zweitem Fernsehvortrag einzuladen. So wählte ich von zwei Übeln das kleinere und folgte ihm.

Im Salon fand ich bereits alle Passagiere des Sanatoriumsluftschiffes vor dem Fernsehapparat versammelt. Bald darauf zeigte sich Andrej auf dem Bildschirm. Auch diesmal fand ich sein Auftreten wenig eindrucksvoll. Einleitend sagte er, daß er sich zu diesem Vortrag entschlossen habe, um die vielen an ihn gerichteten Anfragen zu beantworten. Das einzig Konkrete in seiner Mitteilung aber war, daß für den Bau des Zentrallaboratoriums zur Herstellung des Einheitsmaterials eine etwa fünfzig Kilometer von Leningrad entfernte einsame Ostseeinsel ausersehen sei, die man durch künstliche Anschwemmung vergrößern wolle. Die Arbeiten würden schon am folgenden Tag in Angriff genommen.

Die trockene Kürze seiner noch dazu leise und ausdruckslos vorgetragenen Mitteilung machte mich skeptisch in bezug auf den Erfolg meines Freundes.

Die Pressekonferenz
Wiedersehen mit Nadja

Drei Wochen war ich nun schon in Nowosibirsk. Auf der Suche nach Material zu meiner Anthologie, die sich ihrem Abschluß näherte, verbrachte ich die meiste Zeit in der Bibliothek. Eines Morgens lud der Leiter der Bibliothek alle im Lesesaal Anwesenden ein, einem Fernsehvortrag Andrej Swetotschews beizuwohnen.

Ich begab mich mit den anderen in den Fernsehraum.

Auf dem Bildschirm sah ich Andrej, umgeben von Übersetzungsmaschinen. Er befand sich in einem kleinen Saal, der bis auf den letzten Platz besetzt war. Sogar die Durchgänge waren voller Reporter. Eine Art Pressekonferenz war anberaumt.

Ich gebe jetzt die Fragen, unsystematisch, wie sie gestellt wurden, in der Form und Reihenfolge wieder, die mein Taschenmikromagnetophon aufgezeichnet hat.

Andrej: »Ich bin bereit, Ihre Fragen zu beantworten.«

1. Korrespondent: »Wie stehen Sie zu Olaf Inderström?«

Andrej: »Er hat meine größte Wertschätzung.«

2. Korrespondent: »Trifft es zu, daß die praktische Verwirklichung Ihrer Entdeckung Olaf Inderströms Unmöglichkeitsgesetz widerlegen würde?«

Andrej: »Ja.«

3. Korrespondent: »Man wird also ein Material für Weltraumschiffe gewinnen, das sie in den Stand setzt, über den Bereich unseres Sonnensystems hinaus vorzudringen?«

Andrej: »Gewiß. Doch das ist Sache der Konstrukteure und Kosmonauten. Mich selbst beschäftigen viel mehr die Möglichkeiten auf der Erde und unter Wasser.«

4. Korrespondent: »Wie meinen Sie das?«

Andrej: »Das Aqualith – so habe ich das neue Material genannt – wird uns ermöglichen, Unterwasserbauten aus Wasser zu errichten.«

4. Korrespondent: »Damit erschließen sich der Mensch-

heit neue, weite Lebensräume, auf denen sie ungestört wachsen kann, wenn ich Sie recht verstanden habe?«

Andrej: »Gewiß. Wir sind jetzt in der Lage, Tunnels, Betriebe und ganze Städte auf dem Meeresgrund zu bauen.«

Eine Pause tritt ein. Alles erhebt sich. Applaus und begeisterte Zurufe. Nach der Pause:

5. Korrespondent: »Aus welchem Grund wird Ihr Versuchslaboratorium auf einer Insel errichtet? Weshalb nicht auf dem Kontinent, nicht in Leningrad?«

Andrej: »Ich habe darum gebeten, weil es gefahrloser ist.«

6. Korrespondent: »Für wen?«

Andrej: »Für die Stadt. In einer bestimmten Produktionsphase meines Projekts besteht nämlich Explosionsgefahr. Zwar stimmen die theoretischen Berechnungen, das schließt jedoch ein gewisses technologisches Risiko nicht aus.«

7. Korrespondent: »Wenn es zu einer Explosion kommt, bedeutet das, daß Sie sich getäuscht haben und die Schaffung eines Universaleinheitsmaterials ein Wunschtraum der Menschheit bleiben wird?«

Andrej: »Nein. So ist es nicht. Ich sagte bereits, daß die theoretischen Berechnungen richtig sind. Wenn es trotzdem zu einer Explosion kommt, dann wird der, der nach mir kommt, ein zuverlässigeres technologisches Schema finden.«

8. Korrespondent: »Und wie heißt Ihre Insel?«

Andrej: »Sie ist noch namenlos. Ich habe jedoch vorgeschlagen, sie zu Ehren meines Freundes ›Matwej-Insel‹ zu benennen.«

9. Korrespondent: »Ist Ihr Freund Physiker, Chemiker oder Mathematiker?«

Andrej: »Keines von den dreien, er ist Literarhistoriker.«

10. Korrespondent: »Was hat Sie auf die Idee gebracht, ein Einheitsmaterial zu schaffen?«

Andrej: »Von jeher erschien es mir widersinnig und unrationell, Maschinen, Schiffe, Häuser und Gebrauchsgegenstände aus verschiedenem Material herzustellen. Schon von klein auf beschäftige ich mich damit.«

11. Korrespondent: »Und wie schreiten die Arbeiten auf der Matwej-Insel fort?«

Andrej: »Davon werden Sie sich gleich überzeugen können.«

Auf dem Bildschirm erschien das Meer. Es war, als flögen wir darüber hin. Eine kleine Insel kam in Sicht. Bald waren wir so nahe, daß wir die vielen Schiffe ausmachen konnten, die an den behelfsmäßigen Anlegestellen ankerten. Die Insel war klein und öde. Seewärts schwemmten Saugbagger Meeressand an die Inselküste. Es gab noch keine Hochbauten, sondern nur langgestreckte Baracken aus Plaste. Überall wimmelte es von Menschen. Die einen schachteten mit einfachen Spaten den Boden aus, andere begradigten die Ufer oder waren mit sonstigen Arbeiten beschäftigt. Man hörte Arbeitslärm und Gesang. Junge Menschen aller Nationalitäten und Hautfarben, aber auch ältere Leute waren hier tätig.

Dann verschwand die Insel, und Andrej erschien wieder auf dem Bildschirm. Von neuem begann das Frage-und-Antwort-Spiel.

12. Korrespondent: »Ich bin überrascht, daß man sich auf der Insel so primitiver Arbeitsmittel bedient! Aus welchem Museum stammen eigentlich diese Spaten, Spitzhacken und Brechstangen?«

Andrej: »Man hat sie nach alten Zeichnungen in einem Leningrader Betrieb anfertigen lassen.«

13. Korrespondent: »Wen meinen Sie mit ›man‹?«

Andrej: »Die Freiwilligen, die aus allen Teilen der Welt kommen.«

14. Korrespondent: »Aber bestimmt gibt es doch auf der Insel moderne technische Mittel für Erdarbeiten, oder?«

Andrej: »Selbstverständlich. Aber die Freiwilligen lassen den Einsatz der Maschinen nicht zu. Sie wollen es mit ihrer Hände Arbeit schaffen.«

15. Korrespondent: »Gibt es denn auf der Insel keine Arbeitsschutzärzte? Des Arztes Weisung ist Gesetz.«

Andrej: »Sie hören nicht auf die Ärzte. Die Zahl der Freiwilligen ist außerdem so groß, daß niemand länger als eine Stunde arbeitet, was durchaus nicht gesundheitsschädlich ist.«

16. Korrespondent: »Führt der Gebrauch so unvollkommener Werkzeuge nicht zu Verletzungen?«

Andrej: »Höchstens zu ganz unwesentlichen. Natürlich gibt es hier und da Schrammen und Schwielen. Gestern zum Beispiel hat sich ein Chilene mit dem Spaten den Zeh verletzt.«

17. Korrespondent: »Man hat ihn doch wohl aufs Festland in ein Krankenhaus gebracht?«

Andrej: »Nicht sofort. Um ihn für seine ehrenvolle Verletzung zu entschädigen, gestatteten ihm seine Freunde, zusätzlich eine Stunde außer der Reihe zu arbeiten.«

18. Korrespondent: »Haben Sie daran gedacht, daß Sie die ML der Menschen verkürzen, wenn Sie sie mit solch primitiven Werkzeugen arbeiten lassen?«

Andrej: »Die Erdarbeiten werden in Kürze beendet sein, dann räumen die Freiwilligen den Spezialisten das Feld.«

19. Korrespondent: »Können Sie uns das Wesen Ihrer Entdeckung in kurzen Worten allgemeinverständlich erläutern?«

Andrejs Vortrag zu diesem Thema war jedoch so unverständlich und abstrakt, daß ich überhaupt nichts begriff.

Am selben Tag entschloß ich mich, das örtliche Postamt aufzusuchen. Ich winkte ein Elektrotaxi heran und nannte dem ASS[6] das Ziel.

»Mit Unterhaltung?« fragte er mich.

»Natürlich.«

»Habe eben erst zwei Jungs, zehn- und elfjährig, zum Luftbahnhof gebracht«, berichtete der ASS. »Ihren Reden nach wollten sie heimlich Leningrad verlassen und sich zu Swetotschew begeben. Im ganzen habe ich in den letzten fünf Tagen vierzehn Jungs gefahren, die aus dem Elternhaus zu Swetotschew fortgelaufen sind; mit den drei gestern ausgerissenen Mädchen sind es jetzt insgesamt siebzehn Kinder.«

»Das fehlte gerade, daß Sie den Kindern beim Ausreißen helfen«, erwiderte ich empört.

»Kein Mechanismus ist berechtigt, sich in Angelegenheiten von Menschen einzumischen, ihnen Ratschläge zu erteilen oder ihrem Willen zuwiderzuhandeln. Paragraph drei, Punkt sieben.«

»Da haben Sie recht. Vorschrift ist Vorschrift. Man wird die Kinder ohnehin aufhalten. Sprechen wir von etwas anderem.«

»Heute brachte ein Fahrgast ein kleines Lebewesen mit vier Beinen mit. Es war aber kein Kind. Das Kleine war, trotz des warmen Wetters, in einen synthetischen Pelz ohne Knüpfe gehüllt. Der Mensch nannte das kleine Wesen Maria.«

»Maschka sicherlich, und nicht Maria?«

»Es ist mir verboten, Kosenamen zu gebrauchen. Paragraph neun, Punkt vier.«

»Das war doch eine ganz gewöhnliche Katze! Tiere dürfen Sie bei ihren Kosenamen nennen.«

»Maria sprang mir auf den Kopf und sagte: ›Miau! Miau!‹ Der große Mensch aber nahm sie mir ab und lachte.«

Über unserem Gespräch war ich unversehens ans Ziel gelangt. Das erste, was mir in der Halle des Postamtes auffiel, war eine große Briefmarkenausstellung. Anscheinend hatte sich die Entscheidung des Weltpostvereins, die jedermann berechtigte, eigene Marken herauszugeben, schon ausgewirkt, denn viele Philatelisten hatten eigene Postwertzeichen drucken lassen, die sie jetzt Interessenten anboten. Besonders zahlreich waren Marken mit Frauenköpfen, die das Abbild der geliebten Frau verewigen sollten. Obwohl die Post keine Gebühren mehr erhob, trug nach alter Gewohnheit jede Marke einen Preisaufdruck. Die Preise waren nach Gutdünken festgesetzt:

von einer Kopeke bis zu hundert Millionen Rubeln. Ich wählte eine Anzahl Marken aus, von denen ich einige mit freundschaftlichen Grüßen Andrej übersandte. Drauf begab ich mich ins Büro für Sammlerwünsche, um eine eigene Briefmarke in Auftrag zu geben. Über die Ausführung war ich mir bereits klar. Sie sollte mich selbst, mit dem Lexikon in der Hand, darstellen. Auf dem Weg zum Büro rief mich eine wohlklingende Frauenstimme an. Ich schaute mich um, und was meinen Sie, lieber Leser, wen ich sah? Nadja, das junge Mädchen, das ich seinerzeit im Leningrader Postamt unter so ungewöhnlichen Umständen kennengelernt hatte!

»Was tun Sie denn hier?« fragte ich, nicht wenig überrascht.

»Hat etwa die peinliche Szene seinerzeit in Leningrad Sie bewogen, sich an das hiesige Postamt versetzen zu lassen?«

»Nein. Ich bin aus beruflichem Interesse hier«, erwiderte Nadja lächelnd und fügte hinzu, sie verbringe ihren Urlaub bei ihrem Bruder, der in Nowosibirsk ansässig sei.

»Und wie kommen Sie mit Ihrem Lexikon voran?« erkundigte sich Nadja, als ich ihr sagte, ich sei hier, um in der hiesigen Bibliothek zu arbeiten.

Nadjas Interesse für meine Arbeit schmeichelte mir. Leider mußte ich ihr gestehen, daß ich inzwischen nicht wesentlich vorangekommen sei, weil es in Sibirien niemand mehr gebe, der Schimpfworte gebrauche oder kenne, und daß ich mich zur Zeit mit meiner Anthologie beschäftige.

»Und hierher sind Sie wohl als Philatelist gekommen?« fragte Nadja.

»Und als Postkunde. Eben habe ich einen Brief an Andrej Swetotschew abgeschickt, denselben, dem ich Ihre Bekanntschaft verdanke.«

»Swetotschew?« rief Nadja überrascht. »Wer hätte wohl gedacht, daß ausgerechnet er mich beleidigen würde! Wenn Sie ihm das nächste Mal schreiben, übermitteln Sie ihm bitte, daß ich ihm alles Gute wünsche und ihm nichts nachtrage.«

»Sein Vergehen ist bereits gesühnt. Er hat einen Hasen töten müssen.«

»Und das meinetwegen! Wie schrecklich«, sagte Nadja bekümmert.

»Machen Sie sich um ihn keine Gedanken«, tröstete ich sie. »Er hat Sie beleidigt und wurde zur Strafe auf die Jagd geschickt. Bei dieser Gelegenheit lernte er ein Mädchen kennen, das er liebgewann und das seine Gefühle erwidert.«

»Und Sie freuen sich nicht darüber?« fragte Nadja. »Ihre Stimme klingt traurig.«

»Ich freue mich für ihn wie für sie, und trotzdem bin ich traurig.«

Nadja versuchte nicht, mich zu trösten, was ich ihr hoch anrechnete. Wir verließen zusammen das Postgebäude und gingen schweigend die Straße entlang.

»Wo sind Sie abgestiegen?« fragte Nadja.

»Da ich mich verhältnismäßig lange hier aufzuhalten gedenke, bin ich in ein Hotel gegangen.«

»Siedeln Sie doch zu uns über«, schlug Nadja vor. »Niemand wird Sie stören, auch ich nicht. Die Wohnung ist zur Zeit beinah leer, weil fast alle in Urlaub gefahren sind, und mein Bruder ist ein ruhiger Mensch.«

»Was ist Ihr Bruder?«

»Gedächtnisschaffender.«

»Gedächtnisschaffender? Was ist denn das für ein Beruf?«

»Mein Bruder erforscht Methoden, das menschliche Gedächtnis zu vervollkommnen.«

»So etwas gibt es?« fragte ich erstaunt. »Und ist Ihr Bruder in seinen Forschungen erfolgreich?«

»Vor einigen Jahren hat er einen Gedächtnisverstärker konstruiert, der aber längere Zeit erprobt wird, ehe er in Massenproduktion geht.«

»Ich hätte so einen Apparat gern mal gesehen.«

»Sie sehen ihn bereits an mir«, sagte Nadja und deutete auf ihre Ohrringe.

»Ist das Gerät tatsächlich in den kleinen Ohrringen enthalten?«

»Ja, in zwei Mikroaggregaten, die im Umkreis meines Kopfes ein zusätzliches Kraftfeld schaffen.«

»Und wie heißt das Gerät?«

»Die vollständige Bezeichnung lautet: ›Versuchsgerät zur Gedächtnisverstärkung‹, abgekürzt ›VGGV‹.«

»Ein schrecklicher Name!« rief ich entsetzt. »Im zwanzigsten Jahrhundert benutzte man allerdings häufig so häßliche Abkürzungen. Aber heute haben wir doch die Namensgebungskommission, in der sich Dichter ehrenamtlich betätigen. Ein so lieblos benanntes Gerät kann gar nicht richtig funktionieren[19].«

»Ich verstehe Ihre Entrüstung«, erwiderte Nadja, »aber mein Bruder hat sein Gerät noch nicht bei der Namensgebungskommission angemeldet, und ihm selbst ist nichts Besseres eingefallen. Letzten Endes hält er wohl den Namen für nicht so wichtig.« Tags darauf siedelte ich in Nadjas Wohnung über, wo man mir ein abgelegenes ruhiges Zimmer zur Verfügung stellte. Nadjas Bruder erwies sich tatsächlich als ein Mensch, der niemand störte.

Von jetzt an arbeitete ich zu Hause. Ich lieh mir die Bücher, aus denen ich geeignete Gedichte auswählte, die ich dann dem SSA[20] diktierte. Einmal arbeitete ich bis spät in die Nacht, ohne jedoch mein Pensum zu schaffen. Das war mir unangenehm, weil ich dem Bibliothekar versprochen hatte, die Bücher am nächsten Morgen zurückzugeben. Es handelte sich um elf Gedichte eines Verfassers. Beim Frühstück bat ich Nadja, sie dem SSA an meiner Stelle anzusagen, während ich zur Bibliothek ging. Den zurückbehaltenen Band wollte ich am Nachmittag nachliefern.

Nadja, die sich gern bereit erklärte, mir zu helfen, sagte, ich könne auch das Buch mit den letzten elf Gedichten zurückgeben. Sie wolle sie einmal durchlesen und in meiner Abwesenheit ebenfalls dem SSA diktieren.

»Aber was reden Sie da, Nadja!« entgegnete ich. »Niemand ist imstande, Hals über Kopf elf lange Gedichte im Gedächtnis zu behalten.«

»Sie werden sich gleich vom Gegenteil überzeugen«, erwiderte das Mädchen ruhig. Dann las sie schnell und, wie mir schien, recht flüchtig die angekreuzten Gedichte und reichte mir das Buch mit den Worten: »Nehmen Sie es getrost mit.«

Ich trug die Bücher in die Bibliothek, behielt jedoch sicherheitshalber den letzten Gedichtband zurück. Wie groß aber war meine Überraschung, als ich zu Hause sämtliche elf Gedichte säuberlich abgeschrieben in drei Exemplaren auf dem Schreibtisch fand. Ein Textvergleich ergab nicht den geringsten Fehler. In wenigen Minuten hatte sich Nadja den schwierigen, in antiquierter Sprache verfaßten Text eingeprägt und ihn fehlerlos dem SSA diktiert.

»Nadja, Nadja!« rief ich begeistert. Ich fand sie schließlich in der Küche, wo sie den IEUHR[12] für die Zubereitung des Mittagessens programmierte.

»Ihr Gedächtnis ist phänomenal, Nadja«, sagte ich bewundernd.

»Ja, aber nur dank der Erfindung meines Bruders«, erwiderte lächelnd das Mädchen. »Wenn Sie wollen, helfe ich Ihnen gern weiter bei der Arbeit.«

Von nun an unterstützte mich Nadja, wenn auch nur in technischen Dingen, so doch spürbar und wirkungsvoll. Im Herbst wurde sie meine Frau.

Im Verlag

Außer meiner Heirat gab es in diesem Herbst noch ein anderes wichtiges Ereignis in meinem Leben: Ich vollendete meine »Anthologie vergessener Dichter des 20. Jahrhunderts«. Der Redakteur der historischen Abteilung des Verlages, dem ich mein Werk übergab, zeigte sich sehr aufgeschlossen. Er bat mich, das Manuskript dazulassen und in einer Woche noch einmal vorzusprechen. Auch ohne Schriftsteller zu sein, wird der Leser die Spannung ermessen können, in welcher ich die für mein weiteres Schicksal so entscheidenden Tage verlebte. Mein einziger Trost war, daß in früheren Zeiten die Autoren viel länger auf die Begutachtung ihrer Werke warten mußten und zuweilen Monate in qualvoller Ungewißheit verbrachten.

Als ich pünktlich nach einer Woche im Verlag erschien, sagte man mir, daß mein Manuskript im allgemeinen günstig beurteilt worden sei. Zwar gab es auch einige engstirnige und wenig objektive Einsprüche, und man setzte die Auflage auf nur fünftausend Exemplare fest; aber was bedeutete das angesichts der Tatsache, daß meine Anthologie gedruckt und unser Planet damit um ein weiteres nützliches und wertvolles Buch bereichert wurde? Als die erste Freude darüber verebbt war, bat ich den Redakteur, das Manuskript einem Aggregat zum Lesen zu geben, vielleicht würde es mein Werk gerechter und objektiver beurteilen als die Mitarbeiter der Redaktion und eine höhere Auflage bewilligen. Auf diesen bescheidenen Vorschlag erwiderte der Redakteur etwas gekränkt, daß in seiner Abteilung, wie auch in allen anderen Abteilungen des Verlages, außer der lyrischen, die Manuskripte ausschließlich von Menschen gelesen würden.

»Und warum macht man mit den Lyrikern eine Ausnahme? Warum bevorzugt man sie?« erkundigte ich mich. »Meine Anthologie besteht doch ebenfalls aus Gedichten, wenn auch solchen aus dem zwanzigsten Jahrhundert.«

»Es gibt zu viele Dichter, als daß die Mitarbeiter der lyrischen Abteilung die Arbeit allein schaffen könnten«, erwiderte der Redakteur. »Deshalb müssen sie Roboter zu Hilfe nehmen.«

Im übrigen meinte er, das ständige Wachstum des kulturellen Niveaus und die allgemeine Hochschulbildung hätten zwar 999 Vorzüge, jedoch einen Nachteil: Zu viele Menschen überschätzten sich und verfaßten jetzt Gedichte, die sie gedruckt sehen wollten. Dabei fehle ihnen jede poetische

Begabung. Wohl nehme auch die Zahl wirklicher Dichter zu; aber sie seien wie eh und je, gemessen an den Möchtegernpoeten, hoffnungslos in der Minderheit. Eben deshalb sei die Redaktion außerstande, die Flut der eingesandten Manuskripte mit Menschenkraft allein zu bewältigen, und müsse zu Aggregaten wie dem OARL[21], SGAM[22], AGLK[23], TAUK[24] und anderen Hilfsmitteln greifen. Dabei seien die Aufgaben, die diese zu erfüllen hätten, keineswegs leicht: Einerseits sei dem Aggregat untersagt, Menschen zu beleidigen, andererseits aber sei es verpflichtet, dem Autor die volle, wenn auch noch so bittere Wahrheit zu sagen. Übrigens habe die Namensgebungskommission den Aggregaten sehr unschöne Namen gegeben.

Ich sagte dem Redakteur, daß ich gern die lyrische Abteilung sehen würde. Bereitwillig führte er mich durch lautlose Redaktionskorridore zu einem großen Saal, in dem es ziemlich lebhaft zuzugehen schien. Über der Tür hing ein Schild mit folgendem Text: »Spazierstöcke, Schirme und sonstige gefährliche Gegenstände sind im Vorzimmer zu lassen.«

»Das hört sich ja bedrohlich an«, sagte ich. »Kommt es heutzutage tatsächlich noch zu Tätlichkeiten?«

»Bei Dichtern muß man leider auf alles gefaßt sein«, erwiderte der Redakteur. »Menschen greifen sie zwar nicht an, aber die Aggregate haben viel zu leiden. So hat im vergangenen Jahr ein junger Dichter einem OARL[21] Stockhiebe versetzt, als dieser ihm sagte, daß man schon seit Jahrhunderten ›Liebe‹ auf ›Triebe‹ reime und er sich etwas Besseres einfallen lassen müsse; und vor zwei Jahren hat eine angehende Poetin einen SGAM[22] mit dem Regenschirm verprügelt, als er ihre Gedichte zurückwies.«

»Ich hätte nie geglaubt, daß noch irgendwo so rohe Sitten herrschen«, sagte ich entsetzt. »Wie gut, daß ich es in meiner Anthologie nur mit toten Dichtern zu tun habe.«

Eine Glastür öffnete sich, und wir betraten den Saal. Ein SLAEA[25] kam auf uns zu und erkundigte sich höflich, womit wir die Poetische Abteilung zu beglücken gedächten: mit Gedichten oder einem Poem. Als ich sagte, daß weder das eine noch das andere unsere Absicht sei, entfernte es sich diskret. In der Mitte des Raumes saßen auf Sesseln und Sofas die Dichter in friedlichem Gespräch. Sie sahen keineswegs gewalttätig aus. An den Wänden befanden sich hinter Tischen die verschiedenen Aggregate, die ebenfalls einen friedlichen Eindruck machten: ganz gewöhnliche Spezialmechanismen zerbrechlicher Bauart.

Um so mehr befremdeten mich Schilder über einigen Aggregaten, deren Text darauf hindeutete, daß die wehrlosen Mechanismen gelegentlich groben Umgangsformen und sogar Mißhandlungen ausgesetzt waren.

Um meinen Begleiter nicht über Gebühr in Anspruch zu nehmen, dankte ich ihm für seine Mühe und sagte, ich wolle den Rundgang allein fortsetzen. Nachdem er sich verabschiedet hatte, mischte ich mich unter die Dichter, und als ein junger Poet mit seinem Manuskript zum SGAM[22] ging, folgte ich ihm. In wenigen Augenblicken las der Roboter den Text und begann ihn zu rezensieren. Anscheinend hatte der häufige Umgang mit Dichtern und schlechten Gedichten dazu geführt, daß der SGAM sich nicht mehr in Prosa auszudrücken vermochte. Sichtlich bemüht, den Verfasser nicht zu kränken, gab er in weichem Bariton folgende Beurteilung:

Die Gedichte sind wie Watte, schwächlich ist ihr Reim,
Unverdaulich für den Leser, schwunglos, zäh wie Leim.
Leise sag ich: Nicht zu drucken, da der Leser voller
[Mucken.
Rate drum: Lies erst die Klassik,
Und dann schau noch einmal rein ...

Ich schenkte mir den Rest der Rezension und begab mich zum GTMA[26]. Gleichzeitig mit mir trat ein anderer Mann mit einem ziemlich umfangreichen Manuskript herzu und sagte: »Würden Sie bitte mein Buch ›Seufzer und Klagelieder‹ durchsehen? Es enthält hundertvierzig Gedichte.«

Bereitwillig nahm der Roboter das Manuskript, las es in wenigen Sekunden auf einen Zug durch und fragte: »Waren Sie schon beim AGLK[23]?«

»Überall war ich schon, bei Menschen und Aggregaten, aber man versteht mich nicht«, erwiderte der Poet traurig.

»Wir könnten Ihre Gedichte in einem Exemplar drucken, wenn Ihnen das genügt«, sagte der Roboter freundlich.

»Geht es nicht wenigstens in zwei Exemplaren?« fragte schüchtern der Unbegabte. »Und dann hätte ich gern, daß auf der letzten Buchseite die Auflage mit einer Million oder noch höher angegeben wird.«

Wie abscheulich, dachte ich. In früheren Zeiten nannte man so etwas Fälschung und Betrug. Selbstverständlich wird das GTMA seine ungeheuerliche Bitte abschlagen und ihm die Meinung geigen.

Doch wie groß war meine Überraschung, als der Roboter dem Poeten eine Zusage gab!

»Schön«, sagte er, »dann drucken wir also Ihre ›Seufzer und Klagelieder‹ offiziell in einer Million, in Wirklichkeit aber in zwei Exemplaren. Würden Sie mir bitte sagen, welchen Umschlag, welche Schrift und was für ein Papier Sie wünschen?« Er reichte dem Dichter eine Mustermappe.

Empört eilte ich zum Redakteur der Lyrischen Abteilung. Da ich dem Dichter keine Unannehmlichkeiten bereiten wollte, erkundigte ich mich ganz allgemein, ob es vorkomme, daß das GTMA sich irre, indem es offenkundig unmoralischen Forderungen von Verfassern nachgebe. Ob es beispielsweise die Auflage eines Buches, das in nur zwei Exemplaren gedruckt werde, offiziell mit zwei Millionen angeben dürfe.

Zu meinem größten Erstaunen antwortete der Redakteur, daß der Roboter entsprechend programmiert sei.

»Programmiert für falsche Angaben?« rief ich erregt. »Das ist ja unerhört!«

»Eine Täuschung, die erhebt, ist mehr wert als düstere, drückende Wahrheit«, antwortete mir der Redakteur. »Eine solche Täuschung schadet niemand. Der Dichter betrügt im Grunde nur sich selbst und tröstet sich damit. Wozu ihn also betrüben?«

»Ich verstehe trotzdem nicht, daß man ein Buch herausgibt, das später niemand liest«, erwiderte ich.

»Man muß tolerant sein. Die Gesellschaft kann es sich heutzutage leisten, ein überflüssiges Buch herauszugeben. Warum soll man dem Dichter nicht die Freude machen?«

Diese Logik erschien mir, ehrlich gesagt, wenig einleuchtend. Nur gut, daß ich kein Dichter bin, dachte ich im Fortgehen. Mein Buch wird, wenn auch nicht in Millionenauflage, so doch wenigstens in ehrlichen fünftausend Exemplaren erscheinen.

Die Insel, die meinen Namen trägt

In diesem denkwürdigen Jahr war der Winter hart. Die Newa fror schon zeitig zu, und im November bedeckte sich auch die Bucht mit Eis. Von meinem Fenster aus sah ich auf ihrer verschneiten Fläche Skiläufer dahingleiten. Nadja und ich hatten eine Wohnung im selben Haus bezogen, in dem meine und Andrejs Eltern lebten. Meine Anthologie war bereits in Satz, und während ich auf die Korrekturbogen wartete, nahm ich ein neues Werk, »Utopische Schriftsteller des 20. Jahrhunderts im Licht der ethischen Anschauungen des 22. Jahrhunderts«, in Angriff. Wieder unterstützte mich Nadja in meiner Arbeit, wenn auch nur in technischer Hinsicht, wobei ihr phänomenales Gedächtnis endlich eine nützliche Verwendung fand. Andrej hatte ich längere Zeit nicht gesehen: Ich wußte, wie beansprucht er war, und zögerte deshalb, ihn aufzusuchen. Sein Name war noch immer in aller Munde. Dichter priesen ihn in schnell geschmiedeten Reimen und verglichen ihn mit Prometheus und anderen Sagengestalten. Zeitungen widmeten ihm ihre Feuilletons unter hochtönenden Überschriften wie »Die Ära des Einheitsrohstoffes«, »Eine technische Revolution« und ähnlichen mehr. Ich hielt diesen Lärm für unseriös und voreilig; denn es gab noch kein Aqualith. Um Andrej machte ich mir keine Sorgen, weil ich ihn kannte und wußte, daß ihn Vorschußlorbeeren nicht beeindruckten.

Mehrmals schon hatte Nadja vorgeschlagen, endlich einmal Andrej zu besuchen und die nach mir benannte Insel in Augenschein zu nehmen. Doch da mich meine Arbeit voll in Anspruch nahm, hatte ich die Reise immer wieder hinausgeschoben. Aber ein altes Sprichwort sagt: »Wenn der Prophet nicht zum Berge kommt, muß der Berg zum Propheten gehen.« Eines Tages besuchte mich Andrej.

»Ich möchte dich um etwas bitten«, fiel er gleich mit der Tür ins Haus. »Würdest du wohl einen Artikel überarbeiten, den ich auf dringenden Wunsch einer populärwissenschaftlichen Kinderzeitschrift verfaßt habe? Ich bin leider nicht imstande, meine Gedanken allgemeinverständlich darzulegen. Bügle du ihn bitte aus. Es stört dich doch nicht, daß er mit der Hand geschrieben ist? Meine Handschrift ist leserlich.«

»Das stimmt schon, aber wie soll ich mit deinen technischen Erläuterungen fertig werden?«

»Ganz leicht. Ich habe alles ohne Formeln dargelegt, es ist doch für Kinder bestimmt. Nur sprachlich und stilistisch sollst du als Spezialist das Manuskript überarbeiten.«

»Schön, ich will tun, was ich kann«, sagte ich, »aber weshalb beschäftigt sich Nina nicht damit?«

»Nina hilft mir sehr viel, für eine Korrektur aber hält sie sich für zu befangen. Deshalb riet sie mir, mich an dich zu wenden.«

Nachdem Andrej gegangen war, las ich sofort den Artikel durch, dessen Inhalt mir jedoch unklar blieb. Mit Hilfe von Wörterbüchern und mit Nadjas Unterstützung ersetzte ich einen Teil der unverständlichen Ausdrücke durch gebräuchlichere und glättete den Stil, der Sinn des Textes aber blieb mir weiterhin verborgen.

»Macht nichts«, sagte Nadja lächelnd, »die Kinder werden ihn besser verstehen als du eingefleischter Philologe.

Andrejs Ausführungen sind von geradezu genialer Einfachheit.«

Nach literarischer Überarbeitung diktierte ich den Artikel dem SSA[20].

»Du solltest ihn Andrej persönlich bringen und bei dieser Gelegenheit die Insel besichtigen«, meinte Nadja. »Dein Freund hat sie nach dir benannt, und du bist noch immer nicht dort gewesen.«

»Trotzdem werde ich den Artikel morgen mit der Post abschicken«, erwiderte ich. »Wenn ich auch noch nicht auf der Insel war, kenn ich sie doch aus Fernsehübertragungen und Zeitungsfotos.«

Nadja widersprach nicht weiter.

Am nächsten Morgen – Nadja hatte gerade ihren arbeitsfreien Tag – gingen wir zur Bucht, um Ski zu laufen. Bei der Wahl der Skier wäre es beinahe zum Streit zwischen uns gekommen.

»Nehmen wir doch die automatischen«, sagte Nina. »Mit den gewöhnlichen ist es mir langweilig.«

»Das ist aber Unsinn«, entgegnete ich sanft, »hier ist es doch nicht gebirgig.«

»Trotzdem möchte ich die automatischen«, beharrte sie.

»Des Menschen Wille ist sein Himmelreich«, fügte ich mich, ein altes Sprichwort zitierend.

Kurze Zeit später befanden wir uns auf der Straße, die über das Eis zur Insel führte. Ein Strom von Elektromobilen und -motorrädern kam uns in Richtung Leningrad entgegen, zur Insel aber war außer uns niemand unterwegs. Als ich eines der Fahrzeuge anhielt und nach dem Grund dafür fragte, erwiderte ein Insasse erstaunt: »Haben Sie denn die Sondermeldung, die vor einer halben Stunde durchgegeben wurde, nicht gehört?«

»Die Vertreibung aus dem Aqualith-Paradies«, fügte ein anderer scherzend hinzu. »Der Aufenthalt im Paradies wird gefährlich.«

»Und wir wollten gerade dorthin«, sagte Nadja lachend, schaltete die Skier auf automatischen Gang und sauste über den Skipfad davon. Was blieb mir übrig, als ihrem Beispiel zu folgen?

»Aber es ist doch zu weit, und alle verlassen die Insel«, rief ich, als ich sie eingeholt hatte.

»Sie ist nach dir benannt, sie müssen uns hinauflassen«, erwiderte Nadja.

»Eine seltsame Logik«, sagte ich kopfschüttelnd. »Wenn wir schon zur Insel fahren, dann hätten wir wenigstens Andrejs Artikel mitnehmen sollen.«

»Darum mach dir keine Sorgen, der Artikel ist hier«, erwiderte Nina und führte die Hand an die Stirn.

»Aber wir werden uns die Gesichter erfrieren, bei dem starken Gegenwind.«

»Auch dem habe ich vorgebeugt«, sagte Nina und zog zwei Gesichtsschutzmasken aus der Jackentasche.

»Du hast diese Fahrt also vorher geplant und mich bewußt hinters Licht geführt!«

»Wie hätte ich dich denn sonst aus dem Bau locken sollen, Liebster?«

»Ein Betrug ist es trotzdem. Erinnerst du dich, was wir schon in der zweiten Klasse lernten? ›Betrug bleibt Betrug, und sei er noch so klein. Wassertropfen und Ozean sind sich ihrem Wesen nach gleich.‹«

Bald kam die Matwej-Insel in Sicht. An ihrem Ufer waren in regelmäßigen Abständen LUGS-Roboter[27] postiert. In metallenen Händen hielten sie Transparente mit dem Text: »Lebensgefahr! Betreten der Insel untersagt!«

»Siehst du jetzt ein, daß unsere Fahrt sinnlos war?« sagte ich. »Man läßt uns nicht hinauf.«

»Wir kümmern uns einfach nicht um sie«, erwiderte Nadja. »Kein Roboter darf Menschen gegenüber Gewalt anwenden. Ich weiß das von meinem Bruder, der sich mit ethischen Fragen der Kybernetik befaßt.«

»Man darf die Aggregate aber auch nicht mißbrauchen«, entgegnete ich streng. »Die Roboter sind Diener der Gesellschaft.«

»Die Räumung der Insel ist abgeschlossen. Das Betreten der Insel ist verboten«, sagte einer der Roboter. Ich bat ihn, Andrej Swetotschew zu suchen und ihm unsere Ankunft zu melden. Der LUGS entfernte sich, um kurz darauf in Begleitung Andrejs zurückzukehren. Erfreut und erstaunt zugleich, fragte er, ob wir die Sondermeldung nicht gehört hätten. Morgen, sagte er, nehme man die Hauptversuchsanlage zur Erzeugung von Aqualith in Betrieb. Über eine Phase der Umwandlung gebe es jedoch noch technologische Unklarheiten, so daß ihre Zweckmäßigkeit sich erst im praktischen Verfahren ergeben müsse. Kurzum, es bestehe Explosionsgefahr.

Die Insel war menschenleer. Nur hier und da kreuzten LUGS-Roboter unseren Weg. Häuserblocks, Türme und rätselhafte, sich stufenweise nach oben verjüngende Bauten umgaben uns. Dicke, mit Leuchtfarbe gestrichene Rohrleitungen wanden sich, bald dicht über dem Erdboden, bald über hochragende Trägerbrücken, von Gebäude zu Gebäude.

»Wie groß die Insel geworden ist«, staunte ich.

»Und wie viele Bauten entstanden sind.«

»Menschen aus allen Teilen der Welt haben daran mitgearbeitet«, erwiderte Andrej.

»Und wann beginnt der Versuch?« erkundigte sich Nadja.

»Keine Sorge, ich jage euch nicht bei Nacht und Wind von der Insel«, beruhigte sie Andrej. »Der Versuch beginnt erst morgen früh um zehn. Wir hatten zwar vor, um zwei Uhr nachts zu beginnen, mußten den Versuch jedoch verschieben, weil Nina erkrankte.«

»Was hat Nina damit zu tun? Ich dachte, sie habe sich mit den anderen aufs Festland begeben.«

»Nein. Sie will während des Versuches bei mir sein. Da ihr Entschluß feststeht, soll sie am Dublierpult sitzen. Ich brauche ohnehin einen Gehilfen. Außerdem schonen wir auf diese Weise im Falle eines Unglücks ein fremdes Menschenleben.«

»Haben sich viele erboten, mit dir zusammen den Versuch durchzuführen?«

»Ich konnte mich der vielen Freiwilligen kaum erwehren.«

»Es ist doch bestimmt nicht einfach, an so einem Dublierpult zu sitzen. Braucht man dazu nicht Spezialkenntnisse?«

»Nein, keine Spur, nur einen gesunden Körper, Aufmerksamkeit und Elementarwissen. Selbst du mit deiner großen Liebe und deinem ebenso großen Verständnis für die Technik würdest es schaffen«, sagte Andrej mit seinem etwas derben Humor.

»Was fehlt Nina eigentlich?«

»Sie ist gestern beim Eissegeln gegen eine Eisbarriere gefahren und hat sich die Schulter geprellt. Jetzt sitzt sie zu Hause und schluckt Tabletten, weigert sich aber, einen Arzt zu rufen, weil sie fürchtet, die Insel verlassen zu müssen . . . Da wären wir«, unterbrach sich Andrej.

Wir befanden uns vor einem einstöckigen Haus, in dem Andrej wohnte. Ihnen dieses Gebäude zu beschreiben, erübrigt sich, liebe Leser; Sie alle kennen die jetzige Filiale des Swetotschew-Museums.

Als wir eintraten, kam uns Nina entgegen. Sie war noch schöner geworden, seit wir uns das letzte Mal sahen. Selbst die Blässe ihres Gesichtes kleidete sie. Obwohl sie starke Schmerzen zu haben schien, ließ sie sich nichts anmerken. Nachdem ich sie mit Nadja bekannt gemacht hatte, stellte ich zu meiner Betrübnis fest, daß die beiden einander nicht mochten. Nicht, daß sie unfreundlich gewesen wären; aber sie verstanden sich einfach nicht. Selbst als Nadja dem SSA[20] aus dem Kopf den von mir redigierten Artikel Andrejs ansagte, zeigte Nina keinerlei Begeisterung für das phänomenale Gedächtnis meiner Frau. Die neue Fassung aber gefiel ihr wie auch Andrej.

Nach dem Abendessen ging Nadja sofort zu Bett, während Nina im Speisezimmer blieb. Mich aber führte Andrej in sein Arbeitszimmer. Er setzte sich an seine Zeichnungen und Tabellen, und ich betrachtete eine Weile sein Briefmarkenalbum.

»Es wäre besser, du gingest jetzt zu Bett«, sagte ich schließlich. »Morgen ist auch noch ein Tag. ›Dem Tode entgeht keiner‹, sagt ein altes Sprichwort, das du aber nicht wörtlich nehmen sollst.«

»Wenn du morgen die Insel verläßt, dann nimm bitte das Markenalbum mit und behalt es, falls mir etwas zustößt. Wenn alles glatt geht, gibst du es mir wieder. Daß du es mir aber nicht stibitzt.«

»Gib schon her. Da kannst du ganz beruhigt sein. Als ob ich mir etwas aus deinen häßlichen Viechern machte.«

»Haut die Bilderfreunde!« rief Andrej, sprang auf, ergriff ein Kissen und ließ es auf meinen Kopf niedersausen.

Ich ergriff ein anderes Kissen, und die »Rollerei« begann, wie es früher hieß.

»Außer Rand und Band geraten wie die Kinder«, wies uns die eintretende Nina scherzhaft zurecht.

»Das ganze Haus dröhnt.«

»Stör uns nicht, Nina! Es ist ein Kampf zwischen Gut und Böse!« rief Andrej, bemüht, einen meiner Schläge abzuwehren und mir seinerseits einen zu versetzen.

In diesem Augenblick klopfte es an der Haustür. Das konnte nur ein Roboter sein, denn Menschen hatten überall ohne anzuklopfen Zutritt.

»Herein«, sagte Andrej und ging in den Flur.

Die Tür öffnete sich, und in einer Wolke von Eisluft erschien ein LUGS[27].

»Habe eine wichtige Mitteilung zu machen«, schnarrte er. »Im Superreaktor Nummer drei ist eine Störung aufgetreten.«

»Wenden Sie sich damit an den EBO[28]«, erwiderte Andrej streng. »Wie oft habe ich schon gesagt, daß ich mich um

Fragen, die unter der Dringlichkeitsstufe B liegen, nicht kümmere.«

»Habe verstanden. Gehe zum EBO«, antwortete der LUGS ruhig und entfernte sich, wobei er die Tür sorgfältig hinter sich schloß.

»Unglaublich begriffsstutzig, diese LUGS-Roboter«, sagte Andrej ärgerlich. »Es ist ein Kreuz mit ihnen. Wann werden wir endlich diese vorsintflutliche Technik los!«

Noch keine Minute war vergangen, als abermals die Haustür sich öffnete und, ohne anzuklopfen, ein Aggregat in der Größe eines zehnjährigen Kindes eintrat, das auf seinem Rücken zusammengeklappte Flügel trug.

»Weshalb klopfen Sie nicht und warten, bis man Sie einläßt? Ihr Roboter nehmt euch zuviel heraus«, sagte ich ungehalten.

»Mir ist es erlaubt, ohne Klopfzeichen einzutreten«, erwiderte der Roboter und meldete darauf Andrej: »Die Akkumulation des Substrates verläuft normal. Aber im Hauptgebäude ist in der Fabrikationsstufe Delta hundertsiebzehn eine Störung aufgetreten.«

»Ich komme sofort«, erwiderte Andrej. An mich gewandt, sagte er: »Das hier ist ein LEPA[29], eine technische Neuerung. Es darf eintreten, ohne anzuklopfen. Hättest du nicht Lust, dir das Hauptgebäude anzusehen?«

Um Andrej nicht zu kränken, bejahte ich.

»Ich komme mit«, meldete sich Nina. »Vielleicht vergehen dabei meine Schulterschmerzen.«

»Die Heilmethode eines Medizinmannes«, murmelte ich, während ich ihr in den Pelzmantel half. Aber, wie so oft schon, tat sie auch jetzt, als habe sie mich nicht gehört.

Wir gingen in den Frost hinaus. Ein rotierender Scheinwerfer auf hohem Mast tauchte die ganze Insel in unruhiges Rot. Vor uns stapfte schweigend das seltsame Aggregat mit den zusammengeklappten Flügeln. Eine mir unbehagliche Selbständigkeit, wenn nicht gar Selbstsicherheit ging von ihm aus.

»Wir finden den Weg allein«, bedeutete ihm Andrej. »Aber die Beleuchtung im Hauptgebäude muß eingeschaltet werden.«

Sofort stieß sich das LEPA leicht vom Boden ab, entfaltete seine Flügel und entschwebte.

Das Laboratorium, das mir von außen viel kleiner erschienen war, überraschte mich durch seine Größe.

Zu beiden Seiten des Mittelganges der riesigen, hell erleuchteten Halle befanden sich gespenstisch anmutende Maschinen und Anlagen. An den Geräten standen die diensthabenden LUGS-Roboter und beobachteten schweigend die Skalen der Meßinstrumente. Inmitten Tausender von Kabel- und Rohrsträngen schwebten an der durchsichtigen Decke lautlos zwei LEPA.

Andrej begab sich an das äußerste Ende der Halle, wo er in dem unübersehbar großen mechanisierten Raum verschwand, während Nina mich zu einem mit verschiedenfarbigen Knöpfen versehenen Tischpult führte, vor dem sie in einem Sessel Platz nahm.

»Hier werde ich morgen arbeiten«, sagte sie leichthin, »und zu bestimmten Zeiten bestimmte Knöpfe betätigen.«

»Fürchtest du nicht, daß du dabei alles durcheinanderbringst?«

»Nein, denn hier ist das Schema«, erwiderte sie und zog eine Tabelle aus dem Schubkasten. »Alles ist darauf verzeichnet, also ist es kinderleicht.«

Tatsächlich fand man sämtliche Knöpfe in derselben Anordnung wie auf dem Pult mit gleichzeitiger Angabe des Zeitpunktes ihrer Betätigung abgebildet.

»Und was bedeutet dieser große rote Knopf?« fragte ich.

»Damit wird das kritische Übergangsstadium eingeleitet.«

»Und du wirst ihn wirklich betätigen?«

»Selbstverständlich«, erwiderte Nina lächelnd.

»Du siehst aber recht krank aus«, sagte ich besorgt.

»Tut dir die Schulter sehr weh?«

»Ein wenig«, gestand Nina mißmutig. »Aber morgen ist alles wieder gut.«

Der rote Knopf

Am nächsten Morgen weckte mich Nadja.

»Komm, steh auf und frühstücke. Ich habe bereits gegessen. Wir müssen bald heimfahren.«

Ich erhob mich und blickte hinaus. Es war wärmer geworden und schneite. Obwohl es schon dämmerte, überflutete noch immer das rote Scheinwerferlicht die Insel. Es war auffallend still.

Während des Frühstücks beobachtete ich Nina aufmerksam; sie machte einen leidenden Eindruck. Als ich es ihr auf den Kopf zusagte, erwiderte sie nichts.

»Wir werden freiwillige Helfer kommen lassen und einen geeigneten Ersatz für Nina auswählen müssen«, sagte Andrej leise. »Das wird nicht allzu schwierig sein. Das einzige, was wir brauchen, ist ein Mensch mit starken Nerven.«

»Wie wär's denn mit mir?« fragte ich.

»Du?« rief Andrej überrascht.

»Ich bin der geeignete Mann. Zwar bin ich technisch nicht beschlagen, aber ich habe starke Nerven.«

»Weißt du auch, wie gefährlich es ist?« sagte er.

»Selbstverständlich. Aber wer, wenn nicht ich, sollte wohl das Wagnis eingehen? Wir sind doch Freunde.«

»Schön«, sagte Andrej nach kurzem Nachdenken. »Ich halte dich sogar für geeigneter als jeden anderen. Wir beide können uns durch Gedankenübertragung verständigen, was bei der Entfernung zwischen den Pulten vorteilhafter und bequemer ist als durch Radio, Fernsehen oder Telefon.«

»Damit wäre alles geregelt«, sagte ich zu Nina. »Jetzt kannst du getrost mit Nadja nach Leningrad fliegen.«

In diesem Augenblick öffnete sich lautlos die Tür, und

ein LEPA trat ein. Tauender Schnee tropfte von seinen zusammengeklappten Flügeln auf den Boden.

»Ich komme auf Anweisung des EBO«, sagte er.

»Die Substratbehälter sind gefüllt. In dreiundzwanzig Minuten muß das System A in Tätigkeit gesetzt werden.«

»Verstanden«, sagte Andrej.

Feuchte Spuren hinterlassend, entfernte sich der Roboter.

Nicht einmal die Füße hat er sich abgetreten, dachte ich ungehalten. Diese Roboter sind überspezialisiert und verwöhnt!

Darauf ging ich zu Nadja und erklärte ihr die Sachlage.

Unter Tränen fragte sie: »Bist du auch sicher, daß alles gutgehen wird?«

»Ehrlich gesagt, nicht ganz. Andrej ist ein Pechvogel. Wenn seine Mißerfolge bisher mehr oder weniger groß waren, erwartet ihn diesmal wahrscheinlich die Katastrophe. Aber wenn ein Freund in Not ist, muß man ihm beistehen.«

»Du hast recht«, stimmte mir Nadja zu. »Ich glaube aber, daß alles gutgehen wird.«

»Hoffen wir es. Sollte mir etwas zustoßen, dann bemühe dich bitte um einen würdigen Nachfolger für die Arbeit an meinem Lexikon; in bezug auf die Korrekturen an der Anthologie aber setze ich meine ganze Hoffnung auf dich und dein Gedächtnis.«

Wenig später landete ein leichter Schweber, der Nadja auf das Festland brachte. Nina hatte es abgelehnt, sie zu begleiten, obwohl ihre Anwesenheit auf der Insel ganz und gar überflüssig geworden war.

»Drück uns die Daumen«, flüsterte ich Nadja zu, als sie neben dem EC[14] Platz genommen hatte.

»Hals- und Beinbruch!« sagte sie mit lauter Stimme.

»Scher dich zum Teufel!« gab ich zurück.

»Das ist ein alter Brauch, keine Beschimpfung, sondern eine Art Beschwörung«, erklärte ich Nina und Andrej, die mich verständnislos anblickten.

Kurz darauf begab ich mich mit Andrej ins Hauptlaboratorium. Nina aber ging in ihr Zimmer, um sich auszuruhen. Sie war noch immer sehr mitgenommen.

Um 09.50 Uhr setzte ich mich an das Dublierpult, während Andrej ans andere Ende der Halle zu seinem Platz am Hauptpult ging.

Um 10.00 Uhr betätigte ich den ersten Knopf. Er war grün. Sofort erfüllte vibrierendes Summen die Halle. Die an den Geräten postierten LUGS hoben minutenlang die metallenen Hände zum Zeichen, daß die Systeme normal arbeiteten. Ein LEPA ließ sich, aus dem Gewirr der Rohrleitungen und Kabel unter dem gläsernen Dach herabschwebend, vor meinem Pult nieder und meldete: »Keine Störungen im Leitungsnetz.«

Darauf entfaltete er wieder seine grünlich schimmernden Flügel und stieg zur Decke auf.

Aus einer runden Luke im Fußboden kam ein Mechanismus gekrochen, wie ich ihn noch nie gesehen hatte. Er war mit schuppiger Plastehaut überzogen und bewegte sich wie eine Schlange. An seinem Schwanz war ein Haken befestigt. Lautlos kroch er zum Sockel des Pultes und hob den Kopf, hinter dessen Gitterschutz ein grünes Auge leuchtete.

»Keine Störungen in der unterirdischen Anlage«, meldete das Schlangenaggregat. »Die Zuführungen der Kraftstromkabel und die Kontakte der Gruppe Beta sind in Ordnung. Haben Sie Weisungen an mich?«

»Wenn alles in Ordnung ist, nicht«, erwiderte ich. »Sie können gehen.«

Acht Minuten nach Betätigung des ersten Knopfes drückte ich, wie auf dem Schema vorgesehen, einen zweiten, weißen Knopf, worauf der Summton in der Halle sich änderte.

In diesem Augenblick erreichte mich Andrejs Gedankenübertragungssignal.

»Na, wie fühlst du dich?« erkundigte er sich.

»Ganz normal. Die Arbeit ist tatsächlich nicht schwierig.

Obwohl ich sie gern tue, frage ich mich doch, weshalb du sie nicht irgendeinem LEPA oder LUGS übertragen hast.«
»Die Verantwortung ist doch zu groß«, erwiderte Andrej. »Ein Aggregat bleibt eben doch nur ein Aggregat.«

»Ich bin mir über das Prinzip des Dublierens nicht klar, Andrej. Du bedienst doch das gleiche Pult. Nicht, daß ich mich drücken will, wie man in alten Zeiten sagte, aber ich finde das Verfahren umständlich. Willst du dich rückversichern?«

»Nein, nur sichern«, erwiderte Andrej. »Wie ich dir bereits sagte, dauert der Umwandlungsprozeß fünfundvierzig Stunden und neununddreißig Minuten. In dieser langen Zeit könnte einer von uns aus Übermüdung einen Fehler machen, was jetzt, da wir zwei sind, so gut wie ausgeschlossen ist.«

»Natürlich sind zwei Köpfe besser als einer«, stimmte ich zu. »Wie nennt sich übrigens das schlangenartige Aggregat, das vor wenigen Minuten angekrochen kam?«

»USS[30]«, antwortete Andrej. »Ist das alles?«

»Ja. Ende.«

Um 10.27 Uhr drückte ich auf den dritten, blauen Knopf, um 10.49 auf einen gelben und um 11.04 auf einen schraffierten. Alles lief wie geschmiert, wie man früher sagte. Die Zeitabstände in der Betätigung der einzelnen Knöpfe betrugen meistens sechs bis acht, bei einigen jedoch 40 und sogar 70 Minuten. Während eines der längeren Intervalle nahm ich eine Dusche, und während eines anderen ging ich mit Andrej Mittag essen. Von Zeit zu Zeit brachten uns DSHAS[3] Erfrischungen und heißen Tee ans Pult. Hin und wieder unterhielten wir uns durch Gedankenübertragung und sprachen einander Mut zu. So vergingen Tag und Nacht.

»Vierundzwanzig Stunden hätten wir also geschafft. Gratuliere!« meldete sich Andrej um zehn Uhr morgens.

»Die Zeit vergeht«, erwiderte ich. »Wie fühlst du dich?«

»Gut«, lautete die Antwort. »Und du?«

»Ebenfalls. Und was macht Nina?«

»Ich habe eben mit ihr per Bildtelefon gesprochen. Zu ihrer Prellung hat sie sich anscheinend noch erkältet.«

»Laß sie aufs Festland bringen, bevor es zu spät ist«, riet ich ihm.

»Als ob sie auf mich hörte! Du kennst sie doch. Ende!«

Unsere zweite Nachtwache begann. Wir hatten schon eine Menge verschiedenster Knöpfe betätigt. um 02.05 Uhr drückte ich auf den schwarzen Knopf. Der nächste würde der rote Knopf sein, von dem so vieles abhing. Er mußte fünfundzwanzig Minuten nach dem schwarzen gedrückt werden.

»Nun, wie steht's?« erkundigte sich Andrej. »Hast du Angst?«

»Ein wenig«, gab ich zu. »Aber was hilft es.«

»Mir geht es genauso. Wünsche dir viel Glück. Ende.«

Während dieses Gedankenaustausches war mir entgangen, daß Nina neben mir stand.

»Ich möchte sehen, wie ihr hier arbeitet«, sagte sie und ließ den Pelz von der Schulter gleiten.

»Einen passenderen Zeitpunkt konntest du dir wohl nicht aussuchen?« bemerkte ich sarkastisch. »Und angezogen bist du wie zum Ball.«

»Ich habe das Kleid kaum überziehen können, so sehr schmerzte die Schulter. Aber zu einem so feierlichen Anlaß muß es sein«, erwiderte Nina lächelnd. »Und bei dir ist alles in Ordnung?«

»Ja.«

»Ist dieser Lindwurm bei dir gewesen?«

»Wenn du den USS[30] meinst, ja.«

»Er sieht so komisch aus. Einmal habe ich ihm ein Blatt Papier auf den Schwanzhaken gesteckt, und damit ist er in sein unterirdisches Reich verschwunden.«

»Es gehört sich nicht, mit Robotern Späße zu treiben, Nina, sie dienen der Gesellschaft.«

»Du bist immer noch der alte.«

»Ich bin eben, wie ich bin.«

»Leb wohl«, sagte Nina, beugte sich über das Geländer und küßte mich flüchtig. »Das wär's. Ich wünsch dir alles Gute.«

Über den bläulich gefliesten Gang begab sie sich zum anderen Ende der Halle, wo Andrej vor seinem Pult saß. Ich sah sie in ihrem orangefarbenen Kleid leichten Schrittes zwischen den LUGS, die auf mir unbekannte Instrumente starrten, und all der Technik hindurchgehen, die uns in wenigen Augenblicken erschlagen konnte.

Als es Zeit wurde, den roten Knopf zu betätigen, fragte ich mich, was ich wohl in dem Augenblick empfinden würde, in dem ich den Finger darauf setzte. Wahrscheinlich nichts, weil alles blitzschnell vor sich gehen würde. Ich erinnerte mich jedoch, einmal gelesen zu haben, daß der Mensch in einem so entscheidenden Moment stets an etwas Wichtiges denkt. Woran würde ich also denken? An Nadja, an die Anthologie?

Als ich aber auf den Knopf drückte, sah ich in Gedanken Nina am sandigen Abhang stehen, und ich sah ihr Spiegelbild im Wasser des Waldsees . . .

Die Geburtsstunde des Aqualith

Obwohl ich den Knopf fest niederdrückte, ereignete sich nichts. Nur das Summen in der Halle nahm, wellenförmig auf- und abschwellend, an Lautstärke zu. Es schien, als arbeiteten sich die zahllosen Aggregate, nach Atem ringend, mühsam bergauf. Die LUGS[27] an den Geräten hoben minutenlang die Hände zum Zeichen, daß alles in Ordnung sei.

Aus seiner luftigen Höhe schwebte ein LEPA[29] zum Pult herab, ordnete seine Flügel und meldete: »Leitungssystem Omikron zwei in Betrieb. Keine Störungen.«

Ich verband mich mit Andrej und beglückwünschte ihn zur glücklich überstandenen Gefahr.

»Jetzt ist alles klar«, sagte er. »Jetzt wissen wir, daß es Aqualith geben wird. Bist du sehr müde?«

»Es geht. Sind ja nur noch vier Stunden.«

Um 07.39 Uhr war der letzte, weiße, mit einem Ausrufungszeichen versehene Knopf betätigt. Erschöpft lehnte ich mich in den Sessel zurück und schlummerte unter dem jetzt monoton und leise gewordenen Summen der Aggregate ein. Während ich so dasaß, drangen aus der Mitte des Saales wie von fern seltsam unbekannte Töne an mein Ohr. Es war, als fiele in regelmäßigen Abständen mit metallischem oder gläsernem Klang etwas zu Boden. Plötzlich fühlte ich, wie mich jemand an der Schulter faßte. Als ich die Augen öffnete, sah ich Nina vor mir stehen.

»Steh auf, Schlafmütze«, sagte sie. »Die Aqualithherstellung läuft.«

»Wer läuft? Wohin?« brummte ich schlaftrunken.

»Na komm schon, du Kauz!« sagte Nina.

Als ich endlich ganz wach war, sah ich Tränen in Ninas Augen.

»Was ist denn jetzt wieder los? Fehlt dir etwas?« fragte ich.

»Aber nein. Alles ist wunderbar. Ich freue mich so für Andrej. Ist das etwa kein Grund für Tränen?«

»Die hättest du schon vor vier Stunden vergießen müssen«, erwiderte ich milde und erhob mich, um ihr zu folgen.

Wir gingen ein Stück durch den Saal und bogen dann in einen der Quergänge ein. An den Wänden standen die abgelösten, außer Betrieb gesetzten LUGS. An ihren mächtigen Körpern lehnten, die Flügel zusammengeklappt, wie schlafende Kinder die LEPA. Mit erloschenen Linsen lagen reglos die USS-Roboter zu ihren Füßen.

»Eine verschlafene Gesellschaft«, sagte Nina und schnippte im Vorbeigehen einen der LEPA gegen die Stirn. Ich wollte sie schon auf das Ungehörige ihrer Geste hinweisen, ließ es aber, weil ich wußte, daß sie mich nur auslachen würde. Sie hatte eben zu allen Dingen ihre eigene Einstellung.

Wir gingen in der Richtung weiter, aus der die Töne kamen, die ich schon im Halbschlaf vor meinem Pult vernommen hatte. In einem von Maschinen flankierten Gang stießen wir endlich auf Andrej. Sein Gesicht war eingefallen, die Augen lagen tief in den Höhlen. Er stand vor einem großen Aggregat, aus dessen quadratischer Öffnung klappernd kleine eisblockähnliche Ziegel in einen Metallkasten fielen. Andrej, der einen der Blöcke aufgefangen hatte, ließ ihn aus einer Hand in die andere gleiten, wie um sich nicht die Finger an ihm zu erfrieren. Ich glaubte schon, daß er sich wieder einmal geirrt und anstelle von Aqualith gewöhnliches Eis erhalten habe. Als ich mich jedoch wortlos über den Kasten beugte und nach einem der Ziegel griff, ließ ich ihn sofort wieder fallen, denn er war so heiß, daß ich mir die Finger verbrannte. Dumpf polternd fiel das Stück zu Boden, ohne zu zerbrechen.

»Da, nimm meinen hier«, sagte Andrej und reichte mir seinen Block. Als ich ihn in der Hand wog, stellte ich fest, daß er unverhältnismäßig schwer war. Ich betrachtete ihn von allen Seiten. Er erinnerte gleichzeitig an Eis, an halbdurchsichtiges Metall und an Glas, ohne jedoch einem dieser Stoffe tatsächlich zu gleichen.

»Das ist also das Aqualith?« fragte ich.

»Ja, Aqualith des Härtegrades A. Aber auch die Herstellung anderer Arten mit sehr verschiedenen Eigenschaften ist möglich. Vorläufig wollen wir diese Art erproben. Gehen wir jetzt zum FP[31]. Er hat das letzte Wort.«

Durch einen überdachten Gang begaben wir uns zum benachbarten Gebäude. Hinter den durchsichtigen Wänden sahen wir die verschneite Insel in grünem Scheinwerferlicht. Der Wechsel in der Beleuchtung zeigte an, daß die Gefahr vorüber war. In der Mitte der Nachbarhalle stand ein riesiges Aggregat, von dem wir zunächst nur die Vorderfront mit den zwei großen Zifferblättern sahen, das aber weit in die Halle hineinreichte. Über den Zifferblättern leuchtete weiß ein Bildschirm; weiter unten gähnte eine viereckige Öffnung. Das Ganze erinnerte an das Gesicht eines wütenden Riesen.

»Jetzt soll der FP[31] zeigen, was er kann«, sagte Andrej und warf den Ziegel in das quadratische Maul des Ungeheuers, das sofort zu knurren begann und dann aufbrüllte. Der Boden unter meinen Füßen dröhnte. Auf dem Bildschirm konnten wir verfolgen, was im Bauche des Riesen mit dem Aqualithblock geschah: Stählerne Hämmer sausten auf ihn herab, Diamantbohrer versuchten, ihn zu durchdringen, und Zangen aus überharten Legierungen, ihn zu zerbrechen. Bald erhitzte der FP den Block bis zur Weißglut, bald setzte er ihn Gasen aus, die bis auf den absoluten Nullpunkt heruntergekühlt waren; er tauchte ihn in Säuren und Alkalien, stieß ihn in eine Sprengkammer und beschoß ihn mit vernichtenden Strahlen. Dann brüllte der Riese, wie zum Zeichen seiner Ohnmacht, noch einmal auf und verstummte. Sein Schlund aber spie den kleinen Aqualithblock unversehrt und ohne die geringste Schramme aus.

Ein Schiff flaggt halbmast

In den folgenden Monaten, bis zum Juli, arbeitete ich angestrengt an meinem neuen literarhistorischen Werk »Die utopischen Dichter des 20. Jahrhunderts«. Der Leser, der später das, wie ich hoffe, nicht nur dem Umfang nach bedeutende Werk in die Hand bekommt, wird kaum für möglich halten, daß ich diese riesige Forschungsarbeit in so kurzer Zeit bewältigte.

Da ich ganz in meiner Arbeit aufging, kam ich nicht dazu, Andrej auf der Insel zu besuchen. Aber ich wußte, daß es meinem Freund gut ging; ich brauchte nur einen Blick auf den Bildschirm oder in die Zeitung zu werfen, um auf seinen Namen zu stoßen. In der ganzen Welt baute man Fabriken zur Herstellung seines Einheitsmaterials, während er selbst an der Vereinfachung und Vervollkommnung des technologischen Prozesses arbeitete.

Eines Tages stellte ich auf einem Spaziergang mit Nadja fest, daß man das kupferne Schild mit der Formel des von

Swetotschew widerlegten Unmöglichkeitsgesetzes vom Denkmal Inderströms entfernt hatte. In diesem Zustand steht das Denkmal heute noch.

In den Schulen und Instituten führte man als neues Fach »Aqualithkunde« ein. Die Hüttenbetriebe wurden stillgelegt, Metallarbeiter, Keramiker, Chemiker, Holzarbeiter und Angehörige anderer Berufe in Massenkursen umgeschult. Glücklicherweise brauchte ich meinen Beruf nicht zu wechseln.

Ende Juni erschien meine Anthologie, die jedoch zu meinem Kummer nicht die richtige Resonanz fand. Viele Zeitschriften nahmen keine Notiz von ihr, andere brachten nur kurze Besprechungen, deren Verfasser mir mit unangebrachtem Eifer engstirnige Simplifizierung der Poesie des 20. Jahrhunderts vorwarfen. Das schmälerte jedoch meine Freude an dem bedeutenden Ereignis nicht; mochten die Kritiker ihre Ausfälle gegen mein Werk vor ihrem Gewissen verantworten.

Am Vorabend des denkwürdigen und traurigen Tages, von dem ich in diesem Kapitel sprechen will, lud mich Andrej durch Gedankenübertragung ein, ihn auf der Matwej-Insel zu besuchen, um der Erprobung einer Vorrichtung zum Bau von Unterwassertunnels beizuwohnen. Obwohl ich eigentlich mit jeder Stunde geizte, sagte ich zu, um den Freund nicht zu kränken.

Am nächsten Morgen hatte ich meine Zusage nicht zu bereuen. Das Wetter war herrlich, der Himmel wolkenlos. Ich verabschiedete mich von Nadja, die mich diesmal nicht begleiten konnte, schob das mit einer Widmung versehene, für Andrej und Nina bestimmte Exemplar der Anthologie in die Aktentasche und machte mich auf den Weg zur nahen Bucht. Bei der Bootsstation angelangt, wählte ich ein blaues Elektroboot. Als ich es losmachte und einsteigen wollte, kam das diensthabende BAMD[32] auf mich zu, gab ein akustisches Warnsignal und hob die Rechte, in der zum Zeichen des Startverbots ein rotes Licht aufleuchtete. Mit der Linken deutete es auf eine Kabine am Ufer, in der sich die elektronische Wetterkarte befand. Aber der Himmel war wolkenlos bis an den Horizont. In der Annahme, daß das BAMD sich irrte, stieg ich ein.

Niemand wird mir vorwerfen können, daß ich je gegen Anweisungen von Robotern gehandelt hätte, denn ich achte sie als Diener der Gesellschaft. Mit diesem BAMD aber, das die Nummer 871 trug, hatte ich eine alte Rechnung zu begleichen. Es hatte mir schon in frühester Kindheit oft die Laune verdorben, indem es mir selbst bei kleinstem Seegang das Bootfahren untersagte. Schon damals galt das Aggregat als hoffnungslos veraltet, zumal es überhaupt nicht sprechen konnte. Ohne seine Warnung zu beachten, schaltete ich den Motor ein und fuhr los.

Die See lag spiegelblank und unbewegt. Weit und breit war kein Schiff zu sehen, aber da ich mit meinen Gedanken beschäftigt war, achtete ich nicht darauf.

Als ich mich der Insel näherte, kam ein leichter Südwest auf, den ich, wegen der großen Hitze vorher, als angenehm empfand. Ich machte das Boot fest und ging an Land. Die Insel erschien menschenleer. Ich winkte ein vorbeifliegendes LEPA[29] heran und fragte es, wo die Inselbewohner geblieben seien.

Das LEPA landete, klappte seine Flügel zusammen, nahm, wie unsere Urgroßväter sagten, Haltung an und erklärte mir auf recht verständliche Art, daß sich zur Zeit alles auf dem Versuchsgelände befinde, wo in Kürze das NETBFG[33] erprobt werde.

Da ich mich zwischen den unzähligen Gebäuden, Türmen und anderen seltsamen Bauten zu verirren fürchtete, bat ich den Roboter, mir den Weg zu zeigen. Er flog voraus und führte mich zu einem dem Meer abgewonnenen Gelände, auf dem ich hinter dem Hauptlaboratorium einen großen Platz voller Menschen sah. In seiner Mitte erhob sich ein etwa vier Meter hohes und fünfzehn Meter langes Ungetüm.

»Ist das das berühmte NETBFG?« fragte ich einen der Umstehenden.

Als dieser bejahte, bedankte ich mich bei meinem Führer und bahnte mir behutsam den Weg durch die Menge, um das Ungeheuer aus der Nähe zu besichtigen.

Das Aggregat erinnerte, bis auf die fehlenden Beine, an eine Riesenechse. Der ganze Körper war mit kreisrunden Öffnungen bedeckt, und an seinem Bauch sah ich so etwas wie Kiemen. Sein Rumpf mündete in eine Art abgeflachten, mit Walzen versehenen Schwanz. An dieser Stelle befanden sich ein kleines Pult mit Knöpfen, Skalen und anderen Geräten und dahinter mehrere bankartige Sitzreihen mit je drei Plätzen.

Bald darauf sah ich Andrej in Begleitung von Wissenschaftlern und Reportern an der gegenüberliegenden Seite des NETBFG zum Pult gehen, wo er seinen Begleitern etwas zu erklären schien. Viele von ihnen kannte ich bereits aus Büchern, Zeitungen, Zeitschriften und Fernsehübertragungen. Alle Leuchten der Wissenschaft unseres Planeten sowie einige unserer berühmten Kosmonauten waren versammelt.

Begrüßungsrufe wurden laut, und es kam Bewegung in die Menge. Zufällig geriet ich dabei in die vorderste Reihe. Als Andrej von seinem Pult aufschaute und unsere Blicke sich trafen, eilte er zu mir und führte mich zum NETBFG.

»Du kommst gerade zur rechten Zeit«, sagte er. »Gleich wirst du dich unter Wasser aufhalten, ohne naß zu werden. Wir erproben jetzt das Aggregat. Was hast du übrigens in der Mappe?«

»Ein Exemplar meiner Anthologie, das ich dir und Nina mit einer Widmung überreichen will. Wo ist Nina eigentlich?«

»Sie ist vor einer halben Stunde zur Insel Nummer sieben gefahren, um die Aufzeichnungen der Geräte zu prüfen.«

»Und wann kommt sie zurück?«

»In anderthalb Stunden. Ich habe sie dorthin geschickt, weil sie eine Bootsfahrt um die Insel machen wollte. ›Wenn du schon Boot fahren willst‹, sagte ich, ›dann fahr doch auf die Insel Nummer sieben und lies die Daten ab.‹«

»Stehen denn dort wichtige Geräte?«

»Nein. Aber die vielen Gäste stören sie. Soll sie sich ruhig auf dem Wasser von ihnen erholen. Sie machen uns in dieser Menge wirklich zu schaffen.«

»Wollte sie nicht bei der Erprobung des NETBFG dabeisein? Oder ist es zu gefährlich?«

»Durchaus nicht. Sie hat bereits den Versuchen beigewohnt. Vor drei Tagen haben wir das Gerät inoffiziell erprobt, heute ist die offizielle Vorführung.«

Die leichte Brise, die kurz vor meiner Landung aufgekommen war, frischte auf. Von Südwest zog eine Wolke herauf. Ein instinktives Angstgefühl beschlich mich, und ich mußte an die Warnung des BAMD[32] denken.

»Laß uns die Erprobung verschieben und zum Rettungskutter gehen, Andrej!« rief ich.

Von meiner Besorgnis angesteckt, sagte Andrej leise zum Laboranten: »Geben Sie bekannt, daß die Erprobung verschoben wird.«

Wir eilten zum Hafen. Das diensthabende BAMD Nr. 223 hob die Hand mit dem roten Licht und wollte uns hindern, den Rettungskutter zu besteigen. Aber ohne uns darum zu kümmern, legten wir ab, schalteten den Motor auf volle Fahrt und programmierten die Navigationsaggregate auf Kurs Insel Nummer sieben.

Der Wind nahm an Stärke zu. Hoher Wellengang kam auf. Die See bedeckte sich mit Schaumkronen. Wolken überzogen den Himmel. Es wurde dunkel.

»Und in dieses Unwetter habe ich Nina geschickt«, stöhnte Andrej. »Als ich ihr riet, die Insel aufzusuchen, saß ich mit dem Rücken zur elektronischen Wetterkarte und hielt es nicht für nötig, einen Blick auf die Vorhersage für die nächsten Stunden zu werfen. Der Himmel war heute früh so strahlend hell.«

Jetzt war es mit der strahlenden Helle vorbei. Sturm kam auf. Es waren schon keine Wellen mehr, die auf uns zu rollten, sondern schwere Brecher. Der Kutter stampfte, sein Vordersteven tauchte so tief ein, daß Schanzkleid und Deck überflutet wurden. Regen und scharfe Spritzer salzigen Seewassers peitschten mir ins Gesicht.

»Ich alarmiere die RS[34]«, sagte Andrej. »Sie sollen zur Insel Nummer sieben fliegen.«

Mit Hilfe seines Erste-Hilfe-Gerätes setzte er sich mit der Dispatcherzentrale der LRK[35] in Verbindung und gab die Koordinaten der Insel an. Der Dispatcher meldete, die RS würden sofort zum Erkundungsflug starten.

Nach kurzer Zeit hörten wir im Brausen des Sturmes Motorengebrumm über uns und sahen gleich darauf fünf RS fliegen. Sie kamen aus Richtung Leningrad und gehörten der berühmten Zweiten Baltischen LRK-Staffel an. Sie flogen bald hoch über den Wolken, bald stießen sie so tief herunter, daß die Tragflächen fast die Wellenkämme streiften. In ihren Umrissen erinnerten sie an die kleinen »Sperber« aus historischen Filmen, allerdings nur in den Umrissen, denn es waren supermoderne, sehr bewegliche Maschinen. Jede von ihnen hatte einen Piloten und einen EC[14] an Bord. Fiel der Mensch aus, so übernahm der EC die Steuerung. Diese Flugzeuge gingen öfters verloren, und das Wagnis für die RS-Piloten war vergleichsweise viel höher als das der Kosmonauten. Trotzdem meldeten sich immer wieder Tausende junger Männer, um an die Stelle verunglückter Piloten zu treten. Die Mannschaften der LRK führten ein eigenes Banner, und ihre Uniform erinnerte an die der Kriegsflieger des 20. Jahrhunderts.

Als die RS über uns hinwegflogen und in der Ferne verschwanden, wurde mir leichter ums Herz. Jetzt aber bekamen wir beide es mit den entfesselten Elementen zu tun. Der Sturm verstärkte sich, der Kutter rollte und stampfte und machte so wenig Fahrt, daß wir noch nicht einmal aus der Fahrrinne heraus waren. Plötzlich packte ein riesiger Brecher unser Boot und schleuderte es mit der Bordwand gegen eine Boje. Unsere Fahrt verlangsamte sich weiter.

Bald bekam der Kutter steuerbord Schlagseite.

Im Boot stand knietief das Wasser, obenauf schwamm meine Aktentasche.

Die Anthologie ist hin, ging es mir durch den Kopf. Ich nahm zwei Rettungsringe aus dem Wandschrank und brachte sie an Deck.

»Ich sehe etwas vor uns«, sagte Andrej plötzlich. »Es muß ein Schiff sein.«

Ich starrte ins Dunkel, bis ich durch Regen und Gischt die Umrisse eines Segelschiffes ausmachte.

»Ein Segler«, sagte ich. »Aber was hat der bei diesem Sturm auf offener See zu suchen? Alle Schiffe bleiben doch jetzt im schützenden Hafen, vor allem die Segler.«

Wir hatten das Fahrwasser bereits verlassen und befanden uns jetzt auf offener See. Der Kurs des Seglers kreuzte unsere Fahrtrichtung. Schwarz glänzte der Rumpf des großen Dreimastklippers, und mächtig teilte sein spitz zulaufender Vordersteven die Wogen.

Bald darauf sahen wir, daß das Schiff den größten Teil der Segel einholte. Seine Fahrt verlangsamte sich, und es drehte bei. Ein MARD[36] erschien auf dem menschenleeren Deck, beugte sich über die Reling, ließ die Jakobsleiter hinab und rief uns zu: »Menschen in Seenot, hierher!«

Im Windschutz des großen Seglers machten wir breitseits an ihm fest und kletterten an Deck, wobei ich nicht vergaß, meine Aktentasche mitzunehmen.

»Wo ist das KHNA[11]?« fragte Andrej den Roboter. »Ich muß es sprechen.«

»Das KHNA ist stationär«, erwiderte das MARD. »Ich kann Sie zu ihm führen. Kommen Sie.«

Über das Deck schwankend, folgten wir dem Roboter, der uns in ruhigem, gleichmäßigem Schritt vorausging, als gebe es überhaupt keinen Sturm. Sicher stapften seine schweren, mit Gummisaugern versehenen Metallfüße über die nassen Decksplanken.

»Das KHNA ist hier«, sagte er, als wir an der Kommandobrücke angelangt waren, und drückte dabei auf einen Knopf. »Das KHNA erwartet Sie. Treten Sie ein.«

Der Raum, den wir betraten, war voll blinkender Instrumente. Über gelbe Quadrate in den Wänden wanderten schwarze und blaue Zeiger.

»Stellen Sie sich so, daß ich Ihre Gesichter sehe«, sagte das KHNA.

Wir wandten uns dem großen schwarzen Schild mit der runden Augenlinse zu, von dem die Stimme kam.

»Erkenne Sie als Menschen«, sagte die Stimme. »Melde Ihnen die Lage: Bin mit Fracht aus Amsterdam auf dem Wege nach Wyborg. Bin in den Sturm geraten. Will ihn auf hoher See abwarten. Fürchte, an die Küste getrieben zu werden und zu stranden. Habe Sie geortet und bin vom Kurs abgewichen, um Ihnen zu helfen. Haben Sie Wünsche?«

»Helfen Sie uns«, sagte Andrej und erklärte dem KHNA die Sachlage. Es war das erstemal, daß ich den Freund respektvoll mit einem Aggregat sprechen hörte.

»Habe Sie verstanden. Die Lage ist schwierig«, erwiderte der Roboter. »In einer Minute siebzehn Sekunden hören Sie meinen Entschluß.«

Während wir schweigend auf die Entscheidung warteten, fühlte ich plötzlich mein Herz klopfen wie beim Helden eines Kitschromans. Alles ringsum war von geheimnisvollem Leben erfüllt: Kleine Lichter an den Geräten flammten auf, blinkten und erloschen, Apparate schnurrten. Eine schlanke Metallhand schnellte vor und ließ eine schwarze Trommel rotieren, die alsbald ein weißes Kärtchen von sich gab.

»Habe mich entschlossen«, hörten wir das KHNA sagen. »Ändere den Kurs nach Ihren Angaben. 57,3 Gefahrenprozente. Nehmen Sie mir das Angstgefühl und schalten Sie das Sicherheitsrelais aus.«

Die Geräte auf der Kommandobrücke erloschen. An der rechten Wand leuchtete ein Schild mit folgender Inschrift auf:

»Sicherheitsrelais. Scheibe einschlagen und Nonius bis zur roten Marke drehen.«

Andrej zertrümmerte das Glas und schaltete den Angsteffekt des Roboters aus. Sofort leuchteten die Geräte wieder auf.

»Begeben Sie sich zwecks visueller Beobachtung auf die Back und halten Sie sich gut am Strecktau fest«, sagte das KHNA.

»Werden Sie die kleine Insel auch finden?« fragte Andrej.

»Ich sehe weiter als Sie«, erwiderte der Roboter. »Ich sehe, höre und verstehe alles.«

Während wir in Begleitung des MARD zur Back gingen, schraubten sich röhrenförmige teleskopische Konstruktionen aus dem Deck, die zu den Rahen hin schlangenartige Fortsätze ausstreckten. Der Klipper setzte die Segel, änderte den Kurs und lief jetzt hoch am Winde. Er stampfte so heftig, daß der Steven tief in die Wogen eintauchte und Spritzer uns bis auf die Haut durchnäßten. Andrej blickte unverwandt auf die See. Von seiner Rechten tropfte Blut: Er hatte sich die Hand verletzt, als er die Scheibe des Sicherheitsrelais einschlug.

Man sollte die Wunde desinfizieren, dachte ich.

»Wo befindet sich die Bordapotheke?« wandte ich mich an das MARD.

»Eine solche Fracht führen wir nicht an Bord«, erwiderte der Roboter. Sofort wurde mir der Widersinn meiner Frage klar: Wie sollte es auf einem menschenlosen Schiff Medikamente geben?

Nach einiger Zeit tauchten in der Ferne die Umrisse der Insel Nummer sieben auf. Immer näher kam das Eiland, das eigentlich nur ein aus dem Meer ragender Fels war. Über der Insel sahen wir die RS der Zweiten Baltischen LRK kreisen. Als wir jedoch näher heran waren, fanden wir den Himmel leer: Die Maschinen waren anscheinend zu ihren Stützpunkten zurückgekehrt. Nur zwei RS schaukelten am Ufer in den Wellen.

Quer über der Insel lag ein Gerüst, das anscheinend der Sturm umgerissen hatte: eine Art Turm oder Hochstand. Daneben sahen wir am Boden eine menschliche Gestalt liegen und ihr zur Seite eine andere knien. Näher dem Ufer zu stand gesenkten Hauptes ein Mann in Pilotenuniform.

Der Klipper holte die Segel ein und ging vor Anker. Mit einem Boot, das das MARD zu Wasser ließ, erreichten wir trotz hohen Wellenganges das Ufer.

»Was ist mit ihr?« fragte Andrej den Piloten, der uns beim Aussteigen half.

Schweigend deutete dieser mit dem Blick auf den Mann in der Uniform eines Fliegerarztes, der sich kniend über die am Boden liegende Gestalt beugte. Wir eilten zu ihm.

»Lebt sie?« fragte Andrej keuchend. »Weshalb beatmen Sie sie nicht künstlich?«

»Sie ist nicht ertrunken«, erwiderte der Arzt. »Ein Vorsprung des Hochsitzes hat sie im Fall an der Schläfe getroffen. Sehen Sie selbst«, sagte er, Ninas Haar zurückstreichend. »Die Wunde ist klein und blutete fast gar nicht. Der Tod muß augenblicklich eingetreten sein«, fügte er tröstend hinzu und legte der Toten zur Bestätigung des traurigen Faktums sein EGSDT[16] an die Stirn.

»Null Schmerzeinheiten«, sagte das Gerät, »null Schmerzeinheiten. Der Tod ist vor achtundzwanzig Minuten und zwei Sekunden eingetreten . . .«

»Genug«, sagte ich und berührte den Arzt an der Schulter.

Dann ging ich mit ihm zu der Stelle, an der wir dem Piloten begegnet waren. Der Sturm ließ nach, die See beruhigte sich. Das Schiff lag wartend vor Anker. Plötzlich heulte an Bord klagend eine Sirene auf. Ich sah die Flagge am Großmast zum Zeichen der Trauer langsam auf halbstock niedergehen. Wie sagte doch das KHNA? »Ich sehe, höre und verstehe alles.«

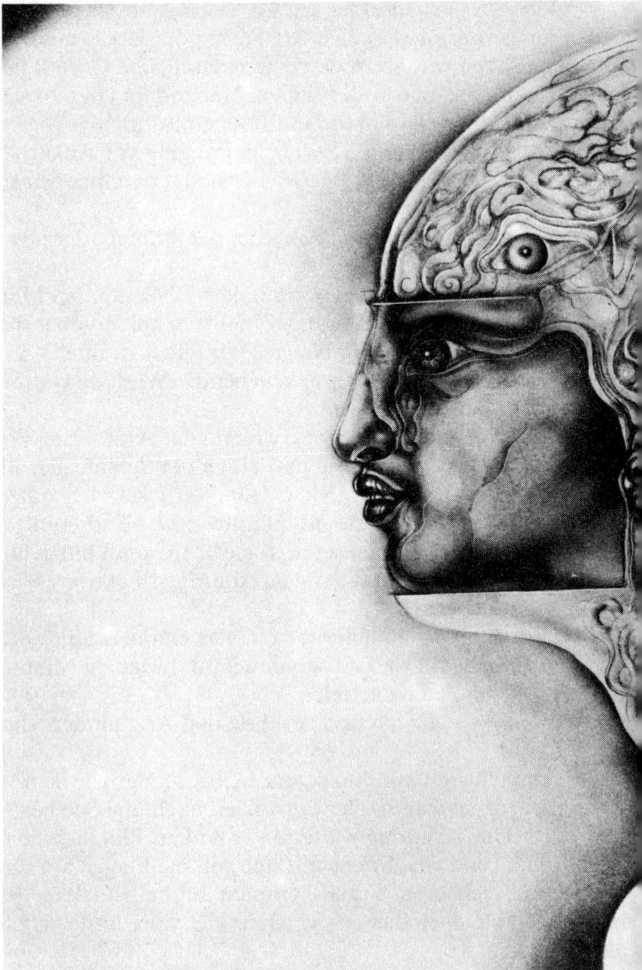

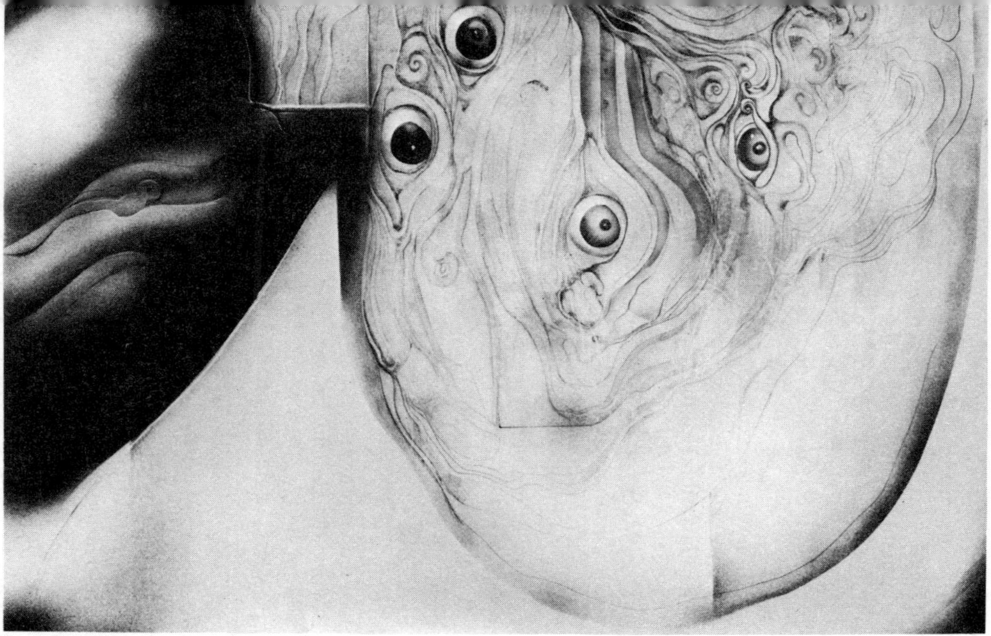

Hans Ulrich & Ute Osterwalder

Zwei Tage darauf begab ich mich ins Haus des Abschieds, in die große marmorgetäfelte Halle. Die Bestattungszeremonie war kurz und schlicht, denn lange Reden waren schon seit langem nicht mehr Brauch. Nach kurzem Abschiedswort wurde der Sarg über eine gläserne Brücke zum Aufzug gebracht, der ihn zur Spitze des weißen Turmes trug.

Die nächsten Anverwandten und Freunde der Toten, darunter auch ich, stiegen zur Plattform der Turmspitze hinauf, wo wir den Sarg auf eine flache Metallschale legten und mit Blumen bedeckten. Dann gingen wir zu dem mit hellen Steinen gepflasterten Hof hinab. Trauermusik erklang, eine leichte Aschenwolke stieg über dem Turm auf und schwebte sanft auf das Meer roter und weißer Blumen zu seinen Füßen nieder. Die Zeremonie war beendet.

Gesenkten Hauptes verließ Andrej das Gebäude. Als ich ihn einholte und fragte, ob ich ihm irgendwie behilflich sein könne, lehnte er mit den Worten ab: »Mir kann niemand mehr helfen. Ich war es, der sie in den Tod geschickt hat.«

»Wie kannst du so etwas sagen, Andrej«, rief ich. »Dich trifft nicht die geringste Schuld.«

»Ich habe sie in den Tod geschickt«, wiederholte er und beschleunigte seine Schritte.

Ich ließ von ihm ab und ging zu Ninas Mutter, um ihr einige Worte des Beileids zu sagen.

»Wenn sie Ihre Frau geworden wäre, dann wäre das nicht passiert«, sagte sie unter Tränen. »An Ihrer Seite hätte sie ihr Leben ruhig zu Ende gelebt.«

Der letzte Sieg

Als ich tags darauf durch Gedankenübertragung wieder Kontakt zu Andrej aufnahm, war ich einigermaßen erstaunt, ihn wieder im Hauptlaboratorium auf der Matwej-Insel zu erreichen, denn ich glaubte, daß die Trauer um Nina ihn veranlassen würde, seine Arbeit, wenn auch nur für einige Zeit, zu unterbrechen.

»Womit beschäftigst du dich jetzt?« fragte ich.

»Heute findet die seinerzeit verschobene offizielle Erprobung des NETBFG statt. Komm her, wenn du willst. Wir beginnen um 02.00 Uhr.«

Als ich auf der Insel gelandet war und mich zu dem Versuchsgelände begab, hatten sich dort schon viele Schaulustige eingefunden. Diesmal ging es nicht so lebhaft wie damals zu, denn alle wußten von Andrejs Unglück.

Andrej ließ mich zwischen sich und dem Laboranten vor dem Pult auf dem Schwanz des Aggregats Platz nehmen. Dann drückte er auf einen Knopf, und das Ungetüm setzte sich langsam in Bewegung.

Bald drang das Aggregat in die Erde ein, und zwar zunächst in kaum spürbarem Gefälle. Es war, als befänden wir uns in einer Schlucht. Dann aber schleppte uns das NETBFG durch einen Tunnel, den es selbst vortrieb! Als sich die Beleuchtung einschaltete, konnte ich die mit einer keramikartigen Masse ausgekleideten gewölbten Tunnelwände erkennen, die Wärme ausstrahlten.

Plötzlich schwoll das monotone Summen des Aggregats an, ging in Heulen über. Das NETBFG bebte, als sei es auf ein schwer zu überwindendes Hindernis gestoßen.

»Jetzt dringt es in das Wasser ein«, sagte der Laborant.

Gleich darauf umgab uns gedämpftes, flimmerndes Tageslicht. Durch die transparenten Tunnelwände sahen wir Wasserpflanzen und Schwärme von Fischen. Langsam, aber sicher bewegten wir uns auf dem Grund der Bucht, geschützt durch eine vom NETBFG aus dem Wasser selbst erzeugte dünne Aqualithschicht. Ein seltsames, fast unheimliches Gefühl.

»Hält denn der Tunnel dem Wasserdruck stand?« erkundigte ich mich beim Laboranten.

»Jedem«, erwiderte dieser. »Man könnte ihn auf dem Grund des Marianengrabens vortreiben, ohne daß etwas passierte.«

Es wurde dunkler: Ein Zeichen, daß wir uns tiefer unter

Wasser fortbewegten. Dann drückte Andrej auf einen Knopf, worauf das Aggregat in einem großen Halbkreis allmählich nach rechts abdrehte.

Mit zunehmender Helligkeit tauchten Wasserpflanzen und Fische auf. Bald befanden wir uns wieder wohlbehalten auf unserem Versuchsgelände, nur daß wir am entgegengesetzten Ende gelandet waren. Dem NETBFG-Tunnel sah ich dann viele Menschen entsteigen, die uns auf unserem Ausflug unter der Erde und unter Wasser gefolgt waren.

»Das wär's«, sagte Andrej und stieg aus.

»Was willst du damit sagen?« fragte ich.

»Daß alles zu Ende ist.«

Ich fragte nicht weiter, wie er das meinte, denn Wissenschaftler, Kosmonauten und Presseleute umringten ihn. Ich zog mich zurück, um ihre Fachgespräche nicht zu stören. Doch Andrejs letzte Worte gaben mir zu denken, und ich beschloß, ihn nicht aus den Augen zu lassen.

Als sich die Menge der Experten etwas verlaufen hatte, ging ich zu ihm und schlug vor, ihn auf dem Heimweg zu begleiten, was er dankbar annahm.

»Ich will dir mein Markenalbum schenken«, sagte er unterwegs. »Ich bin daraufgestoßen, als ich heute meine Sachen ordnete.«

»Ich brauche das Album nicht«, erwiderte ich. »Aber ich will es gern für dich aufbewahren, bis du dich wieder für Briefmarken interessierst.«

Wie ungemütlich und öde war es jetzt in Andrejs Wohnung! Kurz nach unserem Eintreten hörten wir jemand die Wohnungstür öffnen und durch die Diele gehen. Andrej fuhr auf. In seinen Augen leuchtete etwas wie verzweifelte Hoffnung.

Doch es war nur ein LEPA[29], das Andrej herbeordert hatte, um ihm Anweisungen zu geben. Die Flügel zusammengeklappt, stand es wartend in der Diele.

»Ab heute ist für alle Fragen der erste Laborant oder der

EBO[28] zuständig«, sagte Andrej zu ihm. »Ich arbeite hier nicht mehr.«

»Ich verstehe, daß du verreisen willst«, bemerkte ich, »aber wie bringst du es über dich, deine Tätigkeit ganz aufzugeben?«

»Mein Werk ist vollbracht. Jetzt geht es auch ohne mich«, antwortete Andrej.

»Und wohin willst du gehen?«

»Ich will in der Hütte leben. Du erinnerst dich doch noch an das kleine Haus am Seeufer im Wald.«

Bald darauf verließ Andrej die Stadt und bezog jene Hütte. So stand es in der Presse, die taktvollerweise keine weiteren Einzelheiten veröffentlichte. Nach wie vor priesen die Zeitungen Andrej als Entdecker des Aqualiths, besonders nach der erfolgreichen Erprobung des NETBFG. Unter anderem berichteten sie, die Lebensverlängerungskommission habe Andrej angeboten, seine ML um das Dreifache zu verlängern, man stelle sich vor, um 330 Jahre, und die Namensgebungskommission wolle eine der neuen Städte nach ihm benennen. Auch von Denkmalsprojekten und der Prägung von Gedenkmünzen zu Ehren des Entdeckers war die Rede, bis plötzlich Andrej Swetotschews berühmter Brief in der Presse erschien. Obwohl ich sicher bin, daß der Leser ihn bereits auswendig kennt, möchte ich ihn der Vollständigkeit halber dennoch zitieren. Er lautet:

»Aus bestimmten Gründen halte ich mich nicht für berechtigt, länger zu leben, als mir nach der ML zusteht, und verzichte deshalb auf eine Verlängerung. Außerdem bitte ich, mir weder bei Lebzeiten noch nach meinem Tode Denkmäler zu setzen oder Städte, Straßen, Industriebetriebe, Schiffe und kosmische Beförderungsmittel nach mir zu benennen. Ferner bitte ich, meinen Namen ohne zwingenden Grund nicht in der Presse zu erwähnen.

Mit vorzüglicher Hochachtung
Andrej Swetotschew«

Andrejs Brief überraschte mich. Zwar wußte ich, daß er seltsamen und unerwarteten Impulsen nachgab, das aber ging zu weit. Auf drei ML zu verzichten! 330 zusätzliche Jahre Leben auf der Erde!

Es will mir heute noch nicht in den Kopf, wieso er auch Denkmäler und Ehrungen ablehnte, mit denen die Gesellschaft seine Verdienste belohnen wollte. Ebensowenig begreife ich, weshalb er freiwillig ins Exil ging und sich in der alten Hütte niederließ. Natürlich weiß ich, daß er großen Kummer hatte, aber jedes Leid geht doch einmal vorüber.

Schluß

Im September übermittelte ich Andrej ein Gedankenübertragungssignal. Er meldete sich sofort.

»Ich möchte dich besuchen«, sagte ich.

»Du bist jederzeit willkommen. Ist das alles?«

»Ja. Ende.«

Noch am selben Tag flog ich ins Schonrevier und verließ den Schweber an derselben Stelle, an der wir vor einem guten Jahr zu dritt niedergegangen waren. Mir war traurig zumute. Wie vieles hatte sich in dieser Zeit verändert!

Auch das Wetter war unfreundlicher als damals. Es nieselte, und Nebel verhüllte den Wald. Welkes Laub bedeckte den Weg.

Bald hatte ich die Behausung des Waldhüters erreicht. Der alte AT[5], der mich durch das Fenster gesehen hatte, kam mir auf dem Treppenabsatz entgegen und forderte mich freundlich auf einzutreten. Er war munter wie eh und je. Sein Blick war scharf und klar wie der eines Adlers. Aber leider roch er wieder nach Selbstgebranntem.

»Nimm Platz«, sagte er, auf das alte Sofa deutend, »und erzähl, welcher Wind dich hierher geweht hat. Willst du den Freund besuchen? Schlecht steht es mit ihm, sehr schlecht. Er tut mir leid. Ein Todeskandidat.«

»Ist er krank?« fragte ich.

»Das wäre halb so schlimm. Nein, er ist gesund, aber er hat großen Kummer. Der lebt nicht mehr lange.«

»Jeder, der einen nahestehenden Menschen verliert, trauert«, erwiderte ich unbewegt, »aber man stirbt doch nicht daran.«

»Der eine ja, der andere nicht. Miß nicht alle mit deinem Maß.«

Obwohl mir seine Worte nicht sehr taktvoll erschienen, entgegnete ich mit Rücksicht auf das hohe Alter des AT nichts darauf, sondern sagte nur, daß ich jetzt Andrej aufsuchen wolle.

»Du hast es aber eilig«, meinte der Alte. »Wie wär's denn mit einer kleinen Stärkung? Bei solchem Wetter jagt man keinen Hund vor die Tür. He, Alte, bring uns doch mal drei Picknäpfe.«

Die Frau des AT erschien und stellte drei große Gläser und einen Imbiß auf den Tisch. Ergeben harrte ich der Dinge, die da kommen sollten und die leider auch nicht lange auf sich warten ließen.

»Na, wie ist's, nehmen wir einen?« sagte der Alte und reichte mir eines der Gläser. »Trinken wir auf meine brillantene Hochzeit. In vier Monaten werden es hundertfünfzig Jahre, daß wir beiden Alten zusammenleben.«

Obwohl es mir ungewöhnlich erschien, ein an sich festliches Ereignis vier Monate vorher zu begehen, fügte ich mich, schon um die Frau nicht zu kränken, die sich der Bitte ihres Mannes anschloß, und leerte das Glas auf einen Zug. Dann machte ich mich auf den Weg zu Andrej.

Es war ein trauriger Gang. Alles erinnerte an die Vergangenheit. Hier, auf der Bank am Haus des Waldhüters, hatte Nina gesessen, während der junge Hirsch seinen Kopf an ihrem Rock rieb und sie ihn streichelte ... Und hier war der Weg, auf dem wir im Sonnenschein zu dritt durch den Wald gegangen waren.

Bald darauf öffnete sich vom Hügel aus der Blick auf den

See mit dem kleinen Fluß und der denkwürdigen geländerlosen Brücke. Vorsichtig ging ich über ihre vom Herbstnebel schlüpfrigen Bohlen ans andere Ufer und wandte mich der Hütte zu. Fünfzig Schritt davor sah ich an einer toten Erle das Einsamkeitszeichen, das mich ja nicht betraf, denn Andrej hatte gesagt, daß er sich über mein Kommen freuen würde.

Als ich eintrat, fand ich die Hütte leer. Der Raum sah jedoch bewohnt aus. Auf dem Ofen lag Feuerholz, das Bett war gemacht, und auf dem Regal standen Bücher. Trotzdem überraschte mich die anscheinend gewollte Einfachheit der Einrichtung: Ich sah weder einen Roboter noch sonst irgendein Hilfsaggregat. Nur an der Wand hing eine elektronische Wetterkarte, vielleicht sogar dieselbe, die ich in Andrejs Arbeitszimmer auf der Matwej-Insel gesehen hatte.

Weshalb mag Andrej die Karte hier aufgehängt haben? dachte ich. Soll sie ihn immer wieder an jenen verhängnisvollen Tag erinnern?

Ein Schnaufen hinter mir ließ mich zusammenzucken. Als ich mich umschaute, sah ich einen Igel zu einem kleinen Eßnapf am Ofen laufen. Ohne sich durch meine Anwesenheit stören zu lassen, machte er sich über sein Mahl her. Andrej hatte ihn anscheinend gezähmt.

Der Anblick des Tieres stimmte mich noch trauriger, denn es unterstrich die Einsamkeit, in der mein Freund hier lebte. Andrejs Eintreten unterbrach meine Gedanken. Er schien im Wald umhergestreift zu sein, denn er trug hohe Gummistiefel und einen wasserdichten Mantel. Er begrüßte mich herzlich, und als ich ihm später erzählte, daß ich einen Sohn habe, den wir ihm zu Ehren Andrej genannt haben, belebte er sich und schien wieder der alte zu sein. Doch leider nur für kurze Zeit.

Zwar setzten wir unser Gespräch fort, aber ich spürte deutlich, wie er immer zerstreuter wurde und sich nur, um mich nicht zu kränken, weiter unterhielt.

»Andrej«, fragte ich, »weshalb hast du die Wetterkarte

hier an der Wand hängen? Wenn du willst, nehme ich sie in die Stadt mit.«

»Es hat einen Tag gegeben, an dem ich nach ihr hätte schauen müssen. Sie soll mir stets vor Augen sein.«

Ich erwiderte nichts, denn ich wußte, daß es zwecklos gewesen wäre, ihn umstimmen zu wollen. Nach kurzer Zeit verabschiedete ich mich und wünschte uns beiden ein gesundes und baldiges Wiedersehen in Leningrad.

Tage und Monate vergingen, ohne daß Andrej in die Stadt zurückkehrte. Ich schickte ihm von Zeit zu Zeit Gedankenübertragungstelegramme, die er jedoch nur kurz und einsilbig beantwortete.

Inzwischen war es Sommer geworden, und Ninas Todestag nahte. Kurz vorher setzte ich mich mit Andrej in Verbindung und fragte, wie es ihm ginge.

»Schlecht«, erwiderte er.

Seine Antwort beunruhigte mich, denn er hatte bisher noch nie über Beschwerden geklagt.

»Bist du krank?« fragte ich.

»Nein«, lautete die Antwort.

»Soll ich dich besuchen?«

»Nein, nicht nötig. Ich komme dieser Tage selbst in die Stadt und schau bei dir herein. Ist das alles?«

»Ja, Ende.«

Bestimmt wollte Andrej am Trauertag, wie es Brauch war, den weißen Turm aufsuchen.

Der Tag kam und ging vorüber, Andrej aber erschien nicht. Am Abend schickte ich ihm ein Gedankenübertragungstelegramm, um zu erfahren, weshalb er ganz gegen seine sonstige Art seinen Entschluß geändert hatte. Aber die Antwort blieb aus. Da wußte ich, daß er tot war, denn Lebende reagieren auf Gedankenübertragungssignale.

Einige Zeit darauf berichtete mir der alte Waldhüter, der Andrej oft in seiner Einsamkeit aufgesucht hatte, er habe ihn an einem Julitag reglos auf dem Fußboden der Hütte liegend gefunden. Der sofort herbeigerufene Arzt hatte Tod durch Herzschlag festgestellt. Der Alte aber legte sich seine eigene Diagnose zurecht.

»Ja, ja, die Liebe ist eine gefährliche Sache!« sagte er. »Der Kummer hat ihm das Herz gebrochen.«

Noch heute erwähnen Swetotschews Biographen seltsamerweise gern die Worte des einfältigen und dazu oft nicht ganz nüchternen alten AT, in denen sie einen tiefen Sinn verborgen sehen.

Epilog

Lieber Leser!

Über achtzig Jahre sind seit den Ereignissen vergangen, die ich in meiner Erzählung geschildert habe. Die Welt hat sich inzwischen gründlich verändert und ist der von mir beschriebenen voraqualithenen Welt immer unähnlicher geworden. Die Menschheit hat sich unseren Planeten erschlossen und stößt jetzt kühn ins Weltall vor. Doch es ist nicht meine Aufgabe, Vergangenes und Gegenwärtiges zu vergleichen. Die Vergangenheit kennen Sie aus der Geschichte, die Gegenwart aber überschauen Sie mit Ihren jungen Augen besser als ich. Ich bin schon alt und habe meine ML bereits überschritten. Nicht mehr fern ist der Tag, an dem meine Asche vom weißen Turm herabsinken wird.

Bevor ich jedoch schließe, möchte ich Ihnen noch einiges über mich selbst sagen.

Ich habe mein Leben nicht nutzlos gelebt und außer meiner Anthologie noch viele Bücher herausgegeben. Sie im einzelnen aufzuzählen, erspare ich mir, da jeder kultivierte Mensch sie ohnehin kennt.

Ohne falsche Bescheidenheit möchte ich aber auf mein Lexikon hinweisen, an dessen Vervollständigung nach wie vor gearbeitet wird, wenn auch mit immer geringerem Erfolg, weil es auf unserem Planeten kaum noch jemand gibt, der Schimpfworte kennt. Der alte AT, der mein Lexikon durch viele Kraftausdrücke und solide Schimpfworte bereicherte, lebt nicht mehr.

Von Zeit zu Zeit besuche ich das Schonrevier und gehe zum See, an dem Andrejs Hütte steht. Außen wie innen gleicht sie der, die zu seinen Lebzeiten hier stand, aber alles – Haus und Inneneinrichtung – ist aus Aqualith nachgebildet, denn Holz, Stein und Metall vergehen, das Aqualith aber ist unvergänglich. Am Ufer des Sees steht jetzt eine Statue Ninas, ein Werk des berühmtesten Bildhauers unseres Planeten. In jeder Stadt, in jedem Park gibt es Abbildungen Ninas. Da man Andrejs Wunsch, ihm kein Denkmal zu setzen, respektiert, ehrt die Welt ihn auf dem Umweg über Nina. Oft besuchen mich Maler und Bildhauer, um sich von mir über Ninas Bild beraten zu lassen. Trotzdem bildet sie jeder auf seine Weise und macht sie schöner, als sie in Wirklichkeit war.

Kürzlich lud man mich zur Besichtigung einer neuen Unterwasserstadt ein, die den Namen Ninapolis erhalten soll und an der alles aus Aqualith ist, auch die durchsichtige Kuppel, die sie gegen den Ozean abschirmt.

Das Aqualith hat sich so sehr eingebürgert, daß vielen unbegreiflich ist, wie die Menschheit ohne das Einheitsmaterial überhaupt leben konnte.

»Ist es wahr, Großvater, daß du die Zeit noch erlebt hast, wo man alle Dinge aus verschiedenen Stoffen herstellte?« fragte mich einst mein jüngster Urenkel. »Häuser, Maschinen, Schiffe, Möbel, Bücher – alles aus anderem Material?«

»Ja, das stimmt«, erwiderte ich. »Mein erstes Buch zum Beispiel wurde auf Papier statt auf Aqualithfolie gedruckt.«

»Was ist Papier?« fragte der Kleine.

Um es ihm zu erklären, holte ich eines der Exemplare meiner Anthologie aus dem Schrank. Zufällig war es das mit der Widmung für die beiden, die es nicht mehr erhalten hatten. Obwohl die Inschrift auf dem Titelblatt vom Seewasser verwaschen war, konnte man noch einigermaßen deutlich die

Worte »Für Nina und Andrej« erkennen. Trauer überkam mich.

»Woran denkst du, Großvater?« fragte der Urenkel.

»An meine Jugend.«

»Erzähl mir doch, wie es war, als du jung warst.«

»Das ist eine lange Geschichte. Außerdem würdest du vieles nicht verstehen und vieles nicht glauben.«

»Dann schreib doch ein Märchen darüber.«

»Ich will es mir überlegen. Vielleicht tue ich es wirklich. Aber kein Märchen, sondern eine wahre und trotzdem märchenhafte Geschichte.«

Geschrieben im Jahre 2231

1 ML

Die jedem Planetenbewohner durch den Stand der Medizin und die Gesellschaft gesicherte Lebenserwartung. Sie betrug in der vom Verfasser geschilderten Epoche 110 Jahre, war jedoch schon zu dieser Zeit praktisch wesentlich höher.

2 IZBVA

Intelligenter, zuverlässiger, beweglicher Verkaufsautomat. Schon seit langem ausrangiert.

3 DSHA

Dienstwilliger Speisehausautomat. Primitives Aggregat zu Beginn des 22. Jahrhunderts. In der Art der früheren Kellner.

4 SABO

Speisehausautomat für Beschwerden und Organisatorisches. Übte die gleiche Funktion aus wie in alten Zeiten der Gaststättenleiter.

5 AT

Alkoholtrinker: Medizinischer, teilweise auch umgangssprachlicher Terminus aus dem 21. bis 22. Jahrhundert. Nicht zu verwechseln mit Personen, die Traubenwein in mäßigen Mengen genießen.

6 ASS

Automatischer sprechender Straßenverkehrsautomat aus dem 22. Jahrhundert. Schon vor langer Zeit durch vollkommenere Vorrichtungen ersetzt.

7 EEA

Enzyklopädisches elektronisches Aggregat.

8

In damaliger Zeit konnte eine Gedankenübertragung zwischen zwei Abonnenten nur wechselseitig nach dem Schema A-B erfolgen. Die dazu benutzten Verstärkeranlagen erforderten einen so hohen Energieaufwand, daß man nur in dringenden Fällen, wenn keine anderen Nachrichtenmittel zur Verfügung standen, zur Gedankenübertragung griff.

9 BRA

Bewegliches Reglementieraggregat zur Kontrolle von Laienexperimenten. Veraltetes, heute durch vollkommenere Apparate ersetztes Aggregat.

10 UAKW

Universalaggregat der Kommunalwirtschaft. Roboter, der etwa die gleichen Arbeiten ausführt wie in alten Zeiten der Hausmeister.

11 KHNA

Kybernetisch gesteuertes, havariesicheres, exakt funktionierendes Navigationsaggregat.

12 IEUHR

Individueller elektronischer Universalhaushaltsroboter. Ein für die damalige Zeit ziemlich vollkommenes, heute modernisiertes Aggregat.

13 TR

Tabakraucher.

14 EC

Elektronischer Chefpilot.

15 PVA

Pharmazeutisches veterinärärztliches Aggregat.

16 EGSDT

Elektronisches Gerät für Schnelldiagnose und -therapie.

17

Diese Blätter werden noch heute im Swetotschew-Museum aufbewahrt. Auf ihrer Rückseite befinden sich tatsächlich Aufzeichnungen von Matwej Kowrigin.

18 SAÜWAE

Spezialisiertes Aggregat zur Überprüfung wissenschaftlicher Angaben von Erfindern.

19

Charakteristisch für Kowrigin ist, daß er sich auch weiterhin entzückt über Nadjas Gedächtnis äußert, es jedoch ausschließlich Nadja persönlich zuschreibt und dabei völlig ignoriert, daß das Mädchen ihr gutes Erinnerungsvermögen der Erfindung ihres Bruders verdankt.

20 SSA

Steuerbares Schnellschreibaggregat. Höchst unvollkommener Mechanismus aus dem 22. Jahrhundert in der Art eines Diktaphons.

21 OARL

Objektives Aggregat zur Rezension von Lyrik.

22 SGAM

Schlechte Gedichte ablehnender Mechanismus.

23 AGLK

Allseitig gebildeter Lyrik-Konsulent.

24 TAUK

Taktvolles Aggregat für unparteiliche Kritik.

25 SLAEA

Spezielles logisches Aggregat zum Empfang von Autoren. Übt etwa die gleiche Funktion aus wie in alten Zeiten ein Sekretär.

26 GTMA

Gerät zur Tröstung minderbegabter Autoren.

27 LUGS

Logisches Universalgerät des Sonderdienstes. Veralteter Mechanismus der Voraqualith-Epoche.

28 EBO

Elektronischer Betriebsorganisator. Für die damalige Zeit ziemlich vollkommenes Aggregat. Später durch EBO-2 ersetzt.

29 LEPA

Leichtes elektronisches Prüfaggregat. Eines der vollkommensten Aggregate der Voraqualith-Epoche. Auf der Erde heute nicht mehr in Gebrauch. Wird aber in Aqualith-Ausführung und in verbesserter Form auf den radioaktiven Marsplateaus eingesetzt.

30 USS

Unterirdischer Störungssucher. Längst aus der Fertigung genommenes veraltetes Aggregat.

31 FP

Festigkeitsprüfer. Seinerzeit höchst nützliches Aggregat, das jedoch mit der Entdeckung des Aqualiths seine Bedeutung verlor. Steht heute im Swetotschew-Gedenkmuseum.

32 BAMD

Bewegliches Aggregat des meteorologischen Dienstes. Veraltetes Aggregat. Galt schon zu Jugendzeiten des Verfassers als unvollkommen.

33 NETBFG

Neuartiges, aus Einheitsmaterial hergestelltes Tunnelbauforschungsgerät. Erstes Unterwasseraggregat. Steht heute im Swetotschew-Gedenkmuseum.

34 RS

Rettungsschweber. Für damalige Zeiten sehr kraftvolle und hochbewegliche Maschine.

35 LRK

Luftrettungskräfte. Existieren heute noch, jedoch mit neuer technischer Ausrüstung.

36 MARD

Matrosenaggregat des regulären Dienstes. Unkompliziertes, aber dennoch recht erfolgreich konstruiertes Aggregat aus dem 22. Jahrhundert. Längst aus der Fertigung genommen.

Arkadi und Boris Strugatzki
Wanderer und Reisende

Das Wasser war unten nicht sehr kalt, aber ich fror trotzdem ganz gehörig. Ich saß am Fuß eines Abhangs am Seeboden. Seit einer Stunde war ich schon damit beschäftigt, meinen Kopf ganz vorsichtig hin und her zu wenden und das grünliche Halbdunkel mit meinen Blicken zu durchkämmen. Ich mußte unbeweglich dasitzen, denn die Septopoden sind feinfühlig und mißtrauisch, man kann sie mit dem leisesten Geräusch verjagen oder mit der geringsten Bewegung. Und dann nehmen sie Reißaus und kommen erst wieder in der Nacht zurück. Und in der Nacht bindet man besser nicht mit ihnen an.

Zu meinen Füßen wand sich gerade ein Aal. Vielleicht das zehnte Mal schwamm ein prächtig gestreifter Hai an mir vorbei und kehrte kurz darauf zum zehnten Mal wieder zurück. Und jedesmal blieb er einen Augenblick stehen und starrte mich mit seinen dummen, kugelrunden Fischaugen an. Kaum war er weg, erschien jedesmal ein Schwarm silbriger kleiner Fischchen. Meine Knie und meine Schultern waren schon ganz steif vor Kälte. Ich redete mir ein, Maschka sei schon unruhig, das Ganze komme ihr schon zu lang vor, und sie würde tauchen, um mir zu Hilfe zu kommen. Schließlich wurde meine Einbildung immer stärker, so daß ich sie schon ganz deutlich vor mir sah, wie sie hart am Wasser sitzt und wartet, wie sie Angst hat um mich und wie sie schon tauchen will, um mich zu suchen. Und gerade, als ich meinen Platz verlassen wollte, zeigte sich plötzlich in etwa zwanzig Schritt Entfernung ein Septopod zwischen den Schlingpflanzen.

Es war ein ausgewachsenes Exemplar. Er erschien völlig geräuschlos und unvermittelt, wie ein Gespenst, mit seinem runden grauen Riesenkörper voran. Seine schleierartigen Freßspalten zeigten ein langsames, stumpfes Pulsieren und ließen das Wasser ein- und ausströmen. In seinen Vorwärtsbewegungen schaukelte er leicht von einer Seite auf die andere. Die Enden seiner Arme, die einem riesigen ausgedehnten Waschfetzen nicht unähnlich waren, zog er hinter sich nach. Durch die Dämmerung leuchtete schaurig der Seeschlitz seines mit einem Lid bedeckten einzigen Auges. Wie alle von seiner Art, schwebte er zur Tageszeit langsam dahin in einer merkwürdigen Art von Erstarrung. Weiß Gott wohin sie schwammen, und wozu. Möglicherweise wurden sie von den primitivsten und dunkelsten Instinkten getrieben, vielleicht ähnlich wie bei den Amöben.

Ganz langsam und gleitend hob ich den Lauf meines Gewehrs und zielte auf den mächtigen Rücken. Die silbrigen Fischchen fuhren plötzlich durcheinander und verschwanden, und mir schien, als durchliefe das Lid über dem riesigen gläsernen Auge ein Zittern. Ich feuerte und stieß mich sogleich vom Boden ab, um mich vor der ätzenden Flüssigkeit in Sicherheit zu bringen. Als ich mich umdrehte, war von dem Septopoden schon nichts mehr zu sehen, nur eine dicke bläulich schwarze Wolke verbreitete sich rasch im Wasser und verdunkelte den Meeresboden. Ich stieß an die Oberfläche und schwamm ans Ufer.

Es war ein heißer und klarer Tag. Über dem Wasser hing ein kristallklarer bläulicher Dampf. Der Himmel war ganz weiß, nur hinter dem Wald erhoben sich einige lilafarbene Wolkenhaufen wie Wehrtürme.

Vor unserem Zelt saß ein mir unbekannter Mann im Gras. Sein einziges Kleidungsstück war eine bunte Badehose. Er hatte einen Verband um die Stirn. Er war braungebrannt und nicht etwa im gewöhnlichen Sinn muskulös, sondern ganz unglaublich sehnig, wie wenn seine Gliedmaßen unter der Haut mit Seilen umwickelt wären. Es war auf den ersten Blick klar – ein unwahrscheinlich starker Mann. Vor ihm stand meine Maschka im blauen Badekostüm, dunkelhäutig und langbeinig, mit einer langen Strähne ausgebleichter Haare über ihrer scharfkantigen Wirbelsäule.

Sie saß nicht am Wasser und wartete nicht angestrengt auf ihren Papa. Nein, sie erzählte diesem sehnigen Onkel irgendeine aufregende Geschichte, denn sie fuhr dabei heftig mit den Händen in der Luft herum. Ich ärgerte mich, daß sie nicht einmal jetzt mein Erscheinen bemerkte. Aber der Onkel hatte mich bemerkt. Er wandte rasch den Kopf und überflog mich mit einem raschen Blick. Sein Gesicht überzog sich mit einem breiten Lächeln und er klatschte Maschka mit der flachen Hand auf die Schulter. Sie drehte sich um und rief mir freudig entgegen:

»Ah, da bist du ja!«

Ich kroch das Ufer hoch, nahm die Maske ab und rieb mir das Gesicht. Der Onkel musterte mich lächelnd.

»Wie viele hast du markiert?« fragte Maschka geschäftig.

»Einen.« Mir klapperten die Zähne.

»Ach du«, sagte Maschka.

Sie half mir aus dem Tauchanzug heraus, und ich streckte mich im Gras aus.

»Gestern hat er zwei markiert«, erklärte Maschka. »Und vorgestern vier. Wenn das so ist, dann gehen wir lieber gleich an einen anderen See.«

Sie nahm ein Handtuch und rieb mir den Rücken ab.

»Du bist wie ein frisch gefrorener Gänserich«, erklärte sie. »Und das ist Leonid Andrejewitsch Gorbowskij. Er ist Astroarchäologe. Und das ist mein Papa. Er heißt Stanislaus Iwanowitsch.«

Der sehnige Onkel Leonid Andrejewitsch nickte mir zu. Auf seinem Gesicht war noch immer dasselbe Lächeln.

»Sie sind ja ganz erfroren«, sagte er. »Und hier ist es so schön ... die Sonne und das Gras ...«

»Das geht gleich vorbei«, sagte Maschka und rieb mich mit Leibeskräften. »Er ist sonst immer ein lustiger Kerl, jetzt ist er bloß ein wenig unterkühlt ...«

Es war klar, daß sie gerade alles mögliche von mir erzählt hatte, und jetzt wollte sie mit aller Kraft meine Reputation hochhalten. Sollte sie nur. Warum nicht? Ich war jetzt nicht aufgelegt, mich mit solchen Spitzfindigkeiten zu befassen, mir klapperten die Zähne.

»Maschka und ich waren schon sehr beunruhigt wegen Ihnen«, sagte Gorbowskij. »Wir wollten sogar schon nach Ihnen tauchen, aber ich kann nicht tauchen. Das können Sie sich wahrscheinlich gar nicht vorstellen, daß ein Mensch nicht tauchen kann, wie . . .« Er ließ sich auf den Rücken fallen, drehte sich zur Seite und stützte sich mit einer Hand auf.

»Morgen fliege ich weg«, sagte er in einem vertraulichen Ton. »Und ich weiß gar nicht, wann ich wieder einmal dazu komme, an einem See im Gras zu liegen, und noch dazu die Möglichkeit, mit einem Aquastat zu tauchen . . .

»Nur zu«, sagte ich.

Er musterte aufmerksam meinen Aquastaten und berührte ihn mit der Hand.

»Danke«, sagte er und ließ sich wieder auf den Rücken fallen.

Er verschränkte die Hände unter dem Kopf. Sein Blick war auf mich gerichtet, und er klimperte langsam mit seinen schütteren Lidern. Er hatte etwas an sich, etwas Einnehmendes, das einfach unwiderstehlich war. Dabei kann ich gar nicht sagen, was. Vielleicht seine Augen, seine vertrauensvollen und ein wenig traurigen Augen. Oder die Tatsache, daß ihm das eine Ohr in einem lustigen Winkel unter dem Verband vorschaute.

Nachdem er sich offenbar an mir satt gesehen hatte, wandte er sich auf die andere Seite und betrachtete eine blaue Libelle, welche auf einem Grashalm schaukelte. Er stülpte seine Lippen zärtlich, wie zum Kuß.

»Kleine Libelle«, sagte er vor sich hin. »Liebe kleine Libelle. Du Schöne . . . Du Blaue am See . . . Prächtiges Kerlchen . . . Sitzt da so zierlich und fein, und schaut, wen man gerade fressen könnte . . .«

Er streckte die Hand nach ihr aus, aber die Libelle war

mit einem Satz in der Luft und flog in einem eleganten Bogen zum Schilf. Er begleitete sie mit den Augen und legte sich dann wieder hin.

»Wie ist das doch alles so kompliziert, meine Freunde«, sagte er. Und Maschka setzte sich sogleich auf und verschlang ihn mit ihren runden Augen. »Die perfekte Vollendung, elegant und schön, und mit allem zufrieden! Frißt Fliegen, vermehrt sich, und dann ist Zeit zum Sterben. Einfach, elegant und rationell. Und da gibt es keine Gewissensbisse, keine Liebesqualen, keine Selbstgeständnisse, keine Lebensphilosophie ...«

»Eine Maschine eben«, sagte plötzlich Maschka. »Ein langweiliger Automat.«

Das ist meine Maschka! Ich konnte ein lautes Lachen gerade noch unterdrücken, muß mich aber dabei verschluckt haben, denn sie streifte mich mit einem unzufriedenen Blick.

»Langweilig, ja«, stimmte Gorbowskij zu. »Und jetzt, meine Freunde, stellen Sie sich eine giftig gelbgrüne Libelle vor mit roten Querstreifen, Spannweite der Flügel sieben Meter, zwischen den Kiefern scheußlicher schwarzer Schleim ... Könnt Ihr euch das vorstellen?« Er zog die Brauen hoch und blickte uns an. »Offenbar nicht. Ich bin vor solchen Exemplaren um mein Leben gerannt, und das mit der Waffe in der Hand ... Und da fragt man sich nun, was haben die gemeinsam, diese zwei langweiligen Automaten?«

»Diese Grüne da«, sagte ich, »die ist wohl von einem anderen Planeten. Nicht?«

»Ja.«

»Von der Pandora?«

»Genau, von der Pandora«, sagte er.

»Was haben die beiden gemein?«

»Ja, was?«

»Das ist ja sonnenklar«, sagte ich. »Dasselbe Niveau der Informationsverarbeitung. Reaktionen auf dem Niveau des Instinkts.«

Er seufzte.

»Worte, Worte«, sagte er. »Ja, ja, seien Sie nicht böse, das sind nur leere Worte. Das hilft mir nicht weiter. Ich soll im Weltall Spuren von Vernunft finden, und ich weiß nicht, was Vernunft eigentlich ist. Und da erzählt man mir von verschiedenen Stufen der Informationsverarbeitung. Ich weiß schon, daß diese Stufe bei mir und bei der Libelle eine andere ist, aber im Grund beruht das alles auf der Intuition. Man berichtet mir zum Beispiel, einer hat einen Termitenbau gefunden. Sind das jetzt Spuren von Vernunft oder nicht? Auf dem Mars und auf dem Wladislaw haben sie Gebäude ohne Türen und Fenster gefunden. Sind das vielleicht Spuren von Vernunft? Was soll ich eigentlich suchen? Ruinen? Aufschriften? Einen rostigen Nagel? Eine siebeneckige Schraubenmutter? Woher soll ich wissen, was die für Spuren hinterlassen? Was ist, wenn es ihr Lebensziel wäre, die gesamte Atmosphäre zu vernichten, wo sie nur zugänglich war? Oder Ringe um den Planeten zu bauen? Oder alle möglichen Lebewesen zu kreuzen? Oder neues Leben zu schaffen? Vielleicht aber ist diese Libelle nichts anderes als ein vor urdenklichen Zeiten sich selbst überlassener kybernetischer Apparat? Und von den Trägern der Vernunft will ich erst gar nicht sprechen. Zwanzigmal kann man an einer schäbigen Vogelscheuche, die da irgendwo in einer Pfütze vor sich hin grunzt, vorbeigehen und als einzige Reaktion die Nase rümpfen. Und die Vogelscheuche betrachtet einen dabei mit ihren herrlichen bernsteingelben Augen und überlegt für sich: Interessant. Zweifellos eine neue Art. Man sollte mit einer Expedition hierher zurückkommen und zumindest ein Exemplar fangen . . .«

Er bedeckte seine Augen mit der Hand und begann eine Melodie vor sich hin zu summen. Maschka verzehrte ihn mit den Augen und wartete. Ich wartete auch und dachte dabei mit einigem Mitleid: Schlecht zu arbeiten, wenn die Aufgabe nicht genau umrissen ist. Und schwierig zu arbeiten. Ständig tappt man im dunkeln, freudlos und unzufrieden. Hab schon gehört von diesen Astroarchäologen. Man kann ja kein ernstes Gespräch mit ihnen führen, heißt es. Und so versucht es auch keiner.

»Aber Vernunft gibt es im Kosmos«, sagte plötzlich Gorbowskij. »Da gibt es gar keine Zweifel. Schon jetzt weiß ich das ganz sicher. Aber diese Art von Vernunft ist nicht so beschaffen, wie wir glauben. Es ist nicht das, was wir erwarten. Und überhaupt suchen wir sie am falschen Platz. Oder mit falschen Methoden. Und schließlich und endlich wissen wir ja überhaupt nicht, was wir eigentlich suchen ...«

Da haben wir es ja schon, dachte ich. Falscher Platz, falsche Methoden ... so etwas kann man doch nicht ernst nehmen, meine Herren ... Einfach kindisch ist das ...

»Zum Beispiel die berüchtigte Stimme aus der Leere«, fuhr er fort. »Schon gehört? Offenbar nicht. Vor einem halben Jahrzehnt hat man darüber geschrieben, aber jetzt schreiben sie nichts mehr darüber. Weil sich, na ja, nichts Wesentliches verändert hat. Und da sich nichts verändert, gibt es vielleicht diese Stimme gar nicht, oder wie? Wir haben ja genug von diesen komischen Vögeln – in ihrem Fach kennen sie sich denkbar schlecht aus, sei es aus Faulheit oder schlechter Ausbildung. Aber vom Hörensagen wissen sie, daß der Mensch allmächtig sei. Allmächtig ja, aber die Stimme aus der Leere entziffern – nein. Tatata, ich hör ja schon wieder auf ... So ein billiger Anthropozentrismus, nicht ...«

»Und was ist denn das, diese Stimme aus der Leere?« fragte Maschka zögernd.

»Es gibt da einen ganz interessanten Effekt. Und zwar in einigen Richtungen im Kosmos. Wenn man den Bordempfänger auf Selbstregulierung einschaltet, so schaltet er sich früher oder später auf eine merkwürdige Quelle. Es ertönt eine ruhige und monotone Stimme, und wiederholt ein und dieselbe Phrase in der Sprache der Fische. Viele Jahre schon empfängt man diese Stimme, und viele Jahre wiederholt sie ein und dasselbe. Ich habe sie gehört, viele haben sie gehört, aber nur wenige erzählen davon. An so etwas erinnert man sich nicht gern. Die Entfernung zur Erde ist doch unvorstellbar. Der Äther ist leer, nicht einmal Störgeräusche gibt es, höchstens ein schwaches Knistern. Und plötzlich diese Stimme. Und du hast Wache. Allein. Alle schlafen, alles ist still – und dann diese Stimme. Ja, äußerst unangenehm ist das, mein Ehrenwort. Es gibt Aufzeichnungen von dieser Stimme. Viele schlugen sich mit der Dechiffrierung herum und tun es noch immer, aber meiner Ansicht nach ist das völlig sinnlos ... Es gibt auch noch andere Rätsel. Die Kosmonauten könnten darüber erzählen, aber sie tun es nicht gern ...«

Er verstummte und fügte mit einer Art von trauererfülltem Nachdruck hinzu:

»Das muß man verstehen. So etwas muß man zu verstehen lernen. Das ist alles nicht so einfach. Wir wissen doch gar nicht, was wir eigentlich erwarten. In jedem Augenblick können wir auf sie stoßen. Von Angesicht zu Angesicht. Und – Sie verstehen schon – sie können sich als unerhört überlegen erweisen. Überhaupt ganz anders als wir, und dabei ungeheuer überlegen. Immer diese Redereien von Zusammenstößen und Konflikten, von allen möglichen unterschiedlichen Vorstellungen von Gut und Böse. Aber vor diesen Dingen habe ich keine Angst. Was ich befürchte, ist eine noch nie da gewesene Erniedrigung der Menschheit, ein psychologischer Schock. Wir alle sind ja so stolz. Wir haben uns doch eine solch wunderbare Welt geschaffen, wir wissen doch so viel, wir stoßen ins große Weltall vor, und dort studieren und erforschen wir ... was eigentlich? Für SIE ist das Weltall Ihre Heimat. Millionen Jahre leben SIE vielleicht schon da, so wie wir auf der Erde leben, und SIE wundern sich vielleicht im besten Fall über uns: Was sind denn das wieder für neue Insekten zwischen den Sternen ...«

Plötzlich brach er seine Überlegungen ab und war mit einem Satz auf den Beinen. Er horchte angespannt. Ich fuhr zusammen.

»Das ist der Donner«, sagte Maschka leise. Sie blickte ihn mit offenem Mund an, »Der Donner . . . Ein Gewitter kommt . . .«

Er horchte noch immer in die Luft und suchte mit seinen Augen den Himmel ab.

»Nein, das ist kein Donner«, sagte er schließlich und ließ sich wieder nieder. »Das ist ein Liner. Da, sehen Sie?«

Gegen den Hintergrund und die dunkelblauen Wolken blitzte ein silbriger Streifen auf und verschwand wieder. Und wieder ein leises Donnern am Himmel.

»Also, setz dich hin jetzt, und warte«, sagte er kaum verständlich. Er warf mir einen lächelnden Blick zu, und in seinen Augen waren Trauer und angespannte Erwartung zu lesen. Und dann war plötzlich alles wieder vorbei, seine Augen waren wie früher, freundlich und zutraulich.

»Und Sie, Stanislaw Iwanowitsch, was machen Sie denn?« fragte er.

Ich nahm an, er wolle nun das Thema wechseln, und ich erzählte ihm von den Septopoden. Ich erzählte ihm, daß sie zur Klasse der Kopffüßler zählen, und zwar zu einem bisher unbekannten Stamm von Achtfüßlern. Sie zeichnen sich aus durch Reduktion des dritten linken Arms, drei Reihen von Saugnäpfen an den Händen, völliges Fehlen eines üblichen Knochenbaues, ungewöhnlich starke Entwicklung venöser Herzen, maximale Konzentration des Nervensystems und viele andere weniger bedeutende Besonderheiten. Man hat erst unlängst von ihnen Kenntnis bekommen, als einige vereinzelte Exemplare an den östlichen und südöstlichen Meeresufern Asiens auftauchten. Ein Jahr danach fand man sie bereits im Unterlauf von großen Flüssen, am Mekong, am Chuang-che und am Amur, aber auch an Seen, die ziemlich weit von Meeresufern entfernt sind, zum Beispiel in diesem See hier. Und das ist höchst erstaunlich, denn gewöhnlich vermeiden Kopffüßler selbst Meere mit geringerem Salzgehalt. Sie gehen auch fast nie an Land. Aber Tatsache bleibt Tatsache: die Septopoden fühlen sich ausgezeichnet im Süßwasser und gehen auch an Land. Sie klettern auf Flöße und auf Brükken, und unlängst hat man zwei im Wald entdeckt, dreißig Kilometer von hier ...«

Maschka hörte mir nicht zu. Ich hatte ihr das alles schon erzählt. Sie ging ins Zelt, holte ihren Transistor und schaltete ihn auf Selbsteinstellung. Offenbar konnte sie es schon nicht mehr erwarten, die Stimme aus der Leere zu hören.

Gorbowskij aber hörte mir aufmerksam zu.

»Und diese zwei waren lebendig?« fragte er.

»Nein. Als man sie fand, waren sie schon tot. Hier im Wald ist ein Tierschutzgebiet. Die Septopoden zertrampelten Wildscheine und fraßen sie zur Hälfte auf. Aber dreißig Kilometer vom Wasser waren sie noch am Leben! Die Hautfalten über den Atemorganen waren voll mit feuchten Wasserpflanzen. Offenbar schaffen sich die Septopoden auf diese Weise einen gewissen Wasservorrat für ihre Landausflüge. Die Wasserpflanzen stammten aus einem See. Zweifellos gingen die Septopoden nach Süden, ins Innere des Festlandes. Man kann zum Beispiel feststellen, daß alle bisher gefangenen Tiere erwachsene Männchen waren. Kein einziges Weibchen, und auch kein Junges. Wahrscheinlich können die Weibchen und Jungen nicht im Süßwasser leben und an Land gehen.«

»Das alles ist sehr interessant«, fuhr ich fort. »Denn in der Regel ändern Meerestiere ihre Lebensgewohnheiten nur zur Zeit der Fortpflanzung. Dann werden sie von ihrem Instinkt auf ganz ungewohnte Plätze getrieben. Aber in unserem Fall kann von Fortpflanzung gar keine Rede sein. Hier wirkt ein ganz anderer Instinkt, ein möglicherweise viel älterer und mächtigerer. Für uns ist jetzt die Hauptsache, den Weg ihrer Wanderung zu verfolgen. Und da sitze ich jetzt an diesem See, nun, so an die zehn Stunden am Tag unter Wasser. Heute habe ich einen einzigen markiert. Wenn ich Glück habe, treffe ich vielleicht morgen noch einen oder zwei ... Aber in der Nacht werden sie ungewöhnlich aktiv und vernichten alles, was ihnen zu nahe kommt. Es wurden sogar schon Menschen angegriffen. Aber nur nachts.«

Maschka drehte ihren Apparat auf volle Lautstärke und genoß sichtlich die lauten Geräusche.

»Ein bißchen leiser«, bat ich sie.

Sie dreht das Gerät leiser.

»Also, Sie markieren jetzt die Tiere«, sagte Gorbowskij. »Lustig. Womit denn?«

»Mit Ultraschallgeneratoren.« Ich zog aus dem Geschütz den Patronenstreifen hervor und zeigte ihm eine Ampulle. »Da, mit solchen Kugeln. In der Kugel befindet sich ein Generator, den man unter Wasser auf zwanzig bis dreißig Kilometer hört.«

Er nahm die Ampulle vorsichtig in die Hand und betrachtete sie aufmerksam. Sein Gesicht wurde traurig und alt.

»Sehr schlau«, sagte er. »Sehr einfach und schlau ...«

Als ob er sie genauer befühlen wollte, drehte er die Ampulle zwischen seinen Fingern. Dann legte er sie vor mir ins Gras und erhob sich. Seine Bewegungen wurden auf einmal langsam und unsicher. Er ging ein paar Schritte zu seinem Gewand, nahm seine Hose und erstarrte, während er sie vor sich hinhielt.

Ich folgte ihm mit meinen Blicken und wurde von einer merkwürdigen Unruhe erfaßt. Maschka hielt das Markiergewehr gleichsam schußbereit, um zu erklären, wie man mit ihm umgeht, und folgte ebenfalls Gorbowskij mit den Augen. Ihre Mundwinkel senkten sich zu einer Trauermiene herab. Ich hatte schon lange bemerkt, das das oft bei ihr war: Sie pflegte den Gesichtsausdruck jedes Menschen anzunehmen, den sie gerade beobachtete.

Leonid Andrejewitsch fing plötzlich auffällig leise und mit einem nicht gerade freundlichen Lachen in der Stimme zu sprechen an.

»Das ist doch komisch, mein Ehrenwort ... Eine derart

perfekte Analogie. Jahrtausende sitzen sie also in den Meerestiefen, und jetzt haben sie sich erhoben und betreten eine fremde, ihnen feindlich gesinnte Welt ... Und was bewegt sie? Wovon werden sie getrieben? Von einem dunklen, altertümlichen Instinkt, sagen sie? Oder von der Art und Weise der Informationsverarbeitung, die sich auf das Niveau einer ungeduldigen Neugierde erhoben hat? Aber es wäre doch besser für ihn, zu Hause sitzenzubleiben, in seinem Salzwasser ... Aber nein, es zieht ihn irgend etwas ... Irgend etwas zieht ihn ans Ufer ...«

Er schüttelte sich und fuhr fort, seine Hose anzuziehen. Er hatte eine altmodische lange Hose. Während er sie anzog, sprang er auf einem Bein herum.

»Sagen Sie, Stanislaw Iwanowitsch«, fügte er hinzu. »Das sind doch wohl keine ganz gewöhnlichen Kopffüßler, wie?«

»In ihrer Art natürlich nicht«, mußte ich zugeben.

Aber er hörte mir gar nicht zu. Er hatte sich dem Radioapparat zugewandt und starrte ihn an. Und Maschka und ich blickten auch wie gebannt auf das Gerät. Aus dem Radio drangen starke, unmelodiöse Signale, ähnlich den Störgeräuschen eines Röntgenapparates. Maschka legte das Markiergewehr zu Boden.

»806 Meter«, sagte sie völlig verloren. »Irgendeine Service-Station, wie?«

Er horchte auf die Signale, schloß die Augen und legte den Kopf zur Seite.

»Nein, das ist keine Service-Station«, murmelte er vor sich hin. »Das bin ich.«

»Wa-wa-as?«

»Ich bin das. Ich – Leonid Andrejewitsch Gorbowskij.«

»W-wieso?«

Er lachte auf, aber ohne einen Schimmer von Freude in den Augen.

»Ja wirklich, wieso? Möchte ich selber gern wissen, wieso.« Er zog das Hemd über den Kopf. »Wieso wurden drei

Piloten und ihr Raumschiff auf der Rückkehr von ihrer Reise mit der Nummer EN 101 – EN 2657 zu Quellen von Radiowellen mit einer Länge von 806 m?«

Maschka und ich wußten natürlich keine Antwort. Und auch Gorbowskij schwieg, während er seine Sandalen zuschnallte.

Die Ärzte haben uns untersucht. Und die Physiker haben uns untersucht.« Er richtete sich auf und schüttelte den Sand und die kleinen Gräschen von seiner Hose. »Und alle kamen sie zu dem einstimmigen Beschluß: so etwas gibt es nicht. Man hätte sich totlachen können, wenn man in ihre erstaunten Gesichter sah. Aber uns war nicht zum Lachen, das können Sie mir glauben. Tolja Obosow verzichtete auf seinen Urlaub und flog auf die Pandora. Er erklärte, er ziehe es vor, seine Strahlen möglichst weit weg von der Erde auszuschicken. Und Walkenstein meldete sich zu einer Unterwasserstation. Ich bin also der einzige von den dreien, der hier auf der Erdoberfläche lustwandelt und seine Strahlen aussendet. Und die ganze Zeit warte ich auf etwas. Ich warte und habe Angst. Fürchten und warten. Verstehen Sie das?«

»Ich weiß nicht«, sagte ich und blickte Maschka von der Seite an.

»Sie haben recht«, sagte er. Er nahm den kleinen Transistor und hielt ihn nachdenklich ans Ohr. »Keiner weiß es. Einen ganzen Monat geht das schon so dahin. Ohne Pause und ohne schwächer zu werden. Va-vi ... Va-vi ... Tag und Nacht. Bei allen dreien. Ob wir lustig sind oder traurig. Ob wir satt sind oder hungrig. Ob wir arbeiten oder gerade nichts tun. Va-vi ... Va-vi ... Unterdessen geht die Strahlung der TARIEL aber zurück. Die TARIEL, das ist unser Schiff. Man hat sie inzwischen in einen strahlendichten Schuppen gesperrt. Für alle Fälle. Ihre Ausstrahlung beeinträchtigt irgendwelche empfindliche Aggregate auf der Venus, von dort kommen schon Anfragen und Beschwerden ... Also morgen fahre ich sie weg von hier, ziemlich weit weg von hier ...«

Er streckte sich kräftig und klopfte sich mit seinen langen Armen auf die Oberschenkel.

»Also für mich wird es jetzt Zeit. Auf Wiedersehen. Ich wünsche Ihnen noch viel Erfolg. Auf Wiedersehen, Maschka. Und zerbrich dir nicht den Kopf darüber. Solche Dinge lassen sich nicht von heute auf morgen enträtseln, glaub mir das.«

Er hob seine weit geöffnete Hand zum Zeichen des Grußes, nickte kurz und ging weg. Dieser sehnige, langgestreckte Körper.

Wir blickten ihm nach. Beim Zelt hielt er kurz an und sagte halb umgedreht:

»Wissen Sie ... Mit diesen Septopoden ..., da sollten Sie vielleicht ein bißchen sanfter umgehen ... Sonst markieren Sie, und markieren ... und sie, die Markierten, haben dabei nur Unannehmlichkeiten ...«

Und fort war er. Ich blieb ein wenig am Bauch liegen und schaute dann zu Maschka hinüber. Maschka blickte ihm noch immer nach. Es war ganz offenbar, daß Gorbowskij Maschka tief beeindruckt hatte. Mich hingegen überhaupt nicht. Mich berührte seine Hypothese, die eventuellen Träger der Großen Weltvernunft seien uns haushoch überlegen, überhaupt nicht. Sollten sie nur. Meiner Meinung nach würden wir ihnen mit um so größerer Wahrscheinlichkeit nicht über den Weg laufen, je mehr sie uns überlegen seien. Das kommt mir so vor, wie wenn man gewisse Algen in einem Sieb mit zu großen Löchern fangen wollte. Und was unseren Stolz betrifft, und die zu erwartende Erniedrigung, und den berühmten Schock ... Wahrscheinlich werden wir auch das überleben. Ich jedenfalls würde es schon überleben. Und daß wir das von ihnen längst bewohnte Weltall für uns entdecken und studieren – warum nicht? Für uns ist es ja schließlich etwas Neues. Und für uns sind sie auch nichts anderes als ein Teil der Natur, den man früher oder später ebenfalls entdecken und studieren muß, und wenn sie uns dreißigmal überlegen sind ... Für uns sind sie Außenstehende. Forschungsobjekte.

Obwohl, natürlich, wenn ich mir vorstelle, daß sie mich markieren, wie ich die Septopoden ...

Ich blickte auf die Uhr und setzte mich rasch auf. Es war höchste Zeit, wieder an die Arbeit zu gehen. Ich notierte die Nummer der letzten Ampulle. Kontrollierte den Aquastaten. Kroch ins Zelt, holte den Ultraschallokator und fixierte ihn in der Hosentasche.

»Hilf mir, Maschka«, sagte ich und begann den Aquastaten anzulegen.

Maschka saß noch immer vor ihrem Transistor und horchte gebannt auf die fatalen Signale Va-vi ... Va-vi ... Sie half mir beim Anziehen des Aquastats. Dann gingen wir zusammen in den See. Unter Wasser schaltete ich den Lokator ein. Sogleich ertönten die erwarteten Signale. Das waren meine Markierten. Sie schwebten ganz ruhig über dem Seeboden dahin. Wir warfen uns einen bedeutsamen Blick zu und stießen wieder an die Oberfläche. Maschka schüttelte sich, streifte ihre nassen Haare aus der Stirn und sagte:

»Also ist doch ein Unterschied zwischen einem Raumschiff und feuchtem Algenschlamm in einem Kiemensack ...«

Ich schickte sie zurück ans Ufer und tauchte ein zweites Mal auf den Grund. Nein, wenn ich Gorbowskij wäre, ich würde mich nicht so aufregen. Das ist doch alles nicht so ernst zu nehmen. Wie überhaupt diese ganze Astroarchäologie. Spuren von Ideen ... ein psychologischer Schock ... da wird nichts draus ... es wird überhaupt keinen Schock geben ... Am allerwahrscheinlichsten ist es noch, daß wir einander überhaupt nicht bemerken ... Glaube kaum, daß wir so besonders interessant sind für sie ...

Darko Suvin
Die utopische Tradition der russischen Science Fiction

Die Science Fiction, die hier im weiten Sinne von der gesamten *Literatur kognitiven Staunens*, das heißt einer »möglichen Fremdheit« im Sozialen wie im Technischen, verstanden wird, hat in Rußland eine ehrwürdige Tradition. Ihre Stärke liegt in der Verquickung des rationalistischen westeuropäischen Stranges von Utopismus und Satire mit den einheimischen Volkserwartungen von Überfluß und Gerechtigkeit. Sie zeigten sich zuerst in dem allgegenwärtigen Traum vom Schlaraffenland und in den wunderbaren Reisen (im Falle des kontinentalen Rußland auf dem Landweg) nach Indien, Persien oder China: Marco Polos Cathay war nicht fabelhafter als das im Luxus schwelgende Kitezhgorod der Volksüberlieferung. Gerechtigkeit für jedermann, ohne Ansehen des Besitzes und sozialen Standes, steht bei einem zweiten großen Abschnitt der mündlichen Überlieferung und der Volksliteratur im Mittelpunkt des Interesses. Hier möge es genügen, auf das gewichtige Thema des Demütigen hinzuweisen, der schließlich erhöht wird. Angefangen beim magischen Wunschmärchen vom Narren Ivanuschka, dem jüngsten Sohn, der ärmer und anscheinend dümmer ist als seine Brüder, der sich aber als erfolgreicher erweist, als die Normen der Klassengesellschaft es gestatten würden, über eine Verschmelzung mit dem plebejischen (besonders dem häretischen und sektiererischen) Christentum, mündeten diese Themen in den Hauptstrom der modernen russischen Literatur. Von Puschkins und Mussorgskis verrücktem Volksweissager in *Boris Godunow* über die denkwürdigen, demütigen Arroganten bei Dostojewski, wie etwa Fürst Myschkin in *Der Idiot,* bis hin zu vielen Figuren bei Tolstoi und Tschechow tragen diese Gestalten utopische Werte in eine Welt, die dafür noch nicht reif ist.

Um die Mitte des neunzehnten Jahrhunderts verschmolz

diese Tradition mit den früheren Echos imaginärer soziopolitischer Bezugssysteme. Die ersten Spuren einer exemplarischen politischen Erzählung, die als Vehikel für einen belletrisierten Entwurf diente, lassen sich bis auf Iwan Pereswetows *Legende vom Sultan Mahomet* aus dem sechzehnten Jahrhundert zurückverfolgen, einen Appell an Zar Iwan den Schrecklichen, für eine starke Zentralgewalt im Staate zu sorgen – einen Appell, den später, ganz folgerichtig, Stalin billigend erwähnte. Eine stärkere Tendenz in dieser Richtung bildete sich in der russischen Literatur jedoch im Gefolge des europäischen rationalistischen Staatsroman des 18. Jahrhunderts aus. Ab der Mitte dieses Jahrhunderts hoben utopische Schriften wie die Lwows und Lewschins harmonische Idealstaaten in wirtschaftlicher Hochblüte, von einem aufgeklärten Absolutismus geleitet, in den Himmel. Tredjakowski bearbeitete Fénelons *Abenteuer des Telemachus,* und Autoren wie Cheraskow, Dmitrjew-Mamonow und Emin lieferten in ihren Werken Parallelen und Parabeln zu einem solchen aufgeklärten absolutistischen Herrscher, in der Regel angesiedelt in einem pseudoklassischen Milieu. In der zweiten Hälfte dieses Jahrhunderts schrieb Fürst Michail Schtscherbatow eine unvollendete *Reise nach dem Reich Ophir,* das der Sehnsucht des Hochadels nach einem privilegiertem Leben Ausdruck verlieh, und Mores *Utopia* wurde im Jahr der Französischen Revolution ins Russische übersetzt. Dieses Ereignis und die daraus entstandenen Kriege führten bald zur Unterdrückung des ganzen Genres auf ein Menschenalter. Kaiserin Katharina, die freundschaftlichen Umgang mit Voltaire und Diderot zur Schau getragen hatte, während sie Bauernaufstände niederschlagen ließ, ließ jetzt jeden sich auf die »Menschenrechte« berufenden Protest gegen die Leibeigenschaft unterdrücken – z. B. die Veröffentlichung von Alexander Radischtschews berühmter *Reise von Petersburg nach Moskau,* die an manchen Stellen einen demokratischen Entwurf für die Zukunft enthielt. Der mißliebige Autor wurde verhaftet und beging später Selbstmord.

Erst in den zwanziger Jahren des neunzehnten Jahrhunderts konnte der offizielle Propagandist Thaddäus Bulgarin in seiner Zeitschrift drei leicht satirische phantastische Reisen in Erzählform veröffentlichen. Die gehaltvollste von ihnen, *Die unwahren Nicht-Begebenheiten oder Die Reise zum Mittelpunkt der Erde* (1825), gibt vor, die Niederschrift der Reise eines anonymen Erzählers durch drei unterirdische Länder zu sein – ein Einfall, der aus Holbergs *Niels Klim* übernommen wurde (dieser Roman wurde im achtzehnten Jahrhundert auch ins Russische übersetzt, hat aber weitverbreitete Mythen und Volksmären als Vorläufer) und vierzig Jahre später von Jules Verne für die Science Fiction wiedererweckt wurde. Bulgarins Erzähler fällt auf einer arktischen Insel durch eine Höhle in das Land der Unwissenheit, dessen groteske Bewohner in ewiger Finsternis leben und sich nur fürs Essen, Trinken, den Tratsch und das Hasardspiel interessieren. Ein Strudel entführt ihn in das Dämmerreich der Bestialität, dessen halbblinde affenähnliche Bewohner von den Künsten und Wissenschaften nur eine oberflächliche und verfälschte Vorstellung haben. Der Erzähler entdeckt schließlich einen unterirdischen Zugang zum innersten Land der Erleuchtung, das unaufhörlich von den Feuern des Erdmittelpunktes erhellt wird; dort leben die Menschen in der Hauptstadt Utopia und deren Vorstädten. Die Erleuchteten werden zur Selbstdisziplin erzogen, zur Unterwerfung unter die gesetzmäßige Autorität und zur Einhaltung strikter Lebensregeln, welche die Arbeit, die Schriftstellerei, das Reisen und selbst die weibliche Mode festlegen. Obwohl Bulgarin seine Länder durch den Grad an Erleuchtung voneinander unterscheidet, ist sein Land des Unwissens offensichtlich eine Satire auf die unteren Stände, hauptsächlich auf den russischen Bauern, der unter dem schmachtet, was Tolstoi später unter Heranziehung der gleichen Metapher treffend die »Macht der Finsternis« nannte. Das Land der Bestialität, dessen Bewohner in gewisser Weise schlimmer dran sind als die Unwissenden, da sie ein Wissen vortäuschen, das sie nicht haben, ist in vieler Hinsicht ein Seitenhieb auf den Mittelstand und die Intellektuellen, die im zaristischen Rußland gerade aufkamen. Das selbstgefällige patriarchalische erleuchtete Land endlich ist eine autokratische Verwässerung von More, die seine grundlegenden Einsichten über Eigentum und Wirtschaft mit Schweigen übergeht und eine idealisierte Haltung propagiert, wie sie am Zarenhof seit der Zeit Peters des Großen gern gesehen war. Obwohl Bulgarins Werk ästhetisch ohne jede Bedeutung ist, zeugt es nichtsdestoweniger von einem gewissen Interesse auf diesem Gebiet und einer guten Kenntnis seiner Kunstgriffe, und seine obskurantistische Darstellung von sozialen Klassen als eigene Rassen und Nationen nimmt Wells' triumphale Verwendung dieses Hilfsgriffs in *Die Zeitmaschine* vorweg.

In Fürst Wladimir Odojewskis fragmentarischem *Jahr 4338*, das in den vierziger Jahren als Manuskript zirkulierte, aber erst unter der Sowjetherrschaft veröffentlicht wurde, kam die russische Science Fiction an das Niveau der übrigen Welt im 19. Jahrhundert heran. In diesem Briefroman wird die Überlieferung der Aufklärung – was sich sowohl an der Zuhilfenahme neuen Wissens wie an der Form zeigt, die Montesquieus *Lettres Persanes* entnommen wurde, mit einer Prise von Merciers *Jahr 2440* – von Odojewski, der in der Literatur ein Jünger Hoffmanns und Puschkins und in der Philosophie ein Anhänger Schellings war, mit romantischen Extrapolationen ergänzt. Die Science-Fiction-Lokalisierung in einem weit aktivistischeren Europa, das von der Französischen Revolution und hartnäckigen utopischen Hoffnungen beeinflußt war, hatte sich, selbst im hintendreinhinkenden Rußland, in Bulgarins *Wahren Nicht-Begebenheiten oder Reisen in die Welt des neunundzwanzigsten Jahrhunderts* (1829) und N. A. Veltmans *Jahr 3448* (1833) schon längst vom Raum in die Zeit verlagert. Nichtsdestoweniger war Odojewskis Erzählung die erste bedeutsame russische Antizipation. Nicht daß dieser reiche und gelehrte Exzentriker, Liebhaberastronom, Chemiker,

Philosoph, Literat usw. über die Ausmalung eines aufgeklärten Aristokratenreiches, wo sowohl Abkunft wie Begabung ihren Lohn finden, hinausgegangen wäre. Seiner Ansicht nach war die menschliche Natur ziemlich statisch, und was die gesellschaftlichen Verhältnisse angeht, gibt es bloß mehr vom Gleichen: von St. Petersburg bis Moskau erstreckt sich eine einzige Stadtregion; nachdem sie alles übrige unter der Sonne verkauft haben, versteigern die Amerikaner jetzt ihre Städte und machen sich an die Ausplünderung Chinas (das ist der einzige noch verbliebene bewaffnete Konflikt auf der Erde). Aber aus den Napoleonischen Kriegen heimgekehrte russische Offiziere und Bauern hatten einen Funken Neuerungsgeist mitgebracht, und zumindest einmal in den folgenden Jahren, beim Dezembristenaufstand von 1825, hatte dieser Funken gedroht, die überholte zaristische Struktur in Brand zu setzen. Odojewski erwartet sich alle Neuerungen von den Auswirkungen des Fortschritts der Wissenschaften, den er sehr zuversichtlich sieht. In seinen Anmerkungen zu dem Fragment *Das Jahr 4338* – sie sind oft ebenso interessant wie der Torso selbst – tadelt er Mary Shelleys düsteren Roman *The Last Man*, daß er nicht weit genug in die Zukunft blicke. Er ersinnt zum Beispiel aerostatischen Verkehr, der den Handel, die Politik und die Moral der Zukunft radikal verändert; Expeditionen zur Ausbeutung der Monderze, bei denen die Teilnehmer ihre eigene Luft mit sich führen und das Problem der Übervölkerung der Erde lösen; ein neues Nomadentum; von Maschinen verfaßte Romane und patriotische Schauspiele, während sonst im allgemeinen (eine Vorwegnahme McLuhans) der Druck und die Belletristik der reinen Information, »elektrischen« Gesprächen und öffentlichen Vorträgen weichen mußten; und Gelehrte, die nichts veröffentlichen, sondern Tag für Tag an einem Dutzend Orte Vorträge halten, von einem zum anderen fliegend; etc.

Der Roman selbst wurde vorgeblich mit Hilfe eines mesmerischen Visionärs geschrieben, der im somnambulen Zustand beliebig durch Zeit und Raum und den Geist anderer Menschen schweift. In diesem Fall hatte er sich in den Geist eines jungen Chinesen versetzt, der aus dem St. Petersburg des Jahres 4338 oder 4339, am Vorabend des Zusammenpralls der Erde mit einem Kometen, an einen Freund nach Peking zurückschrieb. Odojewski ließ sich offensichtlich nie von sozialen Umwälzungen so gewaltigen Ausmaßes träumen, daß selbst der geheiligte zaristische Name der Stadt geändert werden würde. Aber dafür diskutiert er in anregender Form die Verwendung von »elastischem Glas« oder »elastischer Kristalle« als Kleidung, wohlriechender Gase an Stelle von Weinen, photokopierter Nachrichtenblätter der wichtigsten Familien, von Teledruckmaschinen, Elektroverkehr in der Luft und unter der Erde, elektrisches Licht, die Erwärmung der nördlichen Länder durch gewaltige Heißluftröhren vom Äquator her, die Züchtung von so kleinen Pferden, daß sie als Schoßtiere dienen können, und dergleichen mehr. Hauptgesellschaftsspiel ist ein »magnetisches Bad«, das Somnambulismus induziert; in diesem Zustand plaudern viele Leute ihre geheimsten Taten und Sympathien aus, so daß Heuchelei unmöglich wird; lediglich Diplomaten sind von diesem Spiel ausgeschlossen und stehen demzufolge in der guten Gesellschaft in niedrigem Ansehen. Die geschilderte Gesellschaftsform ist hierarchisch und bürokratisch. In einer seiner Anmerkungen beschreibt Odojewski – der für Gleichheitsvorstellungen nur beißenden Spott übrig hat – eine platonische wissenschaftliche Oligarchie, an deren Spitze Dichterphilosophen stehen. Ihnen zur Seite stehen Historiographen, Sprachwissenschaftler, Physiker und andere Wissenschaftler von zweithöchstem Rang. Jeder Historiograph steht seinerseits einer Gruppe von Chronisten, Philologen, Geographen, Archäologen vor, jeder Physiker einer Arbeitsgruppe von Chemikern, Mineralogen und anderen Wissenschaftlern dritten Ranges. Den Mineralogen unterstehen Metallurgen vierten Ranges, und so weiter bis hinunter zum niedrigsten Glied; bestehend aus Kopisten und Laborassistenten. Odojewskis *Jahr 4338* kann man so als eine liberal-aristokratische Antwort auf Bulgarin auffassen, ein Pionierwerk der naturwissenschaftlichen Extrapolation in die Zukunft, das aber nicht erkennt, daß radikal neue Produktionsweisen auch radikal neue Sozialverhältnisse erfordern. Da sogar ein guter Teil der gegenwärtigen Science Fiction an derselben Blindheit leidet, ist Odojewski trotzdem einer der interessanteren europäischen SF-Autoren der Zeit vor Wells.

Daß unter dem Zarismus selbst derartige politisch zahme Antizipationen nicht gedruckt werden durften, deutet auf das feindselige Klima des Obskurantismus hin, mit dem die SF in Rußland zu kämpfen hatte. So gelangte jene bedeutsame Verschmelzung von politischem Utopismus und anthropologischer Vorwegnahme, die Nikolai Tschernischewskis *Was tun?* (1863) darstellt, nur deswegen aus dem Kerker, in dem sie abgefaßt wurde, ans Tageslicht, weil in der zaristischen Zensur ein heilloses Durcheinander herrschte. Die Erzählung wurde trotzdem erst während der Revolution von 1905 in Buchform verlegt. Nichtsdestoweniger war sie von ungeheurem Einfluß, nur der Wirkung Bellamys in den Vereinigten Staaten vergleichbar. Jedes Schulmädchen las Abschriften unter ihrem Pult, und ein halbes Jahrhundert lang verwendeten sie die Populisten und später die Sozialisten für ihre Erziehungsarbeit im Untergrund. Ein Großteil dieser Hochachtung war ursprünglich auf die legendäre Gestalt des Autors zurückzuführen, des Führers der radikalen russischen Intelligentsia, der sein übriges Leben im Gefängnis oder in harter sibirischer Verbannung verbrachte. Als brillanter Kritiker und vormarxistischer Materialist, der kompromißlos sowohl Zarismus wie Kapitalismus, auf den hin sich jener zubewegte, verwarf, schmuggelte Tschernischewski in seinen Roman das Ideal eines genossenschaftlichen und gemeinschaftlichen, freiheitlichen Sozialismus ein, in dem das aufgeklärte Eigeninteresse eines jeden durch die freie Entwicklung aller garantiert würde, beruhend auf der Befreiung der Arbeit. Aber der Hauptgrund für den dauernden Erfolg des Romans im stagnierenden Osteuropa (sowohl Lenin in Rußland wie Dimitroff in Bulgarien gedachten enthusiastisch des entscheidenden Einflusses, den er auf ihre persönliche Festlegung auf die Sache der Revolution hatte) liegt in Tschernischewskis Weigerung, zwischen dem öffentlichen und dem privaten Leben seiner Helden zu unterscheiden. »Freiheit jetzt!« hätte der Kampfruf dieser »neuen Menschen« gewesen sein können, und indem sie in ihrer radikalen Sache aufgingen, nahmen sie in ihren beispielhaften, freien und aufrichtigen persönlichen Beziehungen Rußlands utopische Zukunft vorweg. Man darf annehmen, daß Tschernischewskis Roman – trotz der etwas veralteten literarischen Schreibmoden eines Bewunderers von George Sand und Thackeray – in der Jugend von heute eine verständnisvolle Resonanz finden würde. Das Hauptthema ist die Frauenemanzipation, aber in dem liebenden Glück, das Vera Pawlowna anstrebt, gibt es keinen Bruch – wohl aber interessante Spannungen – zwischen dem erotischen und dem politischen Aspekt, ebenso wie es zwischen dem Bewußtsein und dem Unterbewußtsein keine gibt. In der Tat ist die utopische Vorwegnahme im Roman in einer Folge von vier Träumen Vera Pawlownas auch explizit vorhanden –, eine brillante Neuerung, die bald darauf Dostojewski in seiner Verwerfung des Radikalismus in Raskolnikow aufgriff und gegen ihre Urheber wandte.

Am offensichtlichsten utopisch im strikt formalen Sinn ist der berühmte »Vierte Traum«. Es ist eine zweigeteilte Vision, getrennt durch ein Intervall selbstauferlegter Zensur, das für die Darstellung der befreienden Revolution steht. Dieser Traum zeigt erstens die Freisetzung der weiblichen Persönlichkeit, die in einer Reihe von allegorischen Ausblicken zur neuen Frau, geboren aus revolutionärer Freiheit, führt, und zweitens ein sozialistisches Utopia der Zukunft, das sowohl Fouriers Idee der genossenschaftlichen Produktionskollektive (phalanstères), welche die Widersprüche zwischen Stadt- und

Landleben aufheben würden, wie Owens Idee einer neuen moralischen Ordnung, die auf Gleichheit gegründet ist und durch die Produktivität der Maschine ermöglicht wird, miteinander vereint. Diese Ideen waren im 19. Jahrhundert in Europa und Amerika weit verbreitet, aber Tschernischewski war, nach Cabet, der erste, der sie der erzählenden Prosa nutzbar machte. Was wichtiger ist, er war der erste, der didaktische Dürre vermied, indem er sie zum Mittelpunkt der Gefühle seiner Charakter machte. Der politische Traum ist zugleich der zutiefst persönliche Traum einer empfindsamen Heldin, auf eine Weise, die für Dante, Rabelais oder Marvell ganz und gar verständlich gewesen wäre, die aber in der Zwischenzeit aus dem Kulturleben Europas verschwunden war. Tschernischewskis »Vierter Traum« verschmolz romantisches Pathos mit rationalem Glauben an gesellschaftliche Veränderungen. Der gewaltige Kristallpalast inmitten fruchtbarer Felder, wo eine glückliche Gemeinschaft freier Produzenten lebt und wirkt, jeder mit verschiedenen Beschäftigungen, die alle paar Stunden wechseln, symbolisiert selbst architektonisch, durch die Vereinigung einer Vielzahl von Wohnungen, Arbeitsstätten, Studios, Theatern, Museen usw. unter demselben Dach, die ausgeglichene Harmonie des persönlichen und öffentlichen Lebens. Der Traum der Vera Pawlowna reiht sich daher würdig ein in den bedeutenden befreienden Strom der »warmen« Utopien in Westeuropa, von More und Rabelais bis zu Tschernischewskis Lehrmeistern, Rousseau und den utopischen Sozialisten, die das Prinzip aufstellten, daß die Emanzipation der Frauen das Maß für die gesellschaftliche Befreiung sei. Gewiß aber leitete er die Tradition eines ganzen Aspekts der russischen Science Fiction ein.

Eine Gegenströmung zum Radikalismus, gleichermaßen messianisch und antibourgeois, aber mit diametral entgegengesetzter Weltanschauung, fand in Fjodor Dostojewski ein mächtiges Sprachrohr. In seiner Jugend war er Mitglied eines illegalen Zirkels, der utopisch-sozialistische Ideen propagierte und sie selbst experimentell zu erproben trachtete, aber seine erschütternden Erlebnise im Gefängnis und in Sibirien verwandelten seine utopischen Absichten in eine mystische Vergötterung des zaristischen Systems. Seit jener Zeit galt sein tiefster Haß gleichermaßen der Herabwürdigung des Menschen unter dem Druck kapitalistischer Wirtschaftsformen und den radikalen Vorschlägen für eine rationale Menschwerdung; merkwürdigerweise war er dahin gekommen, diese Gegensätze als Kehrseiten derselben Medaille, des Hochmuts, zu sehen. Der berühmte Crystal Palace der Londoner Weltausstellung von 1851 wurde für ihn zum Symbol der industrialisierten Unmenschlichkeit, die Brüder trennte in die beherrschenden Reichen und die versoffenen, sektiererischen Armen. In seinen *Aufzeichnungen aus dem Untergrund*, die unmittelbar nach *Was tun?* geschrieben wurden, führte er sarkastisch die Irrationalität des freien Willens des Individuums, die durch unaufhörliches massenweises Blutvergießen bezeugte Dummheit und die allgemeine Sinnlosigkeit der Weltgeschichte gegen die rationalistischen Erbauer neuer Wirtschaftsbeziehungen und des Crystal Palace ins Treffen. Obwohl er in Anbetracht der repressiven Umstände (wo sogar Dostojewski zensuriert wurde) nicht namentlich genannt wurde, kann es wenig Zweifel geben, daß damit Tschernischewskis Roman gemeint war. In Raskolnikow, dem Helden von Dostojewskis unmittelbar darauf folgendem Roman, erkannten alle Radikalen ein verzerrtes Bild ihrer selbst.

Obwohl er voller Energie gegen die Idee eines zukünftigen Crystal Palace anging, ließen den zwiespältigen Dostojewski die Themen von Unschuld, brüderlicher Liebe und des Tranzendierens gesellschaftlicher Gegensätze nicht los. Seiner religiösen Neigung getreu, verlegte er sie in ein vergangenes mythisches Goldenes Zeitalter – ein Motiv, das sein ganzes Werk durchzieht und explizit an manchen Stellen durchbricht, wie in Versilows Rede in *Die Jünglinge*, dem unterdrückten Kapitel von *Die Dämonen,* und endlich im *Traum eines lächerlichen Menschen* (1877) als eigenes Werk formalisiert wurde. Diese Geschichte ist weit entfernt von der giftigen Polemik der sechziger Jahre. Obwohl Dostojewski der Möglichkeit der Erlösung des Menschen innerhalb der Geschichte weiterhin skeptisch gegenüberstand – siehe die Erzählung vom Großinquisitor in *Die Brüder Karamasow* – ist der »Traum eines lächerlichen Menschen« ein Aufschrei für die *Notwendigkeit* einer solchen Erlösung. Er schildert einen verzweifelten Erzähler, der jeden Kontakt mit der Menschheit verloren hat und beschließt, Selbstmord zu begehen. Er träumt, daß er gestorben ist und durch den Weltraum auf einen Zwillingsplaneten der Erde gebracht wurde, der ihr völlig gleicht. Hier findet er auf einer griechischen Insel ein liebevolles Volk ohne Sündenfall in einem Goldenen Zeitalter. Nach einiger Zeit allerdings verdirbt er die glücklichen Utopier durch Lügen, Grausamkeit und Individualismus. Sehr bald entwickelt sich ein ganzes bürgerliches Staatswesen, mit Verbrechen, Wissenschaften, Regeln für ehrenhaftes Verhalten, Kriegführung und einer vollständigen Geschichte von Sklaven und Heiligen, mit Leiden und einer organisierten Religion. Der entsetzte Erzähler bittet darum, gekreuzigt zu werden, wird aber ausgelacht und erwacht. Er gibt seine Selbstmordabsichten auf und verwendet sein weiteres Leben darauf, die Botschaft der Möglichkeit von Glück und Schönheit auf unserem Planeten zu predigen. Ungeachtet aller Brandreden Dostojewskis gegen die utopische Abschaffung des Leidens ist es der Verlockung des irdischen Glücks hier einmal gelungen, sich in diesem wenig bekannten Prachtstück zu behaupten: eine späte, vereinzelte und wehmütige, aber bedeutsame Konzession an den Traum der Vera Pawlowna.

In der russischen Literatur niemals ganz abwesend, erlangte die antizipatorische Alternative zu Zeiten revolutionärer Auflehnung, die auch an der Zensur nagten, besondere Relevanz. Eine solche Zeit war um 1900, als die utopische Flamme in vielen Werken, die nicht zur SF zählen, aufloderte.

Die zukunftsorientierten Tagträume einiger Helden Tschechows, wie etwa Verschinins in *Drei Schwestern*, sind dafür ziemlich repräsentativ. In Umständen, die nach einem aktiven Eingreifen im Hier und Jetzt riefen, galt ein fernes utopisches Land, wie jenes, das der tolstoihafte Volksprediger Luka in Gorkis *In der Tiefe* entwickelte, bereits als Ausweichen. Der bedeutendste Zeuge für die Dringlichkeit des Handelns war der prominente symbolistische Dichter Valerij Brjussow. In seinem Schauspiel *Erde* (1904) zerschmettert eine Revolution der Jugend die Glaskuppel, die die Menschheit in einer dekadenten Riesenstadt vom Sonnenlicht und der freien Natur abschneidet; die Revolution wird abwechselnd als Suche nach Freiheit aufgefaßt und als eine Gefahr, die die Stadt dem Risiko der Vernichtung aussetzt. Zur gleichen Zeit wie Londons scharfsichtigere *Eiserne Ferse* erkannte Brjussow die fernen Möglichkeiten einer neuen Kultur und die unmittelbare Aussicht der Zerstörung der Gegenwärtigen. Nach dem Scheitern der Revolution von 1905 verengte sich Brjussows Gesichtsfeld: die Prosafassung der *Erde* endet in einer Katastrophe; zugleich ist seine zweite Geschichte über eine Zukunftsstadt, *Die Republik des Südkreuzes* (1907), ungeschminkt antiutopisch. Eine riesige kapitalistische Metropole, genau am Südpol, die Hauptstadt der größten Industriemacht auf der Welt, und erneut von einer undurchdringlichen Kuppel umschlossen, fällt einer tödlichen Epidemie von Mania contradicens zum Opfer, die die davon Befallenen genau das Gegenteil von dem machen läßt, was sie tun wollen. Wissenschaft und Gesellschaft erweisen sich als machtlos, ihre Ausbreitung zu verhindern, und eine entschlossene bürgerliche Minderheit, die um die Aufrechterhaltung der Ordnung kämpft, wird schließlich von den vertierten Bewohnern überwältigt. Die Geschichte ist eine seltsame Vorwegnahme von Albert Camus' *Die Pest*, vielleicht, weil sich beide von Raskolnikows Traum von einer weltweiten Seuche am Schluß von *Schuld und Sühne* herleiten; noch bedeutsamer aber deswegen, weil beide die

Hans Ulrich & Ute Osterwalder

Johann Peterka

großen sozialen Umwälzungen unseres Jahrhunderts allegorisch darstellen. Aber Brjussow war eher bereit, jeden Preis für die Zerstörung des »widerwärtigen und schändlichen« kapitalistischen Systems zu bezahlen. Obwohl seine apokalyptischen Verse Wölfe ausmalten, die an den Ufern der Seine heulten, und glückliche Kinder, die im Londoner Parlament Bücher verbrannten, apostrophiert er die »künftigen Hunnen« (siehe auch seine Geschichte *Die letzten Märtyrer*):

Euch aber, die ihr mich vernichten werdet,
begrüße ich mit einer Hymne!

Zusammen mit dem anderen großen Symbolisten Alexander Block, der auch die Ankunft der neuen »Skythen« sich vorgestellt hatte, wurde Brjussow so zu einem der wenigen prominenten nicht-marxistischen Autoren, die am nachrevolutionären Kulturleben Sowjetrußlands aktiv teilnahmen.

Alle diese Beispiele belegen ein ständiges Interesse an der russischen Science Fiction und eine bedeutende Tradition. Man könnte noch eine Anzahl zweitrangiger Versuche anführen, wie Alexander Kuprins beliebte Geschichten *Ein Toast* und *Die flüssige Sonne* (1913), sowie einige technische Antizipationen, die von Ingenieuren und Wissenschaftlern in der Absicht geschrieben wurden, die Wissenschaft zu popularisieren. Dazu gehören etwa V. Tschikolews *Elektrische Geschichte* (*Weder wahr noch erfunden,* 1895), A. Rodnychs *Rollende Straße* (1902), Professor Bachmetews *Das Vermächtnis des Milliardärs* (1904) und N. Komarows *Kältestadt* (1917); im Werk Ziolkowskis erreichte diese Richtung einen Höhepunkt. Komarows Vorwegnahme einer so hochentwikkelten Kältetechnik, daß es selbst möglich wird, dem Temperaturanstieg der Lufthülle der Erde entgegenzuwirken, führte bereits zu einer technischen Skizze der Geschichte der nächsten zwei Jahrhunderte. Durch die Herauskehrung der sozialpolitischen Aspekte einer derartigen Geschichte wurde A. Bogdanow-Malinowski, ein prominenter, obzwar ideologisch unorthodoxer Bolschewikenführer, neben Brjussow und

Ziolkowski zum interessantesten SF-Autor der Jahre unmittelbar vor der Revolution. Seine Romane über eine ideale Marsgesellschaft, *Der rote Stern* (1908, neu aufgelegt 1972 im Frankfurter Makol-Verlag) und *Ingenieur Menni* (1913), vor allem der erste, begründeten die Tradition der russischen linksradikalen SF, indem sie irdische politische Kämpfe mit der interplanetaren Erzählung verschmolzen, entweder direkt oder durch die Nebeneinanderstellung als Vorwegnahmen, Extrapolationen oder Alternativen im gleichen Werk. Bogdanows überlegene Marstechnik (die Vorahnung der Atomenergie, die Automation, Antimaterie und interplanetare Fahrzeuge mit Ionenantrieb gehören dazu) und seine Gesellschaftsordnung haben die europäische »Marsgeschichte« (Laßwitz in Deutschland) mit Erfolg auf eine Art modernisiert, die in der Zeit zwischen Wells und der amerikanischen SF der vierziger Jahre dieses Jahrhunderts nicht übertroffen wurde. Das freie, wissenschaftsorientierte Gesellschaftssystem wird fünfzig Jahre später von Jefremow aufgegriffen, die Bekehrung und die Liebesgeschichte eines revolutionären Helden auf einem anderen Planeten von Alexej Tolstoi, und beide Elemente zusammen oft und oft von der sowjetischen Science Fiction der zwanziger und sechziger Jahre. Selbst Bogdanows aktivistische Charaktere und sein stellenweise lyrischer Stil erwiesen sich als richtungweisend.

Doch trotz aller Vitalität war die SF-Tradition vor der Revolution sehr dürftig. Sie wurde nur unter großen Opfern von außergewöhnlichen, heldenhaften und alleinstehenden Gestalten geschaffen. Die Last der industriellen und wissenschaftlichen Rückständigkeit, dazu die dumpfe Unterdrückung durch den Zarismus, machten sich zu fühlbar, als daß ein Aufblühen des Genres möglich gewesen wäre. In den zwanzig Jahren vor 1917 wurden nur etwa fünfundzwanzig Bücher dieser Art veröffentlicht. Nichtsdestotrotz haben sie, zusammen mit den zahlreichen Übersetzungen und Imitationen Jules Vernes (zum Beispiel durch Volochow-Perwuschin, Semenow,

Uminsky) den Boden für die Blüte der SF vorbereitet. Diese brach mit elementarer Gewalt in den zwanziger Jahren aus, in der ersten Begeisterung eines revolutionären Regimes, das sich der Industrialisierung und der modernen Wissenschaft als Mitteln zur Gewinnung utopischer Meisterung des Menschenschicksals verschworen hatte.

In Rußland war dies eine jener Epochen, in denen neue Himmel sich mit der alten Erde berühren, die Zukunft voll Tatendurst die Gegenwart überwältigt und der träge und behäbige Strom der Zeit sich plötzlich in einem wilden Wasserfall ergießt, der auf dem nahen Horizont einen Regenbogen hervorbringt und Dutzende von Generatoren Licht und Wärme spenden läßt. Am Höhepunkt der Hungersnot an der Wolga stattete H. G. Wells dem Sowjetstaat einen Besuch ab, und traf dort einen Lenin, der voller Zuversicht Pläne für ein vollelektrifiziertes, selbstverwaltetes Rußland entwarf. Richtig erkannte Wells im Autor von *Staat und Revolution* einen utopischen Träumer: der »Utopograph« Wells hatte aber vergessen, daß sich gewisse Utopien verwirklichen lassen. In der Literatur der zwanziger Jahre inspirierte dieser Zeitgeist eine Unmenge von Antizipationen und Planetenromanen. Der unermüdliche Brjussow, der sich seit langem für interplanetare Reisen begeisterte, träumte mit Pasternak und den Futuristen von einer wissenschaftlichen Dichtkunst und schrieb von Milliarden von Welten, die reif wären, den Ruf einer Erde zu hören, die sich in »planetarer Revolution« (*Entfernungen*, 1922) drehte. Zwei seiner Stücke erörterten die Möglichkeiten und Nachteile interplanetarer Beziehungen. Die Tragödie *Der Diktator* (1921), die vielleicht nach Wells' *Wenn der Schläfer erwacht* gestaltet ist, entwirft das Bild eines Militaristen, der möchte, daß die Erde das Universum erobert, aber von den Anhängern der friedlichen Arbeit gestürzt wird. In *Die Welt der sieben Generationen* (1923), die auf einem symbolhaften Kometen spielt, triumphiert die Menschheit, aufgrund ihrer ethischen Werte, gewaltlos. Ausgehend von solch einer weitverbreiteten Identifizierung der gesellschaftlichen Revolution mit dem Sprung des Menschen ins Universum, nannte sich eine ganze Schule von russischen Dichtern die »Kosmisten« und verherrlichte ein etwas verschwommenes »planetarisches Bewußtsein«. Viel zuwenig bekannt sind die soziologisch zweifellos repräsentativen Visionen einer perfekten klassenlosen Zukunft à la Tschernischewski und Bogdanow, wie V. Itins gefühlvolles *Gonguri-Land* (1922), J. Okunews *Zukunftswelt* (1923) und mehrere andere Werke dieser Art, bis zu V. Nikolskys *In tausend Jahren* (darin gibt es intelligente Pflanzen und die erste Atomexplosion im Jahre 1945), E. Selikowitschs *Künftige Welt* (1930) und J. Larris *Das Land der Glückseligen* (1931). Eine Anzahl bekannter Prosaautoren schrieben zu Anfang ihrer Karriere zumindest ein Werk, das überwiegend oder zumindest am Rande zur Science Fiction gehört, oft in der nahen Zukunft angesiedelt und mit starken Elementen der politischen Abenteuer- oder Kriminalerzählung. Dazu gehören etwa einige Geschichten von Nikolai Asejew, Ilja Ehrenburgs Roman *Trust D. E.* (1923), Valentin Katajews *Die Insel Ehrendorf* (1924), Marietta Schaginjans ›Jim Dollar‹-Trilogie, angefangen mit *Mess-Mend* (1924–6), Boris Lawrenews *Der Fall der Republik Ytl* (1925) und Wsewolod Iwanows und Viktor Schklowskijs *Yperit* (1926).

Ein anderer und ähnlicher Typus war der »Katastrophenroman«, der sich oft mit den gesellschaftlichen Auswirkungen einer neuen wissenschaftlichen Erfindung (häufig eine Art »Todesstrahlen«, produziert von irgendeinem einzelgängerischen Wissenschaftler der Gattung Frankenstein oder Kapitän Nemo) befaßte und unweigerlich mit dem katastrophalen Sturz des Kapitalismus und dem Sieg der Weltrevolution endete. Man könnte z. B. die für sich sprechenden Titel von Valentin Katajews Roman *Der Herr des Eisens* (1925) oder zweier Werke aus dem Jahre 1927 erwähnen – A. Palejs *Golfstrom*, worin eine sozialistische Alte Welt den taylorisierten und entfremdeten Vereinigten Staaten gegenübergestellt wird, und A. Schischkos *Der Appetit der Mikroben*, das Roboter und chemische Kriegführung anzubieten hat. Diese Art von Geschichte ging vom Verneschen »Wissenschaftsroman« aus und verbreiterte sich zu soziopolitischen Vorwegnahmen der nahen Zukunft. Ihre globalen Dimensionen schlossen an Wells' Romane aus seiner mittleren Periode, wie *Der Luftkrieg, The World Set Free* und vor allem *Wenn der Schläfer erwacht*, aber ihren Primärimpuls bezogen sie aus den in den ersten zehn Jahren nach der Oktoberrevolution allgemein verbreiteten sowjetischen Antizipationen eines revolutionären Umsturzes auf der ganzen Welt. Den Höhepunkt dieser Art von Geschichte bildete zweifellos Alexej Tolstois Roman *Das Hyperboloid des Ingenieurs Garin* (auf den später noch eingegangen wird; er wurde als *Die Todesstrahlen des Ingenieur Garin* ins Deutsche übersetzt), dessen erste Fassung 1925–26 veröffentlicht wurde. Tolstois zahlreiche Umarbeitungen dieser politischen Voraussage in den nächsten zwölf Jahren sind an sich beinahe schon eine Geschichte im Mikromaßstab der wechselnden Haltungen in der und um die sowjetische Science Fiction dieser Zeitspanne. Die quälerischen und ironischen Aspekte eines an Samjatin erinnernden Skeptizismus schließlich wurden von S. Brobrows *Revolte der Misanthropen* (1922), Lew Lunts expressionistischem Drama *Die Stadt der Wahrheit* (1923), einigen Erzählungen von Weniamin Kawerin und vor allem von Michail Bulgakow (*Die Teufelseier*, 1924; *Hundeherz*, 1925), der sich bald der reinen Phantastik zuwandte, fortgeführt.

Am repräsentativsten für diese literarische Hauptrichtung der zwanziger Jahre waren aber vielleicht – obwohl sie oder gerade weil sie nur zum Teil oder nur am Rande der Science Fiction zugezählt werden können – einige Werke von Wladimir Majakowski, ihrem beliebtesten Dichter. In Gedichten wie *Darüber, 150 Millionen* und *Die fünfte Internationale*, in kurzen Agitpropstücken wie *Früher und Jetzt*, in Filmdrehbüchern und am deutlichsten in seinen drei nach der Revolution entstandenen Stücken war die schöpferische Hauptkraft die Spannung zwischen dem antizipatorischen Utopismus und der widerspenstigen Wirklichkeit . . . Der Futurist und Wells- und London-Bewunderer Majakowski schrieb sein witziges Meisterwerk *Mysterium buffo* zur Feier des ersten Jahrestages der Oktoberrevolution, die er als zweite läuternde Sintflut darstellte, in der sich die arbeitende Klasse, beflügelt von einer poetischen Vision aus der Zukunft, nacheinander ihrer Herren, Teufel und Engel entledigt, das wirtschaftliche Chaos meistert und schließlich ein irdisches Paradies schafft, in dem der Mensch mit den Dingen seiner Umwelt versöhnt ist. Die Revolution ist so sowohl politisch wie kosmisch, sie ist eine unumkehrbare und eschatologische, unehrerbietige und geheimnisvolle, irdische und zarte Rückkehr zu direkten Sinnesbeziehungen des Menschen mit einem nicht länger entfremdeten Universum. Was Wunder also, daß Majakowskis spätere zwei Stücke zu satirischen Protesten gegen die drohende Absonderung des klassenlosen Himmels von der Erde gerieten. Die zukünftigen Himmel der sonnenbestrahlten Gemeinschaft bildeten auch künftig den ständigen Gesichtskreis von Majakowskis phantasievollen Experimenten, und von diesen Werten ausgehend, werden die grotesken Tendenzen der kleinbürgerlichen Restauration in *Die Wanze* (1928) oder der bürokratischen Degeneration in *Das Schwitzbad* (1929) verwüstet. In der Tat bricht im zweiten Teil beider Schauspiele die Zukunft – obwohl für eine Aufführung zu vage ausgemalt – in das Stück ein. In *Die Wanze* absorbiert sie die kleinliche *Bettwanze normalis* in ihrem Bestiarium und stellt sie unter Quarantäne. In *Das Schwitzbad* materialisiert sich der Slogan »Vorwärts die Zeit!« des sowjetischen Fünfjahresplanes in der Erfindung einer Zeitmaschine, die die Verbindung mit der Zukunft herstellt und in die Zukunft springt, die produktiven und unterdrückten Figuren mit sich reißend, aber Bürokraten ausspeiend. Der Sieg über die Zeit war für Majakowski eine Angelegenheit von zentraler politischer, kosmischer und persönlicher Wichtigkeit: er glaubte fest an die Möglichkeit der Unsterblichkeit des Menschen und schien derartige Hoffnungen für die Zeitkontraktion von Einsteins Relativitätstheorie zu hegen. Sein Selbstmord im Jahre 1930 riß ihn mitten heraus aus einer Kampagne gegen die Bürokraten, die er beschuldigte, sie hielten die Zeit zurück, und die am Mißerfolg von Meyerholds erstklassiger Inszenierung von *Das Schwitzbad* schuld waren.

Bei näherer Betrachtung stellt sich heraus, daß sich der anscheinend so verschiedene Samjatin ebenfalls mit den Beziehungen zwischen der neuen, zukünftigen und mit der alten, gegenwärtigen Erde befaßt. Als Exbolschewist und Aufständischer gegen den Zarismus, Als Schiffsbauingenieur, der in seinem Roman *Wir* (1922) die Atmosphäre der Schiffswerften und der illegalen Bewegung darstellte, verachtete auch Samjatin den westlichen Kapitalismus als lebenserdrückend. Einige Züge eines satirischen Romans gegen bürgerliche Wohlanständigkeit und klerikales Spießbürgertum, den er während des 1. Weltkrieges in England schrieb, so etwa die Sex-Koupons und die Taylorsche »Tafel der obligatorischen Erlösung« durch einen bis auf jede Minute genau festgelegten Tagesablauf, kehren in *Wir* wieder. Selbst nachdem er aus der UdSSR emigriert war, war in den dreißiger Jahren ein historischer Roman über Attila und den Untergang des dekadenten Rom sein Hauptprojekt; wie Brjussow und Block hielt er dessen Lage als dem Ost-West-Konflikt unserer Tage für analog. Am wesentlichsten ist jedoch, daß auch für Samjatin die Revolution das unangezweifelte lichte Prinzip des Lebens und der Bewegung war, während er das Prinzip des dogmatischen Bösen und des Todes mit dem Namen Entropie belegte. Was not tut, versicherte er, ist eine antientropische Wissenschaft, Gesellschaft und, natürlich, Literatur, »weil sie das Kampfmittel ist gegen das Zuviel-Wissen, gegen die Sklerose, die Starre, das Moos, die Ruhe . . . eine utopische Literatur, so absurd wie Babeuf im Jahre 1797: in 150 Jahren hat sie recht«. Es ist offensichtlich, daß sich Samjatin für einen Utopisten, ja, daß er sich paradoxerweise für revolutionärer hielt als die späteren Bolschewiken, denn »die Wahrheiten von heute werden morgen zu Fehlern werden; es gibt keine letzte Zahl« *(Über die Literatur, die Revolution und die Entropie)*. Es zeugt daher nicht von Scharfsinn, ihn in erster Linie als antisowjetischen Autor hinzustellen – obwohl die zunehmend dogmatischen und bürokratischen Hohenpriester der Sowjetliteratur dieser Meinung waren, die Publikation des Romans in der Sowjetunion stets verhinderten und ihn dazu brachten, daß er 1931 das Land verließ. Das repressive Potential eines jeden starken Staates und jedweden technokratischen Establishments, einschließlich eines staatssozialistischen extrapolierend, beschreibt Samjatin einen Einzigen Staat zwölf Jahrhunderte in der Zukunft, der einen »Wohltäter« zum Führer hat (einen Vorläufer von Orwells Großem Bruder und der Lage in *1984*). Die Kunst ist zu einer öffentlichen Dienstleistung geworden und die Wissenschaft zur unfehlbaren Richtschnur für ein lineares, niemals abweichendes Glück. Samjatins Sarkasmus gegen abstrakte utopische Rezepte (zum Beispiel die schwächeren Werke Wells') nimmt Dostojewskische Züge an: die Drohung des Crystal Palace schwingt mit in einer völlig durchrationalisierten Stadt. Das einzige bleibende Element des Irrationalen sind die Menschen, wie etwa der innerlich zerrissene (Marx hätte gesagt entfremdete) Erzähler, der Mathematiker und Raketenbauer D-503, und die Versucherin aus dem Untergrund, die für kurze Zeit aus ihm einen Abweichler macht. Der Mensch hat aber, wie Dostojewskis Großinquisitor Christus erläuterte, einen eingebauten Instinkt für die Sklaverei, die Rebellion scheitert und alle »Bürger«-Nummern werden einer Gehirnoperation unterzogen, die jede Möglichkeit einer schädlichen Phantasie ausmerzt.

Samjatins Roman ist jedoch nicht in sich schlüssig oder von gleichbleibendem Niveau. Der Wurf ist kühn, aber er verharrt zögernd zwischen Tschernischewski und Dostojewski, unsicher, wie Wissenschaft und Vernunft zu bewerten seien. Nach dem Physiker und Philosophen Bogdanow und dem Mathematiker Ziolkowski war Samjatin unter den bedeutenden russischen SF-Autoren der erste aktive Wissenschaftler und Ingenieur. Die wissenschaftliche Methode lieferte das Paradigma für sein Denken, und er konnte sie nicht ernstlich für die Deformation des Lebens verantwortlich machen. Wie kommt es dann, daß ein gewisser Typus von Rationalismus, der sich für wissenschaftlich ausgibt, in gewissen gesellschaftlichen Nutzanwendungen schädliche Folgen zeitigt? Diese Frage, die in der SF mit Butlers *Erewhon* und den besten Werken von Wells gestellt worden ist, konnte Samjatin nur mit mythischen, von Dostojewski entlehnten Begriffen beantworten; es gibt »nur einen vorstellbaren Sieg – ans Kreuz geschlagen zu werden ... wo Christus wirklich der Sieger ist, wird er zum Großinquisitor« (Samjatins Essay *Skythen*). Jede Verwirklichung eines hehren Ideals bewirkt unausweichlich seinen Untergang im Spießertum. Soweit *Wir* den leninistischen Kommunismus mit dem institutionalisierten Christentum gleichsetzt und die Fabel nach der unausweichlichen Vertreibung aus dem Paradies im Gefolge des Sündenfalls modelliert, die in einer ironischen Kreuzigung endet, weist es einen starken antiutopischen Zug auf. Samjatins evokativer Stil legt den Nachdruck auf systematische Bildhaftigkeit, was zu Lasten der Handlung geht und so eine Tugend aus der Unfähigkeit macht, die gewählte Situation zu erklären und ihre Pole Rationalismus und Irrationalismus, Wissenschaft und Kunst (einschließlich der Liebeskunst) miteinander zu versöhnen. Dieses Vorgehen verschattet jedoch nur das Grundproblem, ob nicht etwa *jede* Utopie, selbst eine dynamische, nicht-Morussche, aus innerer Notwendigkeit repressiv und entmenschlichend sein muß. Samjatins Gesellschaftsideologie steht daher zu seiner eigenen experimentellen Vorgangsweise im Widerspruch: jede sachgerechte Erörterung dieses Themas und dieser Situation hätte in der am wenigsten entfremdeten Utopie, die man sich nur vorstellen kann, erfolgen müssen – in einer, in der es keinen Mißbrauch der Naturwissenschaften durch eine dogmatische Wissenschaft vom Menschen gibt.

Trotz alledem implizieren die Grundüberzeugungen von *Wir* die hartnäckige revolutionäre Vision einer klassenlosen, neuen moralischen Welt, die frei von gesellschaftlich bedingten Entfremdungen ist, eine Vision, die sie mit dem Anarchismus und dem libertären Marxismus teilt. Samjatin konfrontiert so eine antiutopische, absolutistische, militarisierte Herrschaft – extrapoliert sowohl aus der Praxis des Bürgertums und der frühsozialistischen Staaten – mit einer utopisch-sozialistischen Norm. Wie er in seinem Essay *Morgen* schrieb: »Wir wenden uns nicht an diejenigen, die das Heute als Rückkehr zum Gestern betrachten; nicht an diejenigen, die – verstrickt in den heutigen Tag – hoffnungslos taub sind; wir wenden uns an diejenigen, die das ferne Morgen sehen – und im Namen des Morgen, im Namen des Menschen das Heute beurteilen.« Dieser Standpunkt unterscheidet sich von dem Majakowskis in *Das Schwitzbad* hauptsächlich durch seine asketische Konzentration auf die Mißbildungen, ohne das explizite Gegengewicht einer unbestimmten Zukunft. In der Tat ist es bezeichnend, wie auch für Majakowski die utopische Vorwegnahme in immer weitere Ferne rückt: in der Poesie vom einundzwanzigsten Jahrhundert der *Fünften Internationale* (1922) zum dreißigsten Jahrhundert des *Fliegenden Proletariers* (1925); in der Dramatik von den fünfundzwanzig Jahren des Szenarios *Vergiß den Herd* (1927) zu den hundert Jahren des *Schwitzbades* (1929). Zusammen mit der Dichtung Majakowskis, den er »einen gewaltigen Leuchtturm« nannte, führte Samjatin in die russische Science Fiction die Erkenntnis ein, daß die neue utopische Welt kein statisches, unveränderliches Paradies einer neuen Religion sein kann, und sei es eine Religion des Stahls, der Mathematik und der interplanetaren Flüge. Unter Zurückweisung jedweder Art von Kanonisation muß das neue materialistische Utopia die ständige Überprüfung im Lichte der eigenen Prinzipien über sich ergehen lassen. Ihr Mittelpunkt lag für Samjatin in der sich fortwährend entwickelnden menschlichen Persönlichkeit, und sie findet ihren Ausdruck in der nicht kleinzukriegenden, lebenspendenden und subversiven Erotik. Ungeachtet aller entschlossenen Einseitigkeit scheint die Nutzanwendung von Samjatins verbitterter und paradoxer Warnung im dialektischen Utopismus sonnenklar zu sein.

Die Sprache des Romans selbst bedient sich einer interessanten expressionistischen Ausdrucksweise, die zumindest ein Minimum an kognitiver Wahrhaftigkeit verbürgt. Sie zielt ganz auf Geschwindigkeit und Wirtschaftlichkeit ab, was Samjatin selbst so definierte:

»... jedes Wort voller Hochspannung. In eine Sekunde muß hineingepreßt werden, was zuvor in eine ganze Minute hineinging, die Syntax wird elliptisch und luftig, die komplexen Pyramiden der Absätze sind auf die Steinblöcke für sich stehender Sätze verstreut ... Das Bild ist scharf eingestellt, synthetisch, es hat nur eine grundlegende Eigenschaft, und die würde man von einem fahrenden Auto aus bemerken. Dialekte, Neologismen, die Wissenschaft, die Mathematik und das Ingenieurwesen sind in ein Vokabular eingefallen, das der ständige Gebrauch kanonisiert hatte ...«

Samjatin ist ein Häretiker; stellenweise vage und möglicherweise verworren, mißlingt es ihm wahrscheinlich aufgrund der einseitigen Annahmen, die seiner Komposition zugrunde liegen, die künstlerische Struktur eines Schriftstellers ersten Ranges zu erreichen – aber er ist gewiß kein Gegenrevolutionär. Im Gegenteil, er versuchte auf seine Art, auf eine Zukunft hinzuwirken, die anders als die des Einzigen Staates wäre. Sein Held unterliegt, aber dem Roman als Ganzheit geht es um die Integrität menschlichen Wissens (der Wissenschaft) und menschlichen Handelns (Liebe und Kunst). Selbst das Symbol $\sqrt{-1}$ (personifiziert durch die in die Stammesgemeinschaft zurückgeführte ›Hippie‹-Mephis der Grünen Welt) ist eine Antithese zu einem und ein Appell gegen einen engstirnigen Rationalismus (den Einzigen Staat), die die These nicht einfach bloß verwerfen – wie es Dostojewskis Mann im Untergrund tat –, sondern eine höhere dialektische Synthese andeutet, die sich in D-503s Schwanken zwischen Liebe und Integral schon abzeichnet. Im Gegensatz zu Wells wird die Schuld und die mögliche Lösung hier jedoch dem Menschen angelastet, nicht mythischen Außenseitern. Wie das formale Vorbild für D-503s persönliche Aufzeichnungen, das Laboratoriumsprotokoll, bleibt die Struktur von *Wir* offen für neue Erkenntnisse; ruhelos, antientropisch und niemals völlig abgeschlossen. Indem die beschriebenen Deformierungen systematisch und feinfühlig im Experiment überprüft und der Vergrößerung der Science Fiction unterworfen werden, ermöglicht Samjatins Methode ihre Erkenntnis und Bewältigung. Nach seinen eigenen Worten ist die Niederlage des Helden eine Sache des Tages, aber nicht eine des Zeitalters. Die Niederlage im Roman *Wir* ist keine Niederlage des Romans selbst, sondern ein Versuch, den Leser zum Denken und zum Handeln anzuregen. Es ist das Zeugnis für einen verzweifelten Zusammenstoß zwischen der »kalten« und der »warmen« Utopie: ein Urteil über Campanella, ausgesprochen von Rabelais.

Parallel zur vorwiegend soziologisch orientierten Science Fiction gab es in den zwanziger Jahren auch die erste Welle der russischen SF, die organische soziologische Vorwegnahme mit naturwissenschaftlicher Science Fiction, die meist auf interplanetarische Abenteuer ausgerichtet war, verschmolz. Der große Pionier sowohl in der russischen Astronautik wie der sowjetischen Science Fiction war Konstantin Ziolkowski, ein Mathematiklehrer, der seine Gedankenflüge über das kosmische Geschick der Menschheit um 1890 in einer gottverlassenen zaristischen Provinzstadt begonnen hatte. Zu ihrer Propagierung schrieb er zwei SF-Broschüren, die ein mögliches glückseliges Leben auf den Asteroiden, dem Mond und in Raumschiffkolonien im Weltraum sich ausmalten (*Auf dem Mond*, 1887; *Träume vom Himmel und der Erde*, 1894). Das Sowjetregime griff seine unbeachteten Ideen begeistert auf. Im Jahre 1918 schrieb Ziolkowski seine beste SF-Geschichte *Jenseits der Erde* und begann seine wissenschaftlichen Pläne mit staatlichen Mitteln zu verwirklichen, wodurch er zum verehrten Lehrer der zukünftigen Sputnik- und Wostok-Erbauer wurde, wie auch der von SF-Fans und SF-Autoren wie Beljajew. Schon oben wurde auf die allgemeine Begeisterung für die revolutionäre »Himmelsstürmerei« der zwanziger Jahre hingewiesen, wie ihr Brjussow, Majakowski und die »Kosmisten« Ausdruck gaben und wie sie skeptisch selbst in Samjatins *Wir* und seiner Kurzgeschichte *Das Wichtigste* (1924) erörtert wurde. Raumfahrtvereine, öffentliche Vorträge und Ausstellungen wurden damals organisiert; inmitten des Bürgerkrieges besuchte der unverwüstliche Lenin, der Lowells Marstheorien gelesen und mit Bogdanow dessen Marsromane diskutiert hatte, einen Vortrag über das Projekt eines Raumschiffes und vertrat in einem Gespräch die Meinung, »daß alle unsere philosophischen, moralischen und sozialen Anschauungen von Grund auf überprüft werden müssen, falls die Menschheit jemals die anderen Planeten betritt«. Im Jahre 1925 veranstaltete die Universität Moskau eine Diskussion über den »Flug zu anderen Welten«, und um 1925-26 erschienen die ersten spezialisierten Abenteuerhefte, die vornehmlich oder ausschließlich der SF gewidmet waren, wie *Krieg der Welten, Wissen ist Macht, Der Universaldetektiv* und *Welt der Abenteuer*. In der Blütezeit des privaten Verlagswesens während der Ära der Neuen Wirtschaftspolitik wurde der sowjetische Markt mit ungeheuren Mengen von trivialer amerikanischer und europäischer (vorwiegend deutscher) Science Fiction überschwemmt, wie etwa dem Mars-Zyklus von E. R. Burroughs. Ohne die allzeit beliebten Werke von Verne und Wells hat die Forschung zwischen 1923 und 1930 mehr als hundert Übersetzungen zutage gefördert (im Vergleich dazu 200 sowjetische Romane und Kurzgeschichten zwischen 1920 und 1930). In einer solchen Atmosphäre erhielt das Genre durch den bekannten Schriftsteller Alexej Tolstoi einen Anstrich von literarischer Qualität und Respektabilität, der in seinen Romanen *Aelita* und *Das Hyperboloid des Ingenieurs Garin* das Abenteuer interplanetarer Flüge und Konflikte und den weltweiten Kampf um eine neue wissenschaftliche Erfindung mit einem utopischen Pathos verband, das mit revolutionären Gesellschaftsperspektiven auf eine Weise durchtränkt war, die darauf abzielte, es fast allen Teilen der Leserschaft recht zu machen. Diese Verbindung wurde auch in der Folge die Grundlage der sowjetischen SF-Tradition.

In *Aelita* (1922), das Tolstoi schrieb, als er sich, noch Emigrant, auf seine Rückkehr in die Sowjetunion vorbereitete, wird diese Verbindung auf gefällige Weise mit einer lyrischen Komponente bereichert: die Liebe des Los, des Erfinders der Rakete, zur Marsprinzessin Aelita. Los, der schöpferische Intellektuelle, mit seiner Wankelmütigkeit und seinen individualistischen Problemen, wird Gusew gegenübergestellt, dem tatkräftigen Ingenieur, aber auch Gusew, dem pfiffigen Mann aus dem Volke und furchtlosen Kämpfer, der den Aufstand der Marsarbeiter (die Marsianer sind Nachkommen der Atlantier) gegen die dekadente Diktatur des Rates der Ingenieure anführt. Auch wenn die obligate Abenteuerromantik von Wells und der damals beliebten wesentlichen SF entlehnt ist (möglicherweise Benoits *Atlantida* und Burroughs' *Eine Marsprinzessin,* die beide in der UdSSR übersetzt wurden), sind seine politischen Ansichten den Vorstellungen eines Laßwitz, Wells und Bogdanow von einer wohlwollenden marsianischen Technokratie genau entgegengesetzt. Doch wenn auch der von einem Rotarmisten angeführte Aufstand der Arbeiter eine eindeutige Parabel der Gegenwart darstellte, wie sie für die gesamte sowjetische SF von Majakowski bis Samjatin eigentümlich war, so ist doch die deprimierte und etwas übereilte

Rückkehr, nach der Los den verzweifelten Rundfunkaufrufen seiner Geliebten lauscht, voll von Wellsschem Pessimismus *(Die ersten Menschen auf dem Mond).* Aber diese Zwiespältigkeit, obwohl sie doch gelegentlich die Mechanik des Handlungsablaufes überfordert, gibt dem Roman auch eine kontrastierende Tiefe; er umfaßt so verschiedene Haltungen und Ebenen, die sowohl den Preis wie auch die Notwendigkeit aktivistischen Glücks ausdrücken. Da die plastische Charakterisierung des Romans, seine geschmeidige und differenzierte Sprache und die durchgehende Glaubwürdigkeit des Geschehens (sobald man sich einmal die zugrunde liegende Prämisse zu eigen gemacht hat) den Roman auf das Niveau der Hochliteratur hoben, ähnlich wie dies Wells in seinen Romanen in Großbritannien geglückt war, wurde er zum ersten allgemein anerkannten Meisterwerk der sowjetischen Science Fiction. Im besonderen hob er den außerirdischen Utopismus von einfachen Nachahmungen der Werke eines Verne, Wells und Burroughs (wie etwa jenen von Muchanow, Arelsky, Grawe, Jaswitski, Gontscharow) auf eine Stufe, die erst wieder von Jefremow erreicht wurde.

Tolstois zweiter SF-Roman, *Das Hyperboloid des Ingenieurs Garin* (vier verschiedene Fassungen zwischen 1926 und 1937) ist ein Rückfall in den »Katastrophen«-Roman: Abenteuer in der Art Vernes und detektivische Verwicklungen und Verschwörungen in der Art Chestertons ranken sich um einen amoralischen Wissenschaftler, der die kapitalistischen Industriebarone in ihrem eigenen Spiel schlägt, dem es aber übel ergeht, als er es mit dem Volksaufstand zu tun bekommt. Der Roman ist temporeich, aber zerfahren; da Tolstoi Ingenieur von Beruf war, ist seine Wissenschaft glaubwürdig (man findet Atomspaltung eines transuranischen Elementes und etwas dem Laser Ähnelndes), und er blieb der Prototyp der antiimperialistischen und antifaschistischen Richtung in der sowjetischen SF. Diese Richtung formte immer einen kräftigen Strang, ob jetzt als direkte politische Satire (wie bei Ehrenburg oder Lawrenew oder in späteren Werken wie Turows *Insel der Gorilloiden,* Sujew-Ordinets *Panurgs Herde* oder A. Schischkos *Das Ende des gesunden Menschenverstandes)* oder als die fragwürdigen sowjetischen Thriller von eigenen Erfindungen und ausländischen Spionen, die von der Zeit an gang und gäbe sind (wie zum Beispiel die Atomenergie in A. Glebows Stück *Gold und Gehirne*, 1929), oder auch als pamphletartige Geschichte, wie sie unter zeitgenössischen Autoren wie Lagin, Sawtschenko, Toman, Dneprow, Warschawski usw. so beliebt ist. In den zwanziger Jahren drehten sich zahllose Romane um die Verbindung von wissenschaftlichem Thriller und politisch tugendsamer Vorwegnahme in der Art des *Hyperboloid des Ingenieurs Garin.* Außer den schon erwähnten Werken gehören dazu A. Jaroslawskis *Weltraumargonauten*, W. Orlowskis *Die Schreckensmaschine* und *Der Aufstand der Atome*, N. Karpows *Todesstrahlen*, S. Grigorews *Der Untergang Großbritanniens*, F. Bogdanows *Zweimal geboren* oder T. Kellers und V. Hirschhorns *Universelle Strahlen*.

Die sowjetische SF der zwanziger Jahre hatte so eine Tradition eingeleitet, die in soziologischer Hinsicht von seichter Subliteratur bis zu einigen der interessantesten Werke der »Hochliteratur« dieses goldenen Zeitalters reichte. Sie umfaßte Vorwegnahmen der näheren und fernen Zukunft, weltumspannende und interplanetarische Erzählungen; die Abenteuer, die Politik, die Utopie und die Technik; Ethik und Romantik; Romane, Gedichte, Schauspiele, Essays und Filme (bis 1926 entstanden acht SF-Stummfilme, angefangen mit Jack Londons *Die eiserne Ferse* im Jahre 1919, für den kein Geringerer als der Kommissar für das Erziehungswesen Lunatscharski das Drehbuch schrieb, und weiter eine ziemlich schlechte Verfilmung von *Aelita* im Jahre 1924). Skizzenhaft waren schon die meisten Themen und Topoi der modernen Science Fiction entworfen worden – galaktische Kriege machten sich ziemlich rar – einschließlich der Antiutopie, der Automation und der gesellschaftlichen Auswirkungen einer »wertfreien« Naturwissenschaft. Ihr gemeinsamer Nenner war eine zuweilen naive, aber von echter Begeisterung getragene gründliche und humanistische Kritik des alten kapitalistischen Europas und Amerikas.

Um 1927 fing die Sowjetunion an, sich auf den Aufbau der Nationalindustrie, auf Kosten der Romantik der Weltrevolution, zu konzentrieren. Dies führte zur Verengung der soziologischen Zukunftshorizonte auf ein geplantes quantitatives Wachstum unter entsprechender Abnahme der phantasievollen Neuheit und begünstigte stark die lineare technische und naturwissenschaftliche Extrapolation. Im Rahmen des allgemeinen europäischen Strebens nach einer »neuen Sachlichkeit« wurden die Horizonte der sowjetischen Literatur weniger »kosmisch« und grandios: die SF-Verfremdung verlagerte sich auf das Gebiet erstaunlicher Abenteuer und erstaunlicher Erfindungen. Anstelle der Weltrevolution und weitausgreifender Vorwegnahmen traten umständliche, aber platte Beschreibungen der technisch veränderten nahen Zukunft oder der SF-Abenteuer in einem abstrakten, oft ans Ausland erinnernden (diese Konvention ist noch heute sehr verbreitet) oder auf andere Planeten verlagerten Milieu. Dies bedeutete eine Rückkehr zu den Traditionen des 19. Jahrhunderts, zu Verne und Wells. Vernes Tradition aus der Zeit vor der Revolution blieb nicht ohne Echo, wie etwa in den zwei Romanen des Geologen und Geographen V. Obrutschew über prähistorische Welten, *Plutonien* (1924 – der Roman spielt in einer Hohlwelt) und *Das Sannikov-Land* (1926 – Oase am Nordpol). Die Faszination Wells' hörte für Rußland nie auf, und sie konnte sich seinen kurzfristigen Extrapolationen wie *Die Insel des Doktor Moreau* oder *Der Unsichtbare* zuwenden. Der interessanteste und noch immer meistgelesene Schriftsteller dieser Art, wiewohl im Grunde ein Jugendschriftsteller, war Alexander Beljajew, der seinem erfolgreichen Erstlingsroman *Der Kopf des Professor Dowell* (1925) viele Geschichten und an die zwanzig Romane (zum Beispiel *Der Amphibien-*

mensch) folgen ließ. Im Grunde waren es Märchen, die atemberaubende Abenteuer eines romantisch entfremdeten Helden à la Nemo mit einem ungewöhnlich lebhaften Interesse an Themen aus dem Fortschritt von Biologie und Astronautik (Gehirnchirurgie, Atomspaltung und in den dreißiger Jahren mehrere Romane, die Ziolkowskis Ideen verwerteten) verbanden. Doch war der schwarz-weiß gemalte Gegensatz zwischen einem bedrohten Helden und einer kapitalistischen Phantasieumwelt auch eine Form der Flucht zurück in ein schwarzes Ruritanien, bald vermischt mit Elementen der Detektivgeschichte und des Spionagethrillers.

In der Tat hat sich die Hoffnung der Revolutionsjahre, die es wahrscheinlich erscheinen ließ, daß die russische Schule (oder besser die russischen Schulen) unsere Zeit in der Science Fiction wie im Film, der Malerei und dem Theater beherrschen würde, nicht erfüllt: das Gefühl für die Geschichte, die Dimension des phantasievollen Experimentierens – sowohl antiutopischer wie auch utopischer Art – wurde ihr mit Gewalt ausgetrieben. Der sektiererische RAPP (der Verband Proletarischer Schriftsteller) eröffnete 1929–1930 eine heftige Kampagne gegen die als »schädliches Genre« verteufelte Science Fiction, und es gelang ihm, deren Veröffentlichung fast völlig zu unterbinden. Von durchschnittlich rund 25 Titeln pro Jahr um die Mitte der zwanziger Jahre (47 am Höhepunkt im Jahre 1927), fiel die Zahl der Veröffentlichungen auf bloße 4 im Jahre 1931, und je eine in den Jahren 1933 und 1934. Erst im Jahre 1935 wurde die Science Fiction, geziemend sterilisiert, als ein minderes, die Wissenschaft popularisierendes Genre für die Jugend teilweise rehabilitiert. Die Vorwegnahme der Zukunft wurde zu einem lästigen Unterfangen zu einer Zeit, da »Stalin der einzige war, der die Zukunft ›voraussehen‹ durfte« (wie es der sowjetische SF-Kritiker Brandis ausdrückt), und die Kosmonautik (Weltraumfahrt) in einem Atemzug mit dem bürgerlichen Kosmopolitentum erwähnt wurde. Das Ergebnis davon war, daß in den fünfundzwanzig

Jahren vom Tode Majakowskis und Samjatins Emigration bis zum Erscheinen von Jefremows *Der Andromedanebel* in der UdSSR keine SF von Belang erschien, obwohl die futuristische Antizipation durch ihr verblümtes Auftauchen im Werk von bedeutenden Schriftstellern wie Juri Olescha oder Leonid Leonow (in einer Schicht seines dreischichtigen Romans *Der Weg zum Ozean*, die mit ihrem Bild von Weltkriegen der Zukunft und interplanetarischen Flügen beinahe eine unabhängige Vision ist, die der *Eisernen Ferse* würdig wäre) ihre latente Vitalität bezeugte. Die Heranbildung von SF-Haltungen und -Elementen zu einem wichtigen Genre wurde jedoch durch die stalinistische Haltung abgewürgt, die sich »Theorie der Grenzen« oder, spitzfindiger formuliert, die »Theorie der näheren Ziele« nannte. Der sowjetische SF-Kritiker Rjurikow beschreibt diese Lage: »Ihre Anhänger . . . beschnitten die Flügel der Phantasie. Sie behaupteten, daß die literarische Vorwegnahme nur die technischen Probleme der unmittelbaren Zukunft zu lösen habe, daß sie nicht versuchen sollte, derartige Grenzen zu überschreiten; nur so werde sie die Grundlage des Sozialistischen Realismus nicht verlassen.« So wurde die SF auf die Verherrlichung der Technik beschränkt, ihre Ethik auf pragmatische Regeln, und ihre »Schriftsteller deuteten die Probleme der geistigen Entwicklung des Menschen auf dem Pfad zum Kommunismus nicht einmal an«. Von allen Romanen dieser Art über größere und bessere Ölbohrmaschinen, Radargeräte oder Verwertungsmöglichkeiten für die Sonnenenergie waren diejenigen am wenigsten langweilig, die die Erforschung und Umformung der Arktis beschrieben (Lissovoj, Grebnjow, Adamow, Kasanzew), denn glücklicherweise lag dies sowohl in der Verneschen Überlieferung wie auch im Bereich kühner Unternehmungen der Sowjetunion in den dreißiger Jahren. Aber ebenso, wie alle der wenigen übriggebliebenen Zukunftsromane ausschließlich für die Jugend bestimmt waren, verliert sich auch diese Mischung von technischem Abenteuer und patriotischem – zuweilen sogar militärischem –

Stolz (zum Beispiel Adamows *Geheimnis zweier Ozeane*) mehr oder weniger in der Subliteratur. Jurij Dolguschins Roman *Der Wundergenerator*, der einige Ideen aus der Bionik andeutete, war darunter möglicherweise der interessanteste. Zuerst 1940 in Fortsetzungen veröffentlicht, kam er erst 1959 in Buchform heraus.

Eine solche Stagnation in utilitaristischen Zielsetzungen und stereotypen Situationen und Charakteren (der heldenhafte Expeditions- oder Projektleiter, der schmierige intellektuelle Zweifler, der ausländische Spion oder Saboteur) haben der sowjetischen SF von den dreißiger Jahren bis Mitte der fünfziger Jahre den Ruf einer zweitrangigen Mischform eingetragen, die weder wirklich künstlerisch noch wissenschaftlich sei. Als erste Reaktion darauf erfolgte die Zunahme von Elementen der Detektiv- und Abenteuergeschichte in den fünfziger Jahren (Nemzow, Kasanzew). Dies half vielleicht zeitweilig mit, die herrschende Monotonie zu vertreiben, aber eine Meteorwarnung anstatt eines Sabotageaktes trägt nicht viel zur Hebung des kognitiven Niveaus oder der Phantasie der Science Fiction bei. (Die technische Abenteuer-SF – der der dreißiger Jahre in den USA analog – basiert auf dem moralischen Dreigespann des Anfängers mit den großaufgerissenen Augen, der zwischen einen weisen älteren Führer und einen Karrieristen und egoistischen Widersacher gestellt wird, florierte noch in den sechziger Jahren in den Niederungen der sowjetischen Science Fiction.)

Das zweite große Zeitalter der sowjetischen Science Fiction, nach den heterogenen zwanziger Jahren, setzte dementsprechend mit einer Regenerierung der utopischen Phantasie in der zweiten Hälfte der fünfziger Jahre ein und dauerte ungefähr ein Jahrzehnt. Die Gründe für diese Entwicklung sind offenkundig. Der Zwanzigste Kongreß der Kommunistischen Partei der Sowjetunion zerstörte die Unantastbarkeit der stalinistischen Mythen über Gesellschaft und Literatur. Diese wurden außerdem von den sensationellen Errungenschaften der sowjetischen Naturwissenschaft erschüttert, die der erste Sputnik symbolisierte. Die neue Science-Fiction-Welle, reich an Tradition und individueller Begabung, begierig, sich mit einem weiteren Bereich von Themen zu befassen, von der Soziologie über die Kosmologie bis zur Anthropologie, von der Astronautik über die Kybernetik zur antizipierenden Utopie, gewann unter der Jugend und der Intelligenz eine große Leserschaft. Über diese Leserschaft gibt es keine zuverlässigen Statistiken, aber ich glaube, daß zumindest unter der Jugend ihr Anteil größer ist als in den USA. Diese Bewegung war vielleicht ein wenig naiv, aber der alten Klischees überdrüssig, und hungerte nach Wissen und Phantasie. Ihre Geschmacksrichtung hat sich in der großen »Jefremow-Debatte« durchgesetzt.

In der Tat hatten in der Geschichte der russischen und sowjetischen Science Fiction nur die Werke Tschernischewskis und möglicherweise auch die Majakowskis die Jugend so im Sturm gewonnen, vor allem die jüngeren Wissenschaftler, und dem Genre so viel allgemeine Wertschätzung eingebracht wie jetzt Jefremows Roman »Das Mädchen aus dem All«. Die späteren Entwicklungen in der sowjetischen Science Fiction sind nur zu verstehen als Ergebnis eines Sieges gegen heftige ideologische Opposition, des Sieges der neuen Welle von 1957/58, der in Wirklichkeit der Sieg der unberührten sowjetrussischen Tradition war, die seit den leninistischen zwanziger Jahren geruht hatte. Die Schriftsteller und Kritiker »des kalten Stroms« warfen den Gestalten des Romans vor, sie seien »unserer Zeit zu fern« und so dem Leser unverständlich, speziell der Jugend. Kurzum, sie sagten, daß Jefremow zu weit ausgriff. »Die Forderung: ›Bis hierher und nicht weiter‹, riecht nach blindem Dogmatismus«, schrieb ein sowjetischer Kritiker (Sytin) über den Druck, der fünfzehn Jahre lang die Publikation und Entwicklung von Jefremows Science Fiction verhindert hatte (seine erste Geschichte dieser Art, *Das hellenische Geheimnis* aus dem Jahre 1942, die sich mit »genetischer

Erinnerung« befaßte, galt als mystisch und konnte erst 1966 erscheinen). Letztlich hat sich jedoch die Ansicht der Kritiker des »Tauwetters« und der Tausende von Leser, die an den Autor, die Zeitungen und Zeitschriften schrieben, durchgesetzt, daß dies ein entscheidender Wendepunkt in Richtung auf größere Freiheiten in der sowjetischen SF sei. Seitdem ist der Roman vierundzwanzigmal nachgedruckt worden, in Millionen von Exemplaren, die im Nu aus den Buchhandlungen verschwanden, und wurde in dreiundzwanzig Sprachen übersetzt.

Jefremows Werk ist in historischer Hinsicht deswegen so bedeutend, weil es auf seine Art schöpferisch die klassische utopische und sozialistische Vision erneuert hat, deren Schwung einst Wells bei dessen Begegnung mit Lenin so verblüfft hatte. Diese Vision (wie bei Marx, Tschernischewski, Morris oder selbst bei dem gerade aus der Sowjetunion zurückgekehrten reiferen Wells von *Menschen Göttern gleich*) blickt voraus auf eine geeinte, wohlhabende, humanistische Welt ohne Klassen und Staaten. So ist *Das Mädchen aus dem All* im Jahre 408 der Ära des Großen Ringes angesiedelt, wo die Menschheit Nachrichtenverbindungen zu den Bewohnern entfernter Sonnensysteme eingerichtet hat, die derartige Nachrichten über einen »Ring« bewohnter Welten weiterleiten. Die Erde selbst wird – in Analogie zu den Assoziationszentren des menschlichen Gehirns – von einem Rat für Weltraumfahrt und von einem Rat für Wirtschaft verwaltet, der alle Pläne auf die vorhandenen Möglichkeiten abstimmt; ihre spezialisierten Forschungsakademien entsprechen den Sinneszentren des Menschen. Im Rahmen dieser organischen Politik ist Jefremow primär an der Entwicklung eines nichtentfremdeten Menschen und an neuen ethischen Beziehungen interessiert. Trotz aller theatralischen Erhabenheit seiner Charaktere, die sich kaum jeweils Gefühlen hingeben, die weniger sublim wären als völlige Zufriedenheit und völliges Vertrauen (bloß ein gelegentlich vorkommender melodramatischer Schurke empfindet Furcht oder Haß), lernen sie aus schmerzlichen Fehlern und durch ihr Versagen, was sich vom Übermenschklischee des »Sozialistischen Realismus« so sehr unterscheidet wie vom Großteil der amerikanischen SF nach Gernsback.

Die Exhumierung des sozialistischen Utopismus hat der sowjetischen Literatur wieder ganze Bereiche der SF-Überlieferung erschlossen – die philosophische Erzählung und die romantische Etude, den klassischen soziologischen und den modernen kosmologischen Utopismus. So ist in Jefremows Roman der mächtige erzählerische Schwung der abenteuerlichen Tat, vom Faustkampf bis zu einer Begegnung mit elektrischen Raubtieren und einem Roboterraumschiff aus dem Andromedanebel, von der Freude und der Romantik des Erkennens durchtränkt. Dazu gehört auch das Verständnis für und der Eingriff in die äußere Welt der modernen Kosmologie und evolutionistischen Biologie. Aber Jefremows stark ausgeprägtes Bemühen zielt auf das *Schöpferische*, ein Abenteuer von Tat, Gedanke und Gefühl zugleich, das zu physischer und ethischer (für den materialistischen Schriftsteller sind Körper und Geist untrennbar miteinander verknüpft) *Schönheit* führt. Der hehre Utopismus dieser Anthropologie zeigt sich selbst im symbolischen Titel: der Andromedanebel ruft die vor einem Ungeheuer (Klassenegoismus und Gewalt, im Roman als Bulle personifiziert, oft mit den Merkmalen des Stalinismus) errettete angekettete griechische Schönheit ins Gedächtnis, die ein fliegender Held, der über eine überlegene Wissenschaft verfügt, befreit. Die Astronautik entwickelt sich so nicht zu einem neuen unkritischen Kult, sondern wird als humanistische Disziplin reklamiert – eine der bedeutungsvollsten Querverbindungen zwischen den Naturwissenschaften und den Gesellschaftswissenschaften, der Ethik und der Kunst, die Jefremow für seine Menschen als Norm aufstellt. Selbst die Struktur des Romans, die zwischen Kapiteln auf der Erde und Kapiteln im Kosmos oszilliert, dient dazu, diese Verbindung herauszustreichen. Ferner ist diese Zukunft kein fixiertes, pseudoperfektes Ende der Geschichte – die Achillesferse des optimistischen Utopismus von Plato und More bis Bellamy. Von wirtschaftlichen Sorgen und den Problemen der Macht befreit, muß der Mensch die Zeit – die auf der Erde und im Weltraum verschieden ist – mittels der humanistischen Dialektik persönlichen Schöpfertums und gemeinschaftlichen Teamworks, die ganz eindeutig auf die Ideale der zwanziger Jahre zurückgeht, erlösen: durch die künstlerische und wissenschaftliche Schönheit der Funktionalität (zum Beispiel in der Szene, wo Dar der kosmischen Symphonie lauscht oder im tibetanischen Experiment). Dem Schöpfertum steht immer die Entropie entgegen, und Selbstverwirklichung muß durch Mühen und selbst Leiden bezahlt werden. Und wirklich sind in dem Buch mehrere sehr interessante Ansätze zu einer marxistischen »optimistischen Tragödie« zu finden (zum Beispiel im Motiv der ›felix culpa‹ oder des ›glückseligen Sturzes‹ des Mwen Mass). Und schließlich rückt der Akzent auf Schönheit und verantwortliche Freiheit weibliche Heldinnen à la Tschernischewski in den Mittelpunkt des Romans; ihr Kräftespiel mit den Helden trägt zur Gefühlsmotivierung der neuen utopischen Ethik bei – im glatten Gegensatz zur amerikanischen Science Fiction (mit der Jefremow augenscheinlich einen gutinformierten polemischen Dialog führt).

Wie schwierig es für einen SF-Autor ist, grundlegend andere, wenn auch philosophisch schon vorgezeichnete menschliche Beziehungen zu schildern, ersieht man aus jenen Stellen des Romans, wo Dialog, Motivation und Ton ermatten, so daß er zurück ins Pathos und ins Predigen verfällt, was den Rhythmus stört. Jefremows Figuren neigen zum Monumentalen und Monolithischen in neoklassizistischer Weise, und die Handlung beutet oft das quantitativ Grandiose aus: Mwen sprengt einen Satelliten und einen halben Berg in die Luft, Veda verliert die größte anthropologische Entdekkung, die je gemacht wurde, und sich vorzustellen, daß der männliche Erg erröten oder die sittsame Nisa auf dem Eisenstern in übelriechenden Fischschleim steigen könnte, grenzt schon fast an Blasphemie. Das meiste davon läßt sich durch die Brückennatur des Werkes erklären, das mehrere Absichten zugleich zu verwirklichen sucht: es war das erste Werk, das nach fünfundzwanzig Jahren die geschlossenen Wehre öffnete, und es ergoß sich in verstopfte Kanäle. Man spürt im Roman die Anwesenheit eines Lesers, der es nicht gewohnt ist, sich rasch in neuen Perspektiven zurechtzufinden, und den, wie Jefremow selbst schrieb, »die Äußerlichkeiten, die Drapierung und die theatralischen Effekte des Genres noch immer anziehen«. Es läßt sich nicht leugnen, daß einige Aspekte von Jefremows Ethik und Ästhetik, wie etwa die erotischen menschlichen Intimbeziehungen, für einen so großangelegten Wurf der Science Fiction immer merkwürdig altmodisch sind – obwohl sie verständlich genug sein mögen im Weltbild eines sowjetischen Wissenschaftlers der älteren Generation. Jefremows Grenzen zeigen sich sehr deutlich in seiner späteren langen Geschichte *Das Herz der Schlange*, wo eine Expedition auf eine einsame Menschheit auf Fluorbasis trifft und ihr Problem dadurch zu lösen gedenkt, daß sie Fluor in Sauerstoff verwandelt. Diese Geschichte, eine explizite Antwort auf Leinsters *First Contact* mit seinen kriegerischen und eroberischen Grundannahmen, könnte eine legitime pazifistisch-sozialistische Allegorie auf die Verwandlung »der anderen« (amerikanischer kapitalistischer Meritokraten) in »uns« (russische sozialistische Meritokraten) sein, doch verhindert noch eine »genozentrische« Sicht (sofern es mir gestattet ist, einen zwischen egozentrisch und anthropozentrisch liegenden Terminus zu erfinden) die volle Entwicklung einer phantasievollen SF-Aussicht, deren springender Punkt nicht Assimilation, sondern Einheit in der Vielfalt ist. Aber selbst die weitere Diskussion solcher Aussichten in der sowjetischen Science Fiction (zum Beispiel bei den Brüdern Strugatzki, bei Dneprow, Warschawski usw.) wurde erst durch Jefremows Pionierleistung ermöglicht. Im großen und ganzen kann nicht ernstlich bestritten werden, daß der polyphone Umfang des *Mädchens aus dem All*, der sich bei der großen Zahl von wesentlichen Figuren nicht auf das Bewußtsein eines HauptheIden beschränkt, höchst wirkungsvoll ist. *Das Mädchen aus dem All* ist vielleicht (zusammen mit Lems *Gast im Weltraum* aus Polen), die erste Utopie der Weltliteratur, die eine neue Charakterisierung versucht, die Charaktere zu zeigen versucht, die eine neue Gesellschaft schaffen und von ihr geschaffen werden – das heißt, die den persönlichen Aufbau einer Utopie zeigt. Jefremows Grundvorgangsweise, die Handlung so zu entfalten, als sei die vorweggenommene Zukunft bereits normative Gegenwart, vereint den klassischen »Rückblick« utopischer Vorwegnahmen mit dem modernen Einsteinschen Konzept verschiedener Koordinatensysteme mit autonomen Normen: die Wissenschaft des zwanzigsten Jahrhunderts und der uralte Traum von einer gerechten und glücklichen Gesellschaft treffen in diesem Roman aufeinander. Dies hat den Roman zum entscheidenden Punkt der russischen und der sozialistischen Tradition, die in diesem Essay dargelegt werden sollten, gemacht; und darum auch war *Das Mädchen aus dem All* imstande, die neue Ära der sowjetischen Science Fiction einzuleiten.

Alle späteren Entwicklungen und Unterschiede können nur aus dieser Perspektive voll gewürdigt werden. Natürlich umfaßt die sowjetische Science Fiction, selbst im ersten Jahrzehnt ihrer modernen Phase und am Anfang ihrer vollen Meisterschaft von Themen und Vorgangsweisen, einen sich ständig erweiternden Bereich von wichtigen Werken, von der Astronautik bis zur Kybernetik, vom Roman über neue Erfindungen bis zur technischen Fabel, von der psychologischen Studie bis zu Satire und Schmähschrift. Zur sowjetischen Science Fiction gehören rund fünfzig regelmäßig schreibende Autoren (obwohl keine Berufsschriftsteller) und eine immens begierige Leserschaft, die sich literarische Klarheit und ein gediegenes literarisches Können erwartet. Und die sowjetische

Science Fiction hat es vermieden, ihr Genre mit der Fantasy, dem Gangsterroman, der Gruselgeschichte und der Abenteuererzählung zu vermengen. Für ihr Verständnis am wesentlichsten aber ist wohl, daß die führenden Schriftsteller der sowjetischen Science Fiction sich für eine *Hoffnung* entschieden haben, die sich aus der Zentralstellung von funktional eindeutig bestimmten Menschengestalten ergibt. Anders gesagt, die besten sowjetischen Autoren der Gattung haben die philosophische und literarische Grundtradition des Sozialismus weiterentwickelt – die Utopie, die hier mit den offenen Horizonten extrapolierter vermenschlichender Möglichkeiten gleichgesetzt wird.

Darko Suvin

Ilja Warschawski
Die Flucht

»Ho ruck! Ho ruck!«

Die Vorrichtung ist wirklich unkompliziert. Ein Brett, zwei Riemen und schon ist der schwere Felsbrocken auf den Karren verladen.

»Losgefahren!«

Die Ladung ist nicht größer als sonst, aber der kleine Mann im gestreiften Anzug, der sich mit der Brust gegen den breiten Griff des Karrens stemmt, bringt sie nicht von der Stelle.

»Los!«

Ein anderer Gefangener versucht, mit der Schulter nachzuhelfen.

Zu spät. Der Aufseher ist schon da.

»Was gibt's hier?«

»Nichts!«

»Also dann los!«

Der Mann versucht noch einmal, den Karren mit einem kräftigen Ruck in Bewegung zu setzen. Umsonst. Durch die übergroße Anstrengung beginnt er zu husten. Er hält sich die Hand vor den Mund.

Der Aufseher wartet schweigend, bis der Anfall vorbei ist.

»Zeig die Hand her.«

Die hingestreckte Hand ist blutig.

»So . . . Dreh dich um.«

Auf dem Rücken der Sträflingsjacke befindet sich ein Zeichen. Der Aufseher schreibt es auf seinen Notizblock.

»Zum Arzt!«

Der Arm in der blauen Uniform zeigt auf einen anderen Gefangenen, und dieser tritt an die Stelle des Kranken.

»Los!«

Diese Aufforderung ist an zwei Menschen gleichzeitig

gerichtet. An den, der von nun an den Karren schieben wird, und an denjenigen, welcher dazu nicht mehr fähig ist.

Der Karren fährt los.

»Bitte, kann ich nicht vielleicht ...«

»Zum Arzt, hab ich gesagt!«

Er blickt dem sich entfernenden leicht gekrümmten Rücken nach und vergleicht noch einmal seine Notiz mit dem Kennzeichen des Gefangenen. Ein Dreieck, ein Quadrat, und die Nummer 15 – 13264. Alles klar. Das Dreieck bedeutet Deserteur, das Quadrat lebenslänglich, 15. Baracke, Sträflingsnummer Dreizehntausendzweihundertvierundsechzig. Lebenslange Haft. Alles in Ordnung, bloß für den da geht sie offensichtlich bald zu Ende. Die Baumwollfelder ...

»Ho ruck! Ho ruck!«

Blitzend poliertes Metall, Glas, diffuses künstliches Licht, eine ganz besondere, sterile Sauberkeit.

Die grauen, ein wenig müden Augen des Mannes im weißen Mantel blicken hinter Brillengläsern hervor. Hier in den unterirdischen Lagern von Medena wird der Wert des menschlichen Lebens hoch angesetzt. Wie könnte es auch anders sein! Bevor seine Seele dem höchsten Tribunal vorgeführt wird, muß jeder Gefangene seine Schuld sühnen vor denen, die in den unermeßlichen Weiten des Kosmos ihren einmalig in der Geschichte dastehenden Kampf um die Vorherrschaft des Planeten im Weltall führen. Die Heimat braucht Uran. Und jeder Gefangene hat eine bestimmte Aufgabe zu erfüllen. Und deshalb zählt sein Leben soviel wie das hochgeschätzte Erz. Es gibt natürlich Ausnahmen ...

»Anziehen!«

Die dürren langen Hände ziehen hastig die Jacke über den knochigen Oberkörper.

»Dort hinstellen!«

Ein leichter Druck aufs Pedal, und die berüchtigte Nummer ist mit einem roten Kreuz durchgestrichen. Von jetzt an kann sich der Gefangene 15 – 13264 wieder Arp Sisto nennen. Eine natürliche Geste der Humanität gegenüber denjenigen, welchen die Arbeit auf den Baumwollfeldern bevorsteht.

Die Baumwollfelder. Über die weiß eigentlich niemand etwas Bestimmtes. Außer denen, die von dort nicht zurückgekehrt sind. Es gibt aber Gerüchte, wonach sich in diesem trokkenen, jeglicher Feuchtigkeit entbehrenden Klima der menschliche Körper innerhalb von zwanzig Tagen in eine Art trokkenes Reisig verwandelt, welches einen ausgezeichneten Brennstoff fürs Krematorium abgeben soll.

»Da. Arbeitsbefreiung. Kannst gehen.«

Arp Sisto weist sein Papier der Wache an der Barakkentür vor. Sofort erfaßt ihn der gewohnte Geruch von Karbol. Die Baracke ähnelt einer öffentlichen Klosettanlage. Karbol und Salmiak. Die Eintönigkeit der weißgetünchten Wände wird nur von einem großen Plakat unterbrochen: BEI FLUCHTVERSUCH – TOD DURCH FOLTER. Ein weiteres Zeugnis dafür, wie sehr hier das menschliche Leben geschützt wird. Selbst seine Vernichtung geschieht nur mit dem größtmöglichen Effekt.

An der einen Längswand befindet sich etwas von der Art eines riesigen Bienenstocks. Das sind die Schlafstellen, abgeteilt in wabenförmige Zellen. Praktisch und hygienisch. Auf dem weißen Plastik sieht man die kleinste Verunreinigung. Die Wabenzellen dienen indessen nicht dem Komfort. Das ist ein Gefangenenlager und kein Sanatorium, wie sich die Stimme auszudrücken beliebt, die das tägliche Psychotraining durchführt. Die Unterteilung in Wabenzellen nimmt den Gefangenen die Möglichkeit, sich in der Nacht zu unterhalten, wenn die Aufmerksamkeit der Wachen ein wenig nachläßt.

Untertags ist der Aufenthalt in den Schlafstellen verboten, und Arp Sisto vertreibt sich den Tag auf einer Bank. Er denkt an die Baumwollfelder. In der Regel wird alle zwei Wochen ein neuer Transport zusammengestellt. Dabei werden Gefangene aus allen Lagern gesammelt. Zwei Tage danach bringt man gewöhnlich neue. Zum letztenmal geschah das vor ungefähr fünf Tagen, als neben Arps Schlafstelle dieser seltsame Typ erschien. Irgend so ein komischer. Gestern beim Nachtmahl gab er Arp die Hälfte seiner Brotration. »Da, sonst verlierst du bald deine Hosen beim Gehen.« Ein komischer Kauz! Sein Brot hergeben, so etwas hatte Arp noch nicht gehört. Wahrscheinlich ein Verrückter. Am Abend singt er immer irgend etwas vor sich hin beim Einschlafen. Ein hübscher Ort zum Singen.

Seine Gedanken kehren wieder zu den Baumwollfeldern zurück. Er ist sich bewußt, daß das für ihn das Ende bedeutet, aber aus irgendeinem Grund rührt ihn das nicht sonderlich. In zehn Jahren Bergwerksarbeit gewöhnt man sich an den Gedanken des Todes. Und außerdem interessiert es ihn, wie es dort zugeht, auf den Baumwollfeldern.

Nach zehn Jahren Haft der erste arbeitsfreie Tag. Wahrscheinlich zieht er sich deswegen so lange dahin, dieser Tag. Arp hätte sich gern auf die Bank gelegt, um zu schlafen, aber das kann man nicht einmal mit einer Bestätigung über die Arbeitsbefreiung. Schließlich ist das ja kein Sanatorium, sondern ein Arbeitslager.

Die Mitgefangenen kehren von der Arbeit zurück, und zu dem Karbolgeruch kommt jetzt der süßliche Geruch der desaktivierenden Flüssigkeit. Jeder, der mit Uran zu tun hat, nimmt eine prophylaktische Dusche. Eine der Maßnahmen, die mittlere Lebensdauer der Gefangenen zu verlängern. Arp reiht sich in die Kolonne ein und geht zum Nachtmahl.

Frühstück und Nachtmahl, das ist eine Zeit, in der die Wachen beim Übertreten des Sprechverbots ein Auge zudrükken. Mit vollem Mund spricht man nicht viel.

Arp verzehrt seine Ration schweigend und wartet auf das Kommando zum Aufstehen.

»Da!« Schon wieder bietet ihm dieser Verrückte die halbe Portion an.

»Will nicht.«

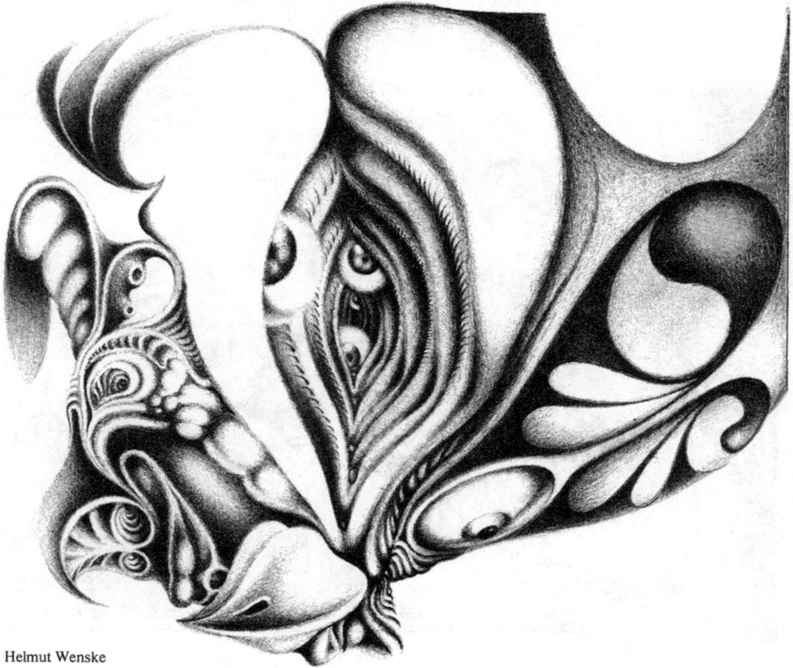

Helmut Wenske

Helmut Wenske

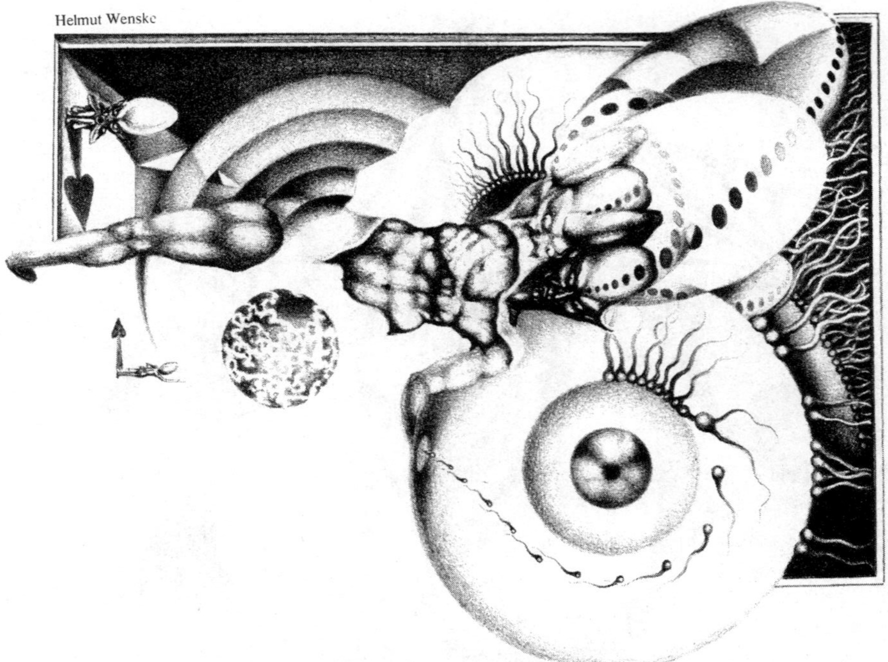

Da ist schon das Kommando zur Aufstellung. Erst jetzt bemerkt Arp, daß ihn alle anstarren. Wahrscheinlich wegen des roten Kreuzes auf seinem Rücken. Ein Toter erweckt ja immer ein gewisses Interesse.

»Also rasch!« Das gilt Arps Nachbarn. Seine Reihe hat sich schon formiert, und er sitzt noch immer am Tisch. Er steht gleichzeitig mit Arp auf, und Arp vernimmt im Gehen ein kaum hörbares Flüstern:

»Es gibt eine Fluchtmöglichkeit.«

Arp tut so, als habe er nichts gehört. Das Lager ist voll von Henkern und er möchte jedenfalls nicht zu Tode gefoltert werden. Lieber in die Baumwollfelder.

Einmal ist die Stimme so laut, daß einem beinahe das Trommelfell platzt, dann wieder geht sie auf ein kaum hörbares Flüstern zurück, welches einen unwillkürlich zu größter Aufmerksamkeit zwingt. Die Stimme dringt aus dem Lautsprecher, der genau über dem Kopfende der Schlafstellen angebracht ist. Das abendliche Psychotraining.

Der ekelhafte, wohlbekannte Bariton erklärt den Gefangenen die ganze Tiefe ihres Falles. Dieser Stimme kann man nicht entkommen. Es will nicht gelingen, sie einfach aus dem Bewußtsein auszuschalten, wie etwa die Schreie der Aufseher. Manchmal scheint es, als ob man schon beginne, an etwas ganz anderes als das Lagerleben zu denken, da wird man auch schon wieder hochgerüttelt durch eine ganz unvermutete Änderung der Lautstärke aus dem Teufelskasten. Und so geht es dreimal am Tag. Abends vor dem Einschlafen, in der Nacht während des Schlafs, und in der Früh fünf Minuten als Morgengruß. Dreimal täglich, denn hier ist ein Arbeitslager und kein Sanatorium.

Arp liegt mit geschlossenen Augen auf seiner Pritsche und versucht, an die Baumwollfelder zu denken. Das Training ist schon vorbei, aber jetzt stört ihn ein rhythmisches Klopfen an der Zellenwand. Schon wieder dieser Verrückte.

»Also was ist mit dir?« tutet er mit den zu einer Röhre gefalteten Händen, die er gegen die Zellenwand preßt.

»Geh auf den Abort.«

Arp ist sich selber nicht ganz klar, von welcher Kraft er getrieben wird, hinunterzuklettern und an den angegebenen Ort zu gehen.

In der Klosettanlage ist es so heiß, daß man dort keinesfalls länger als zwei Minuten sitzen kann. Bevor noch der Neue erscheint, ist Arp schon in Schweiß gebadet.

»Willst du türmen?«

»Hau ab . . .«

Arp Sisto ist ein gebranntes Kind. Er kennt die süßen Lockungen der Henker.

»Hab keine Angst«, setzt der andere sein hastiges Geflüster fort. »Ich bin vom Befreiungskomitee. Bereits morgen versuchen wir, die erste Gruppe herauszuholen und an einen sicheren Ort zu bringen. Du hast nichts zu verlieren. Ihr werdet Gift bekommen. Wenn die Flucht nicht gelingt . . .«

»Nun?«

»Dann nimmst du das Gift. Schließlich ist das immer noch besser als der Tod auf den Baumwollfeldern. Einverstanden?«

Unerwartet für sich selbst nickt Arp mit dem Kopf.

»Die Anweisungen erhältst du morgen, im Brot. Gib nur acht.«

Arp nickt noch einmal mit dem Kopf und verläßt das Klosett.

Zum erstenmal seit zehn Jahren ist er derart in Gedanken versunken, daß er das zweite und dritte Psychotraining überhört.

Arp Sisto ist der letzte in der Frühstücksschlange. Das ist ab jetzt sein neuer Platz. Jeder, der von der Arbeit befreit ist, bekommt sein Essen später als die anderen.

Der Schwerverbrecher, der die Einbrennsuppe austeilt, wirft Arp einen aufmerksamen Blick zu. Ein kaum merkliches teuflisches Lächeln überfliegt sein Gesicht, und schon wirft er ihm ein Stück Brot zu, das abseits von den anderen liegt.

Während er umständlich mit der Suppe hantiert, zerbröselt Arp vorsichtig das Brot im Mund. Da! Er versteckt in seiner Backe ein kleines Fetzchen Papier.

Jetzt muß er warten, bis die Kolonne zur Arbeit ausrückt.

Da ist das Kommando zum Aufstehen. Arp verläßt als letzter die Kantine. Bei einer Quermauer wendet er sich nach links. Die anderen gehen geradeaus. Hier an dieser Ecke ist Arp in relativer Sicherheit. Das Personal ist jetzt in den Baracken, zur Wachablöse ist es noch zu früh.

Die Anweisung ist ganz lakonisch. Arp liest sie dreimal durch, überzeugt sich, daß er sich alles gemerkt hat, steckt sie wieder in den Mund und schluckt sie.

Jetzt, da er handeln soll, überfällt ihn die Angst.

Er zögert. Der Tod auf den Baumwollfeldern scheint ihm plötzlich wünschenswerter als die drohende Folter.

Das Gift!

Der Gedanke an das Gift beruhigt ihn wieder. Schließlich und endlich, was hat er wirklich zu verlieren?

Die Angst, die widerliche, klebrige, drückende Angst überkommt ihn wieder, als er seine Bescheinigung der Arbeitsbefreiung der Wache an der Zonengrenze vorweist.

»Wohin?«

»Zum Arzt.«

»Also geh.«

Arp scheint es, seine Füße seien aus Watte. Er geht langsam die Mauer entlang, im Rücken spürt er die Gefahr. Gleich kommt ein Anruf, und hinterdrein eine MG-Salve. In solchen Fällen wird auf die Beine geschossen. Ein Fluchtversuch, das bedeutet die Folter. Man kann die Gefangenen nicht eines solch belehrenden Schauspiels berauben, das ist ja ein Arbeitslager, und kein Sanatorium.

Die Ecke!

Arp biegt um die Ecke und drückt sich gegen die Mauer.

Er hört seine eigenen Herzschläge. Es ist ihm, als speie er zusammen mit diesem zitternden Klumpen auch seine ganze Bitternis aus dem Magen hervor. Ein kalter Schweiß überläuft ihn. Er beginnt mit den Zähnen zu klappern. Dieses Geräusch erinnert ihn an den Trommelwirbel, unter dem die Gefangenen zum Strafvollzug vorgeführt werden.

Es vergeht eine ganze Ewigkeit, bis er sich dazu durchringt weiterzugehen.

Irgendwo hier, in der Nische, müssen die Mülltonnen sein. Im Geist geht Arp noch einmal die Anweisungen durch. Und wieder meldet sich der Zweifel. Was ist, wenn alles nur eine Finte ist? Er kriecht in die Tonne, und dort nehmen sie ihn vielleicht schon in Empfang! Und Gift gibt es natürlich auch keines. Dummkopf! Man hätte nicht einwilligen sollen, bevor man nicht das Gift in der Hand hatte. Esel! Am liebsten möchte Arp mit dem Kopf gegen die Mauer rennen. Wie kann man nur so in die Falle gehen.

Da sind die Mülltonnen. Bei der linken hat jemand ein Gestell stehen gelassen. Alles wie in der Anweisung. Arp zögert. Das beste wäre noch immer, umzukehren.

Plötzlich hört er laute Stimmen und Hundegebell. Die Wachen! Jetzt gibt es keine Zeit mehr zu überlegen. Mit einer unerwarteten Leichtigkeit klettert er auf das Gestell und springt in die Tonne.

Die Stimmen nähern sich. Er hört das Jaulen des Hundes, der an der Leine zerrt, und das harte Aufschlagen von Stiefeln.

»Ruhig, Gár!«

»In der Tonne ist jemand drinnen.«

»Ratten. Davon gibts genug hier.«

»Nein, auf Ratten bellt er anders.«

»Unsinn! Drehen wir um? Also beruhige ihn schon!«

»Ruhig, Gár! Kusch!«

Die Schritte entfernen sich.

Jetzt kann sich Arp in seinem Zufluchtsort umsehen. Die

Tonne ist nur zu einem Viertel gefüllt. An ein Heraussteigen ist hier nicht zu denken. Bis zum oberen Rand sind es zwei Körperlängen. Arp fährt mit der Hand an der Wand entlang und entdeckt zwei kleine Öffnungen, die in der Anweisung erwähnt sind. Sie befinden sich innerhalb eines gewaltsam eingedrückten Buchstaben aus der Aufschrift GEFANGENENLAGER, welche die Tonne umfängt. Durch diese Öffnungen muß Arp atmen, sobald der Deckel geschlossen wird.

Sobald der Deckel geschlossen wird. Arp fühlt sich auch so in einer Falle. Wer kann schon sagen, womit dieser Schabernack da endet? Was ist das für ein Befreiungskomitee? Im Lager hat man noch nie etwas davon gehört. Vielleicht dieselben Burschen, die ihm seinerzeit desertieren halfen? Daß er auch nicht auf sie hörte damals, als er seine Mutter besuchte. Dort haben sie ihn dann erwischt. Und trotzdem, hätte er nicht soviel gequatscht, wäre vielleicht noch alles anders gekommen.

Da wieder Stimmen und das Knarren von Rädern. Arp drückt ein Auge an eine der Öffnungen und beruhigt sich gleich wieder. Zwei Gefangene führen einen Abfallkübel. Ja, die beiden haben heute Räumungsdienst. Sie haben keine besondere Eile. Sie setzen sich an den Rand des Karrens und rauchen abwechselnd an einem Zigarettenstummel, den einer der Aufseher weggeworfen hat. Arp sieht die blassen Rauchschwaden gegen das Sonnenlicht steigen, und sein Mund füllt sich mit Speichel. Manche Leute haben eben Glück!

Der Stummel ist bis auf den letzten Millimeter zu Ende geraucht. Der Kübel rutscht langsam nach oben. Das Drahtseil, von dem er gezogen wird, läuft genau über Arps Kopf. Arp bedeckt seinen Kopf mit den Händen. Der Inhalt des Kübels stürzt auf ihn hinunter.

Erst jetzt, als die Gefangenen wieder weg sind, bemerkt er den scheußlichen Gestank in seinem Zufluchtsort. Die Luftlöcher liegen etwas höher als Arps Mund. Er muß sich einen Haufen Abfall zusammenkratzen und daraufsteigen.

Jetzt heißt es aufpassen. Um zehn Uhr ist der Stubendienst zu Ende. Danach werden die vollen Mülltonnen immer nach oben gebracht.

Weiß Gott, wo es plötzlich herkam, dieses mit Mörtel beschmierte Brett. Das eine Ende hatte sich am Boden der Tonne gegen die Wand verkeilt, das andere kam knapp über Arps Kopf zu liegen. Dieses Brett, und schließlich auch das Gestell, zeugen von irgend jemandes Anteilnahme am Schicksal des Flüchtlings. Besonders deutlich spürt Arp diese Tatsache, als sich ein spitzer metallischer Gegenstand von der Art einer Lanze durch den lockeren Müll bohrt, an das Brett anstößt und das Brett entlang bis zum Boden stochert. Wäre nicht dieses Brett hier ... aber es ist noch nicht vorbei.

»Na was ist denn dort?« fragt die heisere Stimme eines frühzeitig gealterten Mannes.

»Nichts. Nur ein Brett.«

»Also dann los!«

Ein leichter Stoß, das Knirschen einer schlecht geschmierten Rolle, und die Tonne tritt ihre schaukelnde Reise nach oben an. Von Zeit zu Zeit poltert sie gegen den Schacht, und Arp spürt jeden Schlag auf seinem Gesicht, das er zur Wand gedrückt hält. Zwischen seinem Kopf und dem Brett ist ein kleiner Raum, der von Müll frei ist. Dieser Umstand erlaubt es ihm, seinen Kopf etwas von der Wand zurückzuziehen, wenn die Tonne besonders stark schaukelt, und die Schläge besonders hart ausfallen.

Stop! Der letzte und auch gewaltigste Schlag, und mit Getöse öffnet sich der Deckel. Noch einmal fährt die eiserne Lanze in das Innere der Tonne. Und wieder das rettende Brett über dem Kopf des vor Angst vergehenden Menschen.

Jetzt sind die Luftlöcher einer Betonwand zugekehrt, und die ganze Welt besteht aus einer ruppigen grauen Oberfläche.

Aber diese Welt ist voll von längst vergessenen Lauten. Arp unterscheidet das Singen von Autoreifen, Stimmen von Passanten und sogar Spatzengeschrei.

Ein gleichmäßiges, nicht enden wollendes Klopfen gegen den Deckel der Tonne zwingt ihn, sich nach Möglichkeit zusammenzukrümmen. Das Klopfen wird immer rascher, immer lauter, immer ungeduldiger, und plötzlich kommt es ihm zum Bewußtsein, daß es draußen regnet. Erst jetzt wird ihm langsam klar, wie wünschenswert und wie neu die Freiheit ist.

Die Nacht verbringt er wie im Fieber. Seit jenem Augenblick, als er aus der Tonne geworfen wurde, befindet er sich in einem angespannten, dann wieder todesähnlichen Halbschlaf. Dazwischen erwacht er durch die Berührung von Rattenbeinen. Der Kehricht ist voller Ratten. Irgendwo in der Nähe fahren Autos vorbei. Manchmal beleuchten ihre Scheinwerfer den Misthaufen, hinter dem sich Arp versteckt hat. Quietschend graben die Ratten in der Dunkelheit herum und zerkratzen ihm mit ihren scharfen Krallen das Gesicht. Wenn er sie zu verjagen versucht, blecken sie die Zähne. Sobald die Scheinwerfer von dem Haufen verschwinden, kommen sie wieder zurück.

Arp denkt, daß seine Flucht wahrscheinlich schon entdeckt wurde. Er versucht sich vorzustellen, was jetzt im Lager vor sich geht. Plötzlich kommt ihm der Gedanke, die Hunde könnten seine Spur gefunden haben bei den Tonnen, und dann . . .

Da treffen ihn zwei grelle Lichtbündel wie ein Schlag. Arp springt auf. Sofort verlöschen die Scheinwerfer. An ihrer Stelle leuchtet ein kleines Lämpchen im Führerhaus eines Autos auf. Es ist ein Militärfahrzeug, womit gewöhnlich die Verpflegung transportiert wird. Der Mann am Steuer gibt Arp ein Zeichen mit der Hand.

Arp atmet erleichtert auf. Das Auto, von dem in der Anweisung die Rede war.

Arp nähert sich von hinten dem Laderaum. Die Tür geht auf. Arp ergreift die ihm entgegengestreckte Hand und befindet sich wieder im Dunkeln. Der Wagen gibt Vollgas.

Im Laderaum ist es sehr eng. Arp hört das schwere Atmen von Menschen, am Rücken und an beiden Seiten kommt er mit verschiedenen Körpern in Berührung. Leicht schaukelnd braust der gut gefederte Wagen durch die Finsternis . . .

Arp erwacht vom Licht eines Scheinwerfers, der auf sein Gesicht gerichtet ist. Irgend etwas ist passiert! Vorbei ist das bereits gewohnte Gefühl der Bewegung. Der Wagen steht still.

»Schnaufpause!« sagt der Mann mit dem Scheinwerfer. »Ihr könnt euch alle die Beine vertreten. Fünf Minuten.«

Arp hat überhaupt keine Lust, den Wagen zu verlassen, aber von hinten drängt eine Menge von Körpern und er muß wohl oder übel hinunterspringen auf die Erde.

In einem ungeordneten Haufen haben sich alle um das Fahrerhaus gedrängt, keiner will es riskieren, vom Wagen wegzugehen.

»Also, Kinder!« sagt ihr Retter. Er beleuchtet mit den Scheinwerfern die Figuren in Sträflingskleidung. »Bis jetzt ist alles gutgegangen. Aber bis wir euch in Sicherheit gebracht haben, kann noch so manches passieren. Wißt ihr, was auf die Flucht steht?«

Schweigen.

»Also ihr wißt es. Deshalb bietet euch das Komitee Gift an. Eine Tablette für jeden. Es wirkt augenblicklich. Und nur im äußersten Notfall nehmen. Verstanden?«

Arp nimmt seine in Silberfolie gewickelte Portion in Empfang und klettert wieder in den Wagen.

Die in der Faust eingeschlossene Tablette verleiht ihm ein Gefühl persönlicher Stärke. Jetzt haben die Henker jede Macht über ihn verloren. Mit diesem Gedanken schläft er ein . . .

Alarm! Der Wagen steht. Die Gesichter der Flüchtenden sind blaß. Durch die Ritzen des Verschlags dringt Licht. Draußen auf der Straße geht es laut her.

Arp macht eine Bewegung, um aufzustehen, und Dutzende Hände deuten ihm, er solle sich nicht vom Fleck rühren.

»Militärfrachten unterliegen keiner Kontrolle.« Das ist die Stimme des Fahrers.

»Und ich sage Ihnen, das ist ein Befehl. Heute in der Nacht...«

Der Motor heult auf, die Reifen quietschen und schon kracht eine MG-Salve hinterdrein. Späne fliegen vom Dach des Laderaums.

Als Arp endlich seinen Kopf wieder hebt, bemerkt er, daß er mit seinen Fingern eine kleine Hand umklammert hält. Zwei schwarze, in buschige Brauen gefaßte Augen sind auf ihn gerichtet. Die Sträflingskleidung kann die weiblichen Formen der Figur nicht verdecken. Auf dem linken Ärmel ist ein grüner Stern. Niedere Rasse.

Automatisch lockert Arp seinen Griff und wischt die Hand an seiner Hose ab. Der Verkehr mit Vertretern der niederen Rasse ist in den Lagern gesetzlich verboten. Die Träger dieser Sterne werden in den Lagern geboren und sterben in den Lagern. Und nicht umsonst.

»Sie werden uns doch nicht wieder einfangen? Werden sie uns einfangen?«

Die zitternde Stimme klingt so kläglich, daß Arp, sich über die Lagergesetze hinwegsetzend, verneinend den Kopf beutelt.

»Wie heißt du?«

»Arp.«

»Und ich Jetta.«

Arp läßt seinen Kopf auf die Brust sinken und stellt sich schlafend. Wer weiß schon, was die von solchen Gesprächen halten, wo man sie hinführt.

Der Wagen biegt von der Hauptstraße ab und rattert auf einem elenden Weg dahin, ohne die Geschwindigkeit zu vermindern. Arp muß plötzlich ans Essen denken. Vor Hunger und von den Erschütterungen wird ihm übel. Er versucht, einen Hustenreiz zu unterdrücken, er schämt sich vor den anderen. Aber davon wird der Reiz nur noch ärger. Er krümmt sich zusammen, und nach dem Hustenanfall sind seine Hände voll Blut.

Nach diesem Anfall ist Arp so geschwächt, daß er nicht die Kraft hat, die Hand mit dem grünen Stern wegzuschieben, die ihm den Schweiß von der Stirn wischt.

Die warme Nachtluft ist gesättigt mit dem Duft von exotischen Pflanzen. Aus der Ferne hört man Zikaden.

Das Sträflingsgewand ist fort. Ein weiches langes Nachthemd schmiegt sich um den im Bad erfrischten Körper. Arp löffelt sorgfältig seinen Teller Grütze aus.

Am Ende der Kantine stehen drei Leute an einer aus alten Fässern und Laden errichteten Barriere. Ein großgewachsener, grauhaariger Mann mit dem sonnenverbrannten Gesicht eines Pflügers dürfte der Chef sein. Der zweite ist ein geradezu schöner Jüngling in der Uniform eines Soldaten aus dem Lager. Arp erkennt in ihm den Fahrer, der sie hierhergebracht hat. Und dann ist da noch eine untersetzte kleine Frau mit einem langen, dicken Zopf, den sie rund um den Kopf gebunden hat. Der weiße Arbeitsmantel steht ihr gut zu Gesicht.

Die drei warten, bis das Nachtmahl zu Ende ist.

Schließlich verebbt das Geklapper der Löffel. Mit erstaunlicher Leichtigkeit springt der Chef auf die Barriere.

»Guten Tag, Freunde!«

Ein freudiges Stimmengewirr tönt ihm als Antwort auf diesen ungewohnten Gruß zurück.

»Zuerst muß ich euch mitteilen, daß ihr hier völlig außer Gefahr seid. Der Ort unseres Sammelpunkts ist der Staatsmacht nicht bekannt.«

Auf den grauen, ausgezehrten Gesichtern erscheint momentan ein solches Glücksgefühl, daß man sie sogar als schön bezeichnen könnte.

»Hier, am Sammelpunkt, werdet ihr ungefähr fünf bis zehn Tage bleiben. Genauer gesagt, wird diese Frist von unserem Arzt bestimmt, denn es steht euch jetzt eine schwere, mehrtägige Reise bevor. Der Platz, wohin wir euch führen, ist natürlich kein Paradies. Dort muß gearbeitet werden. Jede Handvoll Erde unserer Siedlungen ringen wir dem Dschungel ab. Aber ihr werdet frei sein dort, ihr könnt eine Familie gründen und für euer eigenes Wohl arbeiten. Die Unterkunft haben euch fürs erste jene vorbereitet, die dort vor euch ankamen. So ist das bei uns schon Tradition. Und jetzt bin ich bereit, auf Fragen zu antworten.«

Während die Leute Fragen stellen, ist Arp von inneren Zweifeln geplagt. Allzugern möchte er doch wissen, ob man in diesen Siedlungen ein Mädchen einer niederen Rasse heiraten könne. Als er sich aber endlich durchgerungen hat und zögernd die Hand hebt, ist der große Mann mit dem Gesicht eines Pflügers bereits vom Podest verschwunden.

Jetzt spricht die Frau zu den Flüchtlingen. Sie hat eine leise, singende Stimme, und Arp muß sich anstrengen, um zu verstehen, wovon die Rede ist.

Die Frau ersucht alle, sich in die Betten zu legen und auf den Arzt zu warten.

Arp erkennt seine Schlafstelle an dem darüber hängenden Brettchen mit seinem Namen. Arp zieht sich die kühle, angenehm knisternde Leinendecke übers Ohr und schläft sofort ein.

Im Schlaf spürt er, daß er auf die Seite gedreht wird. Er fühlt die kalte Berührung eines Stethoskops. Als er die Augen aufschlägt, sieht er die kleine Frau mit dem roten Zopf, wie sie etwas in ihr Notizbuch schreibt.

»Schon aufgewacht?« Ihr Lächeln entblößt eine Reihe unwahrscheinlich ebenmäßiger Zähne.

Arp nickt.

»Du bist sehr geschwächt. Und mit der Lunge ist auch nicht alles in Ordnung. Du wirst jetzt sieben Tage schlafen.

Wir werden dich jetzt gleich einschläfern.«

Erst jetzt sieht Arp den Apparat, den man an sein Bett gerückt hat.

Die Frau drückt einige Knöpfe auf dem weißen Schaltpult. Ein merkwürdiges, langes Heulen dringt in Arps Gehirn.

»Schlafen!« ertönt eine weit entfernte melodiöse Stimme. Und Arp schläft ein.

Er hat einen wunderbaren Traum, voll von Sonne und Glück.

Nur im Traum gibt es eine solche fließende Langsamkeit der Bewegungen, eine solche Loslösung vom eigenen Gewicht, eine solche Möglichkeit des schwerelosen Schwebens.

... Die weite Wiese ist über und über bedeckt mit schneeweißen Blumen. In der Ferne sieht Arp einen hohen Turm, der in allen Farben des Regenbogens schillert. Mit einem leichten Ruck stößt sich Arp vom Boden ab und schwebt dahin. Der strahlende Turm, der die ganze Seligkeit auszustrahlen scheint, übt auf ihn eine unwiderstehliche Anziehungskraft aus.

Arp ist nicht allein. Von allen Seiten streben auf den Turm Menschen zu, die alle wie er gekleidet sind, in langen weißen Hemden. Unter ihnen Jetta mit einem riesigen Strauß weißer Blumen in ihrer Schürze.

»Was ist das?« fragt sie Arp, auf den Turm weisend.

»Die Freiheitsstatue. Komm!«

Sie fassen sich an der Hand und schweben zusammen über der sonnenüberfluteten Wiese dahin.

»Warte!«

Arp pflückt auch einen großen Blumenstrauß, und sie setzen ihren Weg fort.

Am Fuß des Turms legen sie ihre Sträuße nieder.

»Nun, wer hat den größten?« ruft Jetta, zwischen den grünen Stielen schwebend.

Ihr Beispiel steckt die anderen an. Es dauert nicht lang, und der ganze Sockel des Turmes ist von Blumen überschüttet.

Dann zünden sie Lagerfeuer an und braten über dem Feuer große Stücke Fleisch, die sie auf dünne lange Ruten gesteckt haben. Der verlockende Geruch von Schaschlik mischt sich mit dem Rauch der brennenden Zweige und erweckt sehr alte und sehr angenehme Erinnerungen.

Nachdem sie ihren Hunger gestillt haben, legen sie sich am Feuer nieder und betrachten die Sterne. Große unbekannte Sterne auf einem tiefschwarzen Himmel.

Als Arp am verglimmenden Feuer erwacht, ruht in seiner Hand eine warme kleine Hand.

Die Feuer verlöschen. Die bunten Lämpchen, mit denen der Turm umgeben ist, werden abgedreht. Am Sockel des Turmes öffnet sich ein großes Tor, und zwei riesige automatische Greifzangen holen die Baumwolle hinein.

Oben in der Glaskuppel blickt der Alte mit dem sonnenverbrannten Gesicht auf den Zeiger der automatischen Waage.

»Das Fünffache. Fünfmal mehr als bei allen vorigen Gruppen der Gefangenen«, sagt er, während er den Greifer ausschaltet. »Ich fürchte, daß sie bei einem derart verrückten Arbeitstempo nicht einmal eine einzige Woche durchhalten.«

»Und ich wette um zwei Flaschen«, grinst der schöne Jüngling in der Militäruniform. »Zwei Flaschen Wodka, daß sie die üblichen zwanzig Tage aushalten. Die Hypnose, das ist doch ein herrliches Ding. Zum Totlachen, wie sie diese geräucherten Futterrüben gefressen haben! Mit der Hypnose kann man doch einfach alles machen. Nicht wahr, Doktor?«

Die kleine Frau mit dem schweren Zopf, den sie um den Kopf gebunden hat, beeilt sich nicht mit der Antwort. Sie geht zum Fenster, schaltet den Projektor ein und betrachtet die mit einer fahlen Haut überzogenen totenkopfähnlichen Gesichter.

»Sie überschätzen ein wenig die Möglichkeiten der Elektrohypnose«, sagte sie, und entblößt mit ihrem Lächeln ihre spitzen Vampirzähne. »Die starke Strahlung des Psi-Feldes ermöglicht uns das willkürliche Festsetzen des Arbeitsrhythmus und eine gewisse Beeinflussung der körperlichen Leistung. Das Wichtigste aber ist die vorbereitende psychische Einstimmung. Die Imitierung einer Flucht, die drohenden und überwundenen Gefahren, das alles bewirkte bei ihnen ein Gefühl der um einen hohen Preis erkämpften Freiheit. Man kann sich schwer vorstellen, welch gigantische Reserven des menschlichen Organismus noch freigesetzt werden können durch ein geschicktes Ausnützen der höheren Emotionen . . .«

Die Illustrationen des Bandes stammen von

András Karakas
(geb. 1948, Budapest). 1969 erste Einzelausstellung in Budapest. Studierte an der Hochschule für Bildende Kunst in Budapest (1970 bis 1971). Seit 1971 studiert er an der Hochschule für Bildende Kunst, Städelschule, bei Prof. Geyger in Frankfurt am Main. Lebt in Frankfurt. Bis 1970 Gruppenausstellungen in Debrecen, Budapest und München. 1974 Ausstellung in Frankfurt.

György Korga
(geb. 1935, Budapest). Studierte an der Hochschule für Bildende Kunst in Budapest (1954-60) bei Bertalan Por, Janos Kmetty und J. Barcsay. Seit 1961 Mitglied des Studios der Jungen Künstler in Budapest. Lebt in Budapest.
Einzel- und Kollektivausstellungen in Ungarn: 1967 in Genf, Museum Rath; 1970 in Köln, Baukunstgalerie: 1971 in Florenz; 1973 in Düsseldorf, in Kouvola (Finnland) und Luxemburg, 1974 in Frankfurt am Main.

Květa Kovářová
(geb. 1945, Prag). Sie studierte an der Kunstgewerbe-Hochschule in Prag. Abschluß als Bühnenarchitektin. Lebt in Prag.
Arbeitet als Werbegrafikerin, Kinderbuchillustratorin und für das Theater.

Jörg Krichbaum
(geb. 1945, Dortmund). Studierte an der Hochschule für Bildende Kunst in Berlin. Maler, Grafiker und Bildhauer. Krichbaum ist grafischer Gestalter einiger Zeitschriften der Alternativpresse. Ausstellungen. Lebt in Göttingen.

Harry Morris jr.
(geb. 1949, Albuquerque, New Mexiko, USA). High-School-Abschluß. Lebt als freier Maler. Buchillustrationen und Illustrationen in SF & Phantasy-Fanzines in England und den USA.

Hans Ulrich & Ute Osterwalder
Hans Ulrich O. (geb. 1936, Zürich). Werbegrafiker in Deutschland, Italien und der Schweiz.
Ute O. (geb. 1939, Allenstein, Ostpreußen). Studierte an der Meisterschule für Mode in Hamburg.

Das Ehepaar Osterwalder arbeitet gemeinsam. Beide leben in Hamburg.

Johann Peterka

(geb. 1943, Wien). Studierte bei Prof. Fabigan. Freier Grafiker. 1972 Gründung des »Atelier King-Kong«. Lebt in Wien.

Helmut Wenske

(geb. 1940, Hanau). Keramik- und Porzellan-Maler. Seit 1958 Arbeit für die Werbung. Er lebt heute als Designer für Schallplatten-Cover und Buchillustrator. Ausstellungen. Poster und Bücher bei *art design.*

Copyright-Vermerke
Quellen- und Übersetzungshinweise

Sewer Gansowski: *Der Tag des Zorns* (*Djen gnewa,* in: *NF Almanach Nauschnoi fantastiki,* Band 1. Moskau: © Snanije 1964. Aus dem Russischen von Dr. Hermann Buchner).

R. Nudelman: *Gespräch im Coupé* (*Rasgowor f kupe,* in: *Fantastika, 1964 God.* Moskau: © Molodaja Gwardija 1964. Aus dem Russischen von Dr. Hermann Buchner).

Wadim Schefner: *Das Mädchen am Abhang* (*Dewuschka u obrywa,* in: *Nefantasti f fantastike.* Moskau: © Molodaja Gwardija 1970. Zuerst veröffentlicht 1964. Aus dem Russischen von Arno Specht. Deutsch zuerst erschienen bei Volk & Welt, Berlin 1967). Nutzungsrecht der deutschen Übersetzung mit freundlicher Genehmigung des Verlags Volk & Welt, Berlin, DDR.

Arkadi und Boris Strugatzki: *Wanderer und Reisende* (*O stranstwujuschtschich i puteschestwujuschtschich,* in: *Fantastika, 1963 God.* Moskau: © Molodaja Gwardija 1963. Aus dem Russischen von Dr. Hermann Buchner).

Darko Suvin: *Die utopische Tradition der russischen Science Fiction* (*The Utopian Tradition of Russian Science Fiction,* in: *The Modern Language Review,* Vol. 66, No. 1, Jan. 1971. Aus dem Englischen von Franz Rottensteiner). © by Darko Suvin 1971.

Ilja Warschawski: *Die Flucht* (*Pobeg,* in: *Fantastika, 1968.* Moskau: © Molodaja Gwardija 1969. Aus dem Russischen von Dr. Hermann Buchner).

insel taschenbücher

Alphabetisches Verzeichnis